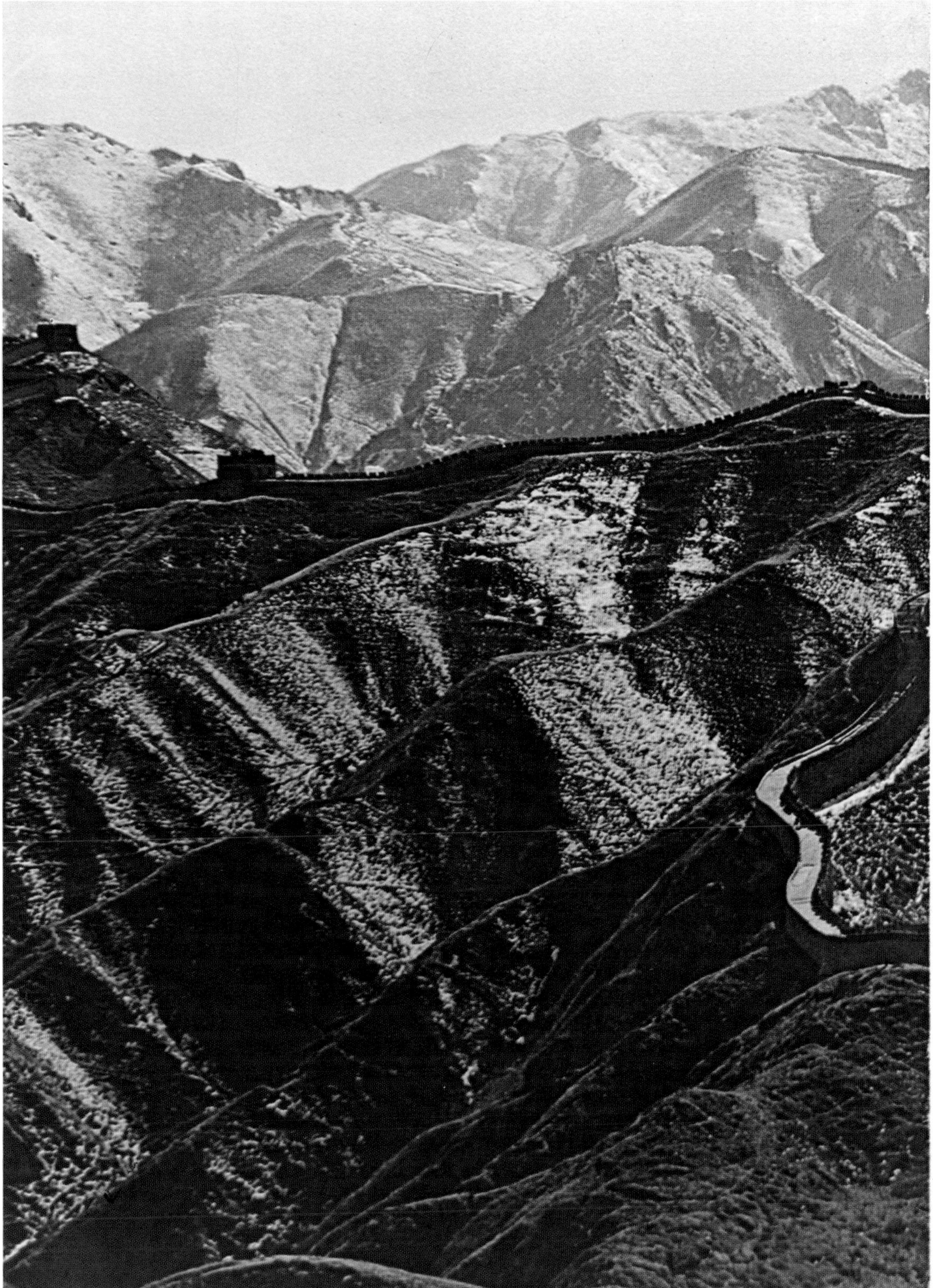

長城：明朝末年，滿清軍隊曾五次越長城而進犯內地。

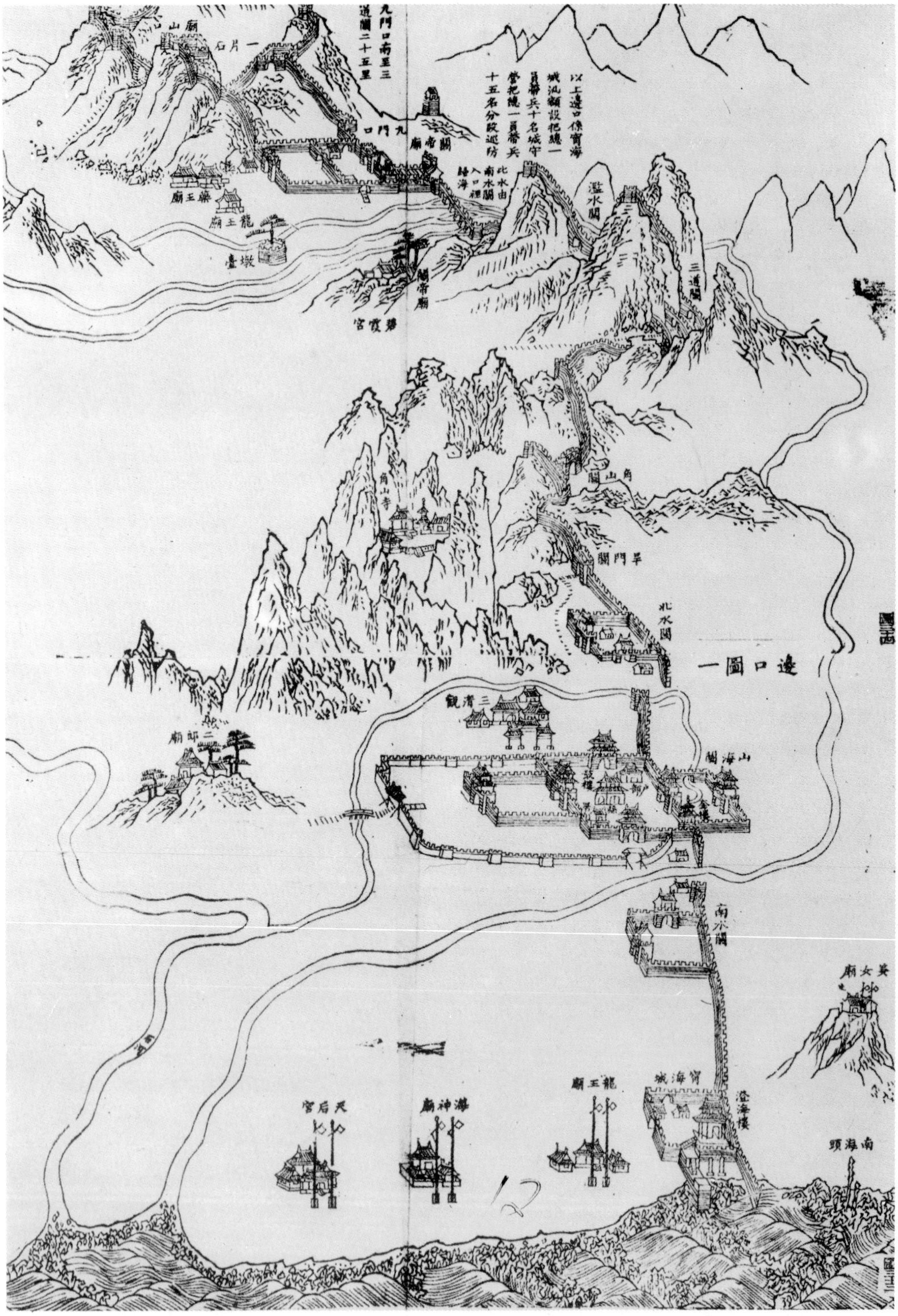

山海關詳圖：圖頂的「一片石」，即清兵與吳三桂聯軍大敗李自成軍處。

舊小說中之李自成繡像

話劇「李闖王」中李自成的造型

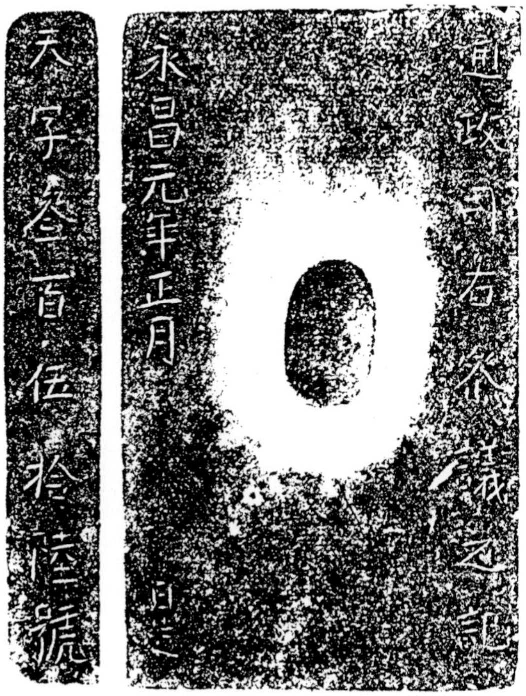

李自成所發官印的背面

李自成所發的官印

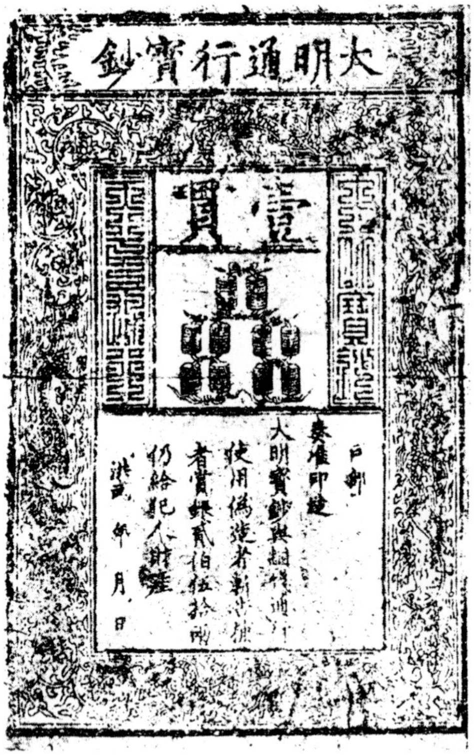
大明通行寶鈔
壹貫
戶部
奏准印造
大明寶鈔與銅錢通行
使用偽造者斬告捕
者賞銀貳伯伍拾兩
仍給犯人財產
洪武　年　月　日

明代鈔票：桑皮紙，高一尺，闊六寸，青色。圖為一貫者，合銅錢一千文或銀一兩，四貫合黃金一兩。鈔上注明：「戶部奏准印造大明寶鈔，與銅錢通行使用。偽造者斬。告捕者賞銀二百五十兩，仍給犯人財產。」各朝均用明太祖「洪武」年號。此鈔係明末發行，明初者註明告捕者賞銀二十五兩。

福建邵武縣崇禎十六年上繳的元寶：重五十兩。袁崇煥在邵武曾做過三年知縣。

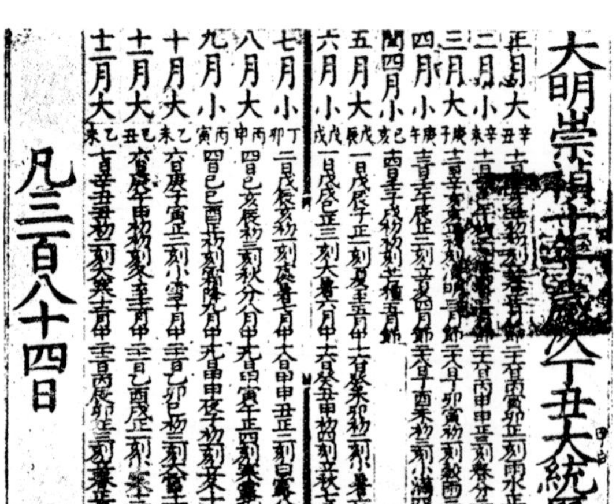
大明崇禎十年歲次丁丑大統曆
正月大
二月小
三月大
四月小
閏四月小
五月大
六月小
七月小
八月大
九月小
十月大
十一月大
十二月大
凡三百八十四日

崇禎十年的大統曆：該年袁承志十四歲，發現金蛇郎君的遺物。

袁崇煥像

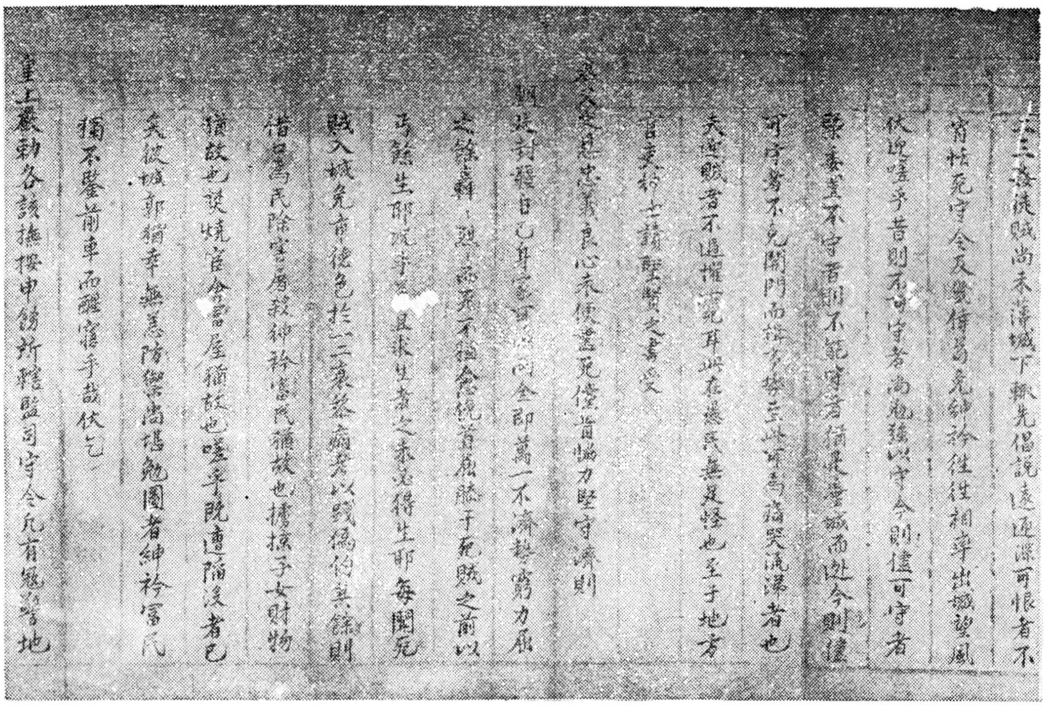

[illegible]流賊尚未薄城下輒先倡說遠迎深可恨者不
肯怙死守今又聞倚為兇鋒紳衿往往相率出城望風
伏迎嗟乎昔則不可守者尚勉強以守今則儘可守者
棄去不守昔則不能守者猶是登城而逃今則儘
可守者不免開門而揖之嗟此可為痛哭流涕者也
夫迎賊者不過惟恐死耳與在懸民無足怪也至于地方
官吏紳士讀聖賢之書受
國家之恩忠義良心未便盡死僅當協力堅守濟則
聊保封疆自己身家[illegible]同全即萬一不濟勢窮力屈
之餘轟轟烈烈而死不猶愈乎毀首屈膝于兇賊之前以
乃餘生耶況乎以是求生者之未必得生耶每聞兇
賊入城免甫後色於一二衆然驕者以賊偽伪其餘則
借口為民除害焉殺紳衿害民猶故也擄掠子女財物
猶故也焚燒官舍居屋猶故也嗟乎既遭陷沒者已
矣彼城郭猶幸無恙防禦尚堪勉圖者紳衿富民
獨不鑒前車而醒寤乎哉伏乞
皇上嚴勅各該撫按申飭所轄監司守令凡有寇警地

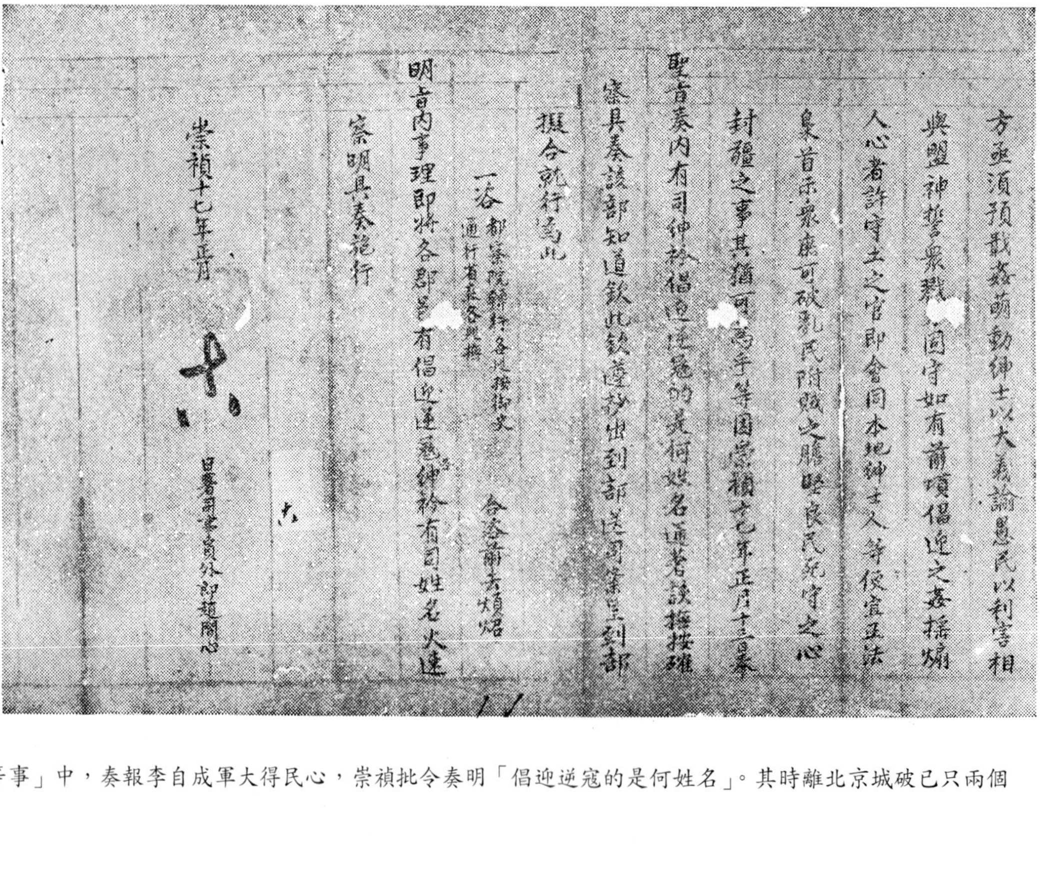

方亟須預戢姦萌動紳士以大義諭愚民以利害相
與盟神誓衆戮力固守如有前項倡迎之姦搖煽
人心者許守土之官即會同本地紳士人等便宜正法
梟首示衆庶可破亂民附賊之膽堅良民死守之心
封疆之事其猶可為乎等因崇禎十七年正月十三日奉
聖旨奏內有司紳衿倡迎逆寇的是何姓名通著該撫按確
察具奏該部知道欽此欽遵抄出到部送司案呈到部
擬合就行為此
一咨都察院轉行各巡撫御史　合咨前去煩照
通行有司各照撫
明旨內事理即將各郡邑有倡迎逆寇紳衿有司姓名火速
察明具奏施行
崇禎十七年正月
日署司事員外郎趙開心

如痴等事」中，奏報李自成軍大得民心，崇禎批令奏明「倡迎逆寇的是何姓名」。其時離北京城破已只兩個

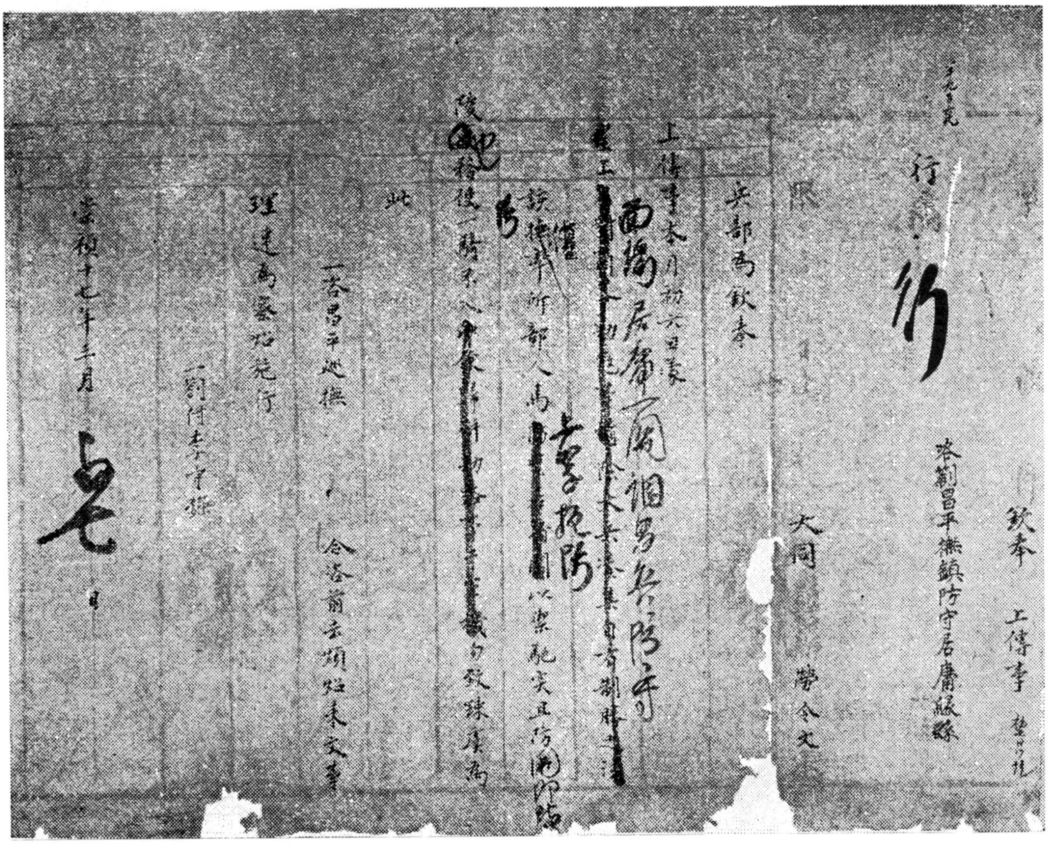

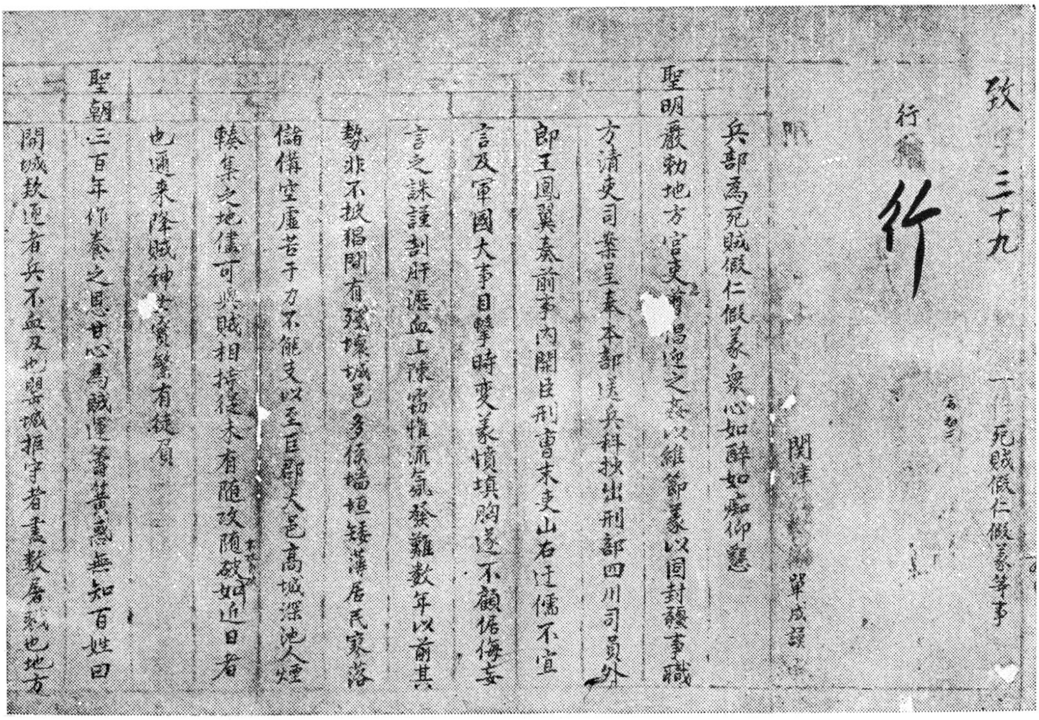

明兵部行稿：兵部的奏章，紅色「行」字是皇帝批示照准(不一定是親筆)。第二件「為死賊假仁假義、眾心如醉如痴」，崇禎仍不思爭取民心，而要查明「迎賊者的姓名」以便處刑。

大字版 碧血劍

②魏府寶藏

金庸

大字版金庸作品集⑥
碧血劍
(2)魏府寶藏　「公元2003年金庸新修版」

The Blue Blood Sword, Vol. 2

作　　者／金　庸

封面設計／唐壽南　內頁插畫／姜雲行

發 行 人／王 榮 文
出版・發行／遠流出版事業股份有限公司
臺北市中山北路一段11號13樓
電話／2571-0297　傳真／2571-0197　郵撥／0189456-1

□2003年1月16日　初版一刷
□2022年3月16日　二版三刷

大字版　每冊 380元（本作品全四冊，共1520元）
〔另有典藏版共36冊（不分售），平裝版共36冊，新修版共36冊，新修文庫版共72冊〕

ISBN　978-957-32-8516-8（套：大字版）
ISBN　978-957-32-8513-7（第二冊：大字版）
Printed in Taiwan

YLib 遠流博識網
http://www.ylib.com　E-mail:ylib@ylib.com

目錄

袁承志只是不動。溫氏五老和外圍的十六名弟子便繞著他急速奔跑。袁承志待他們奔了一陣，索性臥倒在地，雙手圈在腦後，當作枕頭。

第七回　破陣緣秘笈　藏珍有遺圖

棋仙派諸人見過袁承志的武功，還不怎樣。游龍幫的黨徒素來把呂七先生奉若天神，這時見一個年輕小夥子隨手將他打得大敗而走，都不禁聳然動容。

這些人中最感奇怪的卻是黃眞。他見袁承志在呂七脅下這一戳，確是華山派絕技「鐵指訣」，然而他繞著對方游走、以及抓挾金條的手法，卻與自己所習迥然不同，除了反手抓奪煙管這一招之外，餘下這幾下小巧變幻，都帶著三分詭秘之氣，決非華山派武功以渾厚精奇見長的家數，自不是師父晚年別創新招而傳授了這小師弟，一時也想不明白，當下在鐵算盤上一撥，說道：「剛才那位老爺子說過，只要動了三根金條，全部黃金奉還，兄弟在這裏謝過。」雙手一拱，對崔希敏道：「都撿起來吧。」

崔希敏俯身又去執拾金條。榮彩眼見黃澄澄的許多金條便要落入別人手中，心下大急，明知有袁承志這等高手在側，憑自己功夫絕不能討得了好去，可是江湖上的規矩「見者有份」，游龍幫為這批黃金損折人命，奔波多日，就算分不到一半，也得分上三成，多多少少也得捧幾根金條回家，欺崔希敏武功平常，當即搶前，橫過左臂在他雙臂上一推。崔希敏退出數步，怒道：「怎麼？你也要見過輸贏是不是？」

黃眞眼看榮彩身法，知道徒兒不是他對手，喝道：「希敏，退下！」搶上來抱拳笑道：「恭喜發財！掌櫃的寶號是甚麼字號？大老闆一向做甚麼生意？想必是生意興隆通四海，財源茂盛達三江。」他是商賈出身，生性滑稽，臨敵時必定說番不倫不類的生意經。榮彩怒道：「誰跟你開玩笑？在下姓榮名彩，忝任游龍幫幫主。還沒請教閣下的萬兒。」黃眞道：「賤姓黃，便是『黃金萬兩』之黃，彩頭甚好。草字單名一個眞字，取其眞不二價、貨眞價實的意思。一兩銀子的東西，小號決不敢要一兩另一文，那眞是老幼咸宜，童叟無欺。大老闆有甚麼生意，請你幫趁幫趁。」

榮彩聽他說個沒完沒了，越聽越怒，華山派首徒黃眞，在北方名頭響亮，在江南卻少人知聞，眼見他形貌猥瑣，也不放在心上，喝道：「拿傢伙來。」游龍幫的兄弟當即遞過一桿大槍。榮彩接槍送前，一個斗大槍花，勢挾勁風，迎面刺出。黃眞倒踩七星步，倏然拔起身子，向左跳開，叫道：「啊喲，咱們做生意的，金子可不能不要。」將算盤和銅筆往懷裏一揣，俯身就去撿金條。

溫氏五兄弟見他身法，知是勁敵，又見他適才與袁承志敘話，兩人乃是師兄弟，料知榮彩絕非對手。溫方義、溫方悟兩人同時撲上，叫道：「要拿金子，可沒那麼容易。」黃眞見二人來勢猛惡，向右斜身避開，左手「敬德掛鞭」，呼的一聲，斜劈下來。溫方義、方悟兩人一出手走的便是五行陣路子，一招打出，兩人早已退開。溫方達、溫方山兄弟搶了上來。溫方山右手上擋，架開黃眞一招，溫方施左拳已向他後心擊到。

黃眞雖然說話詼諧，做事卻小心謹愼，加之武功高強，一生與人對敵，極少落於下風，這時陡然陷入五行陣之中，數招一過，溫氏兄弟此去彼來，你擋我擊，五個人就如數十人般源源而上，不由得大驚，心想這是甚麼陣法，怎地如此複雜迅捷，當下抱元守一，見招拆招，不敢進攻。

榮彩見黃眞陷入包圍，只見他勉力招架，無法還手，心頭大喜，只道有便宜可撿，使開楊家槍法，疾往黃眞後心刺去。

小慧吃了一驚，大叫：「黃師伯留神。」黃眞是穆人淸的開山大弟子，武功深得華山派眞傳，溫氏五兄弟若非練就這獨門陣法，就是五人齊上，也非他敵手。區區榮彩，豈能奈何了他？耳聽得背後鐵槍風聲，黃眞反手撈去，已抓住槍頭，這空手入白刃的手法，正與袁承志剛才抓住呂七煙管如出一轍，只是黃眞以數十年的功力，更加迅捷厲害，順手將榮彩拉過，同時左掌「單掌開碑」，拍開溫方山打來的一拳，右腿踏上半步，讓去了溫方義從後面踹上來的一腳。

只聽得「啊喲」一聲，大槍飛起，榮彩跟著從六人頭頂飛了出來，摔在地下。游龍幫的弟兄們忙搶上扶起。游龍幫副幫主、以及榮彩的大弟子、二弟子見幫主失手，當即一起搶入，不數招，三人接二連三的給黃眞借著五老之力摔將出來。副幫主更折斷了右臂，身受重傷。這一來，游龍幫無人再敢加入戰團。

黃眞叫道：「大老闆、二老闆，見者有份，人人有份摔上一交，決不落空！」

他力鬥溫氏五老，打到酣處，只見六條人影往來飛舞，有時黃眞突出包圍，但五人如影隨形，立即裹上。黃眞暗暗著急，大叫：「本小利大，周轉不靈，黃老闆一個人做五筆生意，可有點兒忙不過來啦！」溫氏兄弟也不勝駭異，心想瞧不出這土老兒模樣的傢伙，居然門戶守得如此嚴密。

黃眞見敵手越打越急，五個人如穿花蝴蝶般亂轉。有時一人作勢欲踢，豈知突然往旁讓開，他身後一人猛然發拳打到；有時一人雙手合抱，意欲肉搏，他往後面退避，後心剛好有腳踢到，湊得再合拍也沒有。眼見敵招變化無窮，黃眞竟倏遇兇險，全仗武功精純，這才避過，長嘯一聲，從懷中取出銅筆鐵算盤，心想你們五個打我一個，已非公平交易，黃老闆先使兵刃，算不得壞了童叟無欺的規矩。當下以攻爲守，算盤旁敲側擊，銅筆橫掃斜點，兵刃所指之處，盡是五老要穴。

溫方達唿哨一聲，溫正和溫南揚等將五人兵刃拋了過來。五兄弟或挺雙戟，或使單刀，或舞軟鞭，或揮鋼杖，長短齊上，剛柔並濟，偶而還挾著幾柄飛刀。這番惡鬥，比之剛才拳腳交加，又多了幾分兇險，黃老闆這樁買賣，眼見是要大蝕而特蝕，只怕要血本無歸了。

崔希敏見師父情勢危急，明知自己不濟，卻也管不得了，虎吼一聲，拔出單刀，直向五行陣中縱去。剛跨出兩步，忽見眼前人影晃動，有人舉掌向自己肩頭按來。崔希敏橫刀便砍。那人這一按快極，倏然間已搭上他肩頭。崔希敏身子登如萬斤之重，再也跨不出步去，大駭之下，只聽得那人說道：「崔大哥，你不能去。」才看清那人原來是袁承志。剛才袁承志點倒呂七先生，他還不怎麼佩服，心想不過是一時僥倖，可是此刻讓他一掌輕輕搭在肩頭，自己半邊身體竟絲毫使不出勁，才知人家武功比自己高得太多，那就當眞奇了。

袁承志放開了手，說道：「你師父還可抵擋一陣，別著急。」他見六人又鬥了一陣，忽然想起一個難題，眉頭微蹙，一時拿不定主意。

安小慧走到他身前，說道：「承志大哥，你快去幫黃師伯啊。他們五個人打他一個，多不要臉。」袁承志正自凝思，不欲分心，揮手叫她走開。小慧討了個沒趣，撅起了小嘴走開。青青看在眼裏，芳心暗喜。

只見六人越打越快，黃眞每次用鐵算盤去鎖拿對方兵刃，五老總是迅速閃開，六人打得雖緊，卻絲毫不聞金鐵交併之聲，大廳中但聽得兵刃揮動和衣衫飛舞的呼呼風聲。

袁承志忽地躍起，走到小慧跟前，說道：「小慧妹妹，你別怪我無禮。剛才我在想一件事出了神，現下可想通啦。」小慧忽道：「這當口還道甚麼歉啦，快去幫黃師伯呀。」承志笑道：「我想通了就不怕了。」小慧道：「你這人眞是的，也不分個輕重緩急。有甚麼爲難的事，打完了再想不成麼？」承志笑道：「我想的就是怎麼破這陣法。你有沒看出來，這五個老頭兒的兵器，從來沒跟師哥的銅筆鐵算盤碰過一下？」小慧道：「我也覺得奇怪。」

崔希敏這時對承志已頗有點佩服，問道：「小師叔，那卻是甚麼道理？」承志道：「這陣勢圓轉渾成，不露絲毫破綻，雙方兵器一碰，稍有頓挫，就不免有空隙可尋。破陣之道，在於設法擾亂五人的腳步方位，只消引得五個老頭兒中有一人走錯腳步，或是慢得一慢，這陣就破了。」崔希敏搖頭道：「他們是熟練了的，包管閉了眼睛也不會走錯。」

承志點頭道：「他們練得當眞熟極。」轉頭對小慧道：「你的髮釵請借我一用。」小慧把插在頭髮上的玉簪拔了下來遞給他。這玉簪淸澄晶瑩，發出淡淡碧光，承志接了過來，突然高聲叫道：「大師哥，戊土生乙木，踏坤宮，走坎位。」

黃眞一怔，尙未明白，溫氏五老卻已暗暗駭異：「怎麼我們這五行陣的秘奧，給這小子瞧出來了？」袁承志又叫：「丙火剋庚金，走震宮，出離位！」

黃眞纏鬥良久，不論強攻巧誘，始終脫不出五老的包圍，他早想到，這陣勢既叫五行陣，必含五行生剋變化之理，然五老穿梭般來去，攻勢凌厲，只得奮力抵禦，毫無絲毫餘暇去推敲陣法，忽聽承志叫喊，心想：「試一試也好。」立時走震宮，出離位，果然見到了個空檔。

他閃身正要穿出，急聽承志大叫：「走乾位，走乾位！」但乾位上明明有溫方山、溫方施二人擋著，黃眞知道機不可失，不及細想，猛向二人衝去，剛搶近身，兩人已分開從兩側包抄，而塡補空檔的溫方達和溫方悟還沒補上，黃眞身手快極，銅筆右點，鐵算盤左砸，已然直竄出來，站在承志身旁。

溫氏五老見他脫出了五行陣，這是從所未有之事，不禁駭然，五人同時退開，排成一行。溫方達道：「你能逃出我們的五行陣，身手也自不凡。閣下是華山派的嗎？跟穆人淸老前輩怎樣稱呼？」

黃眞武功精純，不似承志的駁雜，五老只跟他拆得十餘招，便早認出了他的門派。黃眞身脫重圍，登時又是嬉皮笑臉，說道：「穆老前輩是我恩師。怎麼，我這徒弟丟了他老人家的臉麼？」溫方達道：「『神劍仙猿』及門弟子，自然高明。」黃眞道：

「不敢當！不怕不識貨，只怕貨比貨。咱們貨比貨比過了。姓黃的小老闆沒能佔得溫家五位大老闆上風，各位也沒能抓住區區在下。算是公平交易，半斤八兩。這批金子怎麼辦？」轉頭對榮彩道：「掌櫃的，你的生意是蝕定啦，這批金子，沒你老人家的份兒。」

榮彩自知功夫跟人家差得太遠，可是眼睜睜的瞧著滿地黃金，委實心疼，只得說幾句門面話遮羞：「姓黃的你別張狂，總有一天教你落在我手裏。」黃眞笑道：「寶號有甚麼生意，儘管作成小號，吃虧便宜無所謂，大家老主顧，價錢可以特別商量。」榮彩明知鬥他不過，那姓袁的又跟他是師兄弟，呂七先生尚且鎩羽而去，何況自己？當下帶了徒弟幫衆，氣忿忿的走了。臨出門口，忍不住又向滿地黃金望了一眼，突然大悔：「剛才他們六人惡鬥之時，我怎地沒偷偷在地下撿上一兩條，諒來不會給人瞧見，也未必有人有空阻攔。」游龍幫人衆都是衢州附近的龍游縣人，將「龍游」兩字倒了轉來，稱爲「游龍幫」。龍游人大多方正端嚴，游龍幫將兩字倒轉，人品便不怎麼規矩了。

溫方達也不去理會游龍幫人衆的來去，對黃眞道：「閣下這身武功，也算是當世豪傑。這樣吧，這批金子瞧在你老哥臉上，我們奉還一半。」他震於華山派的威名，不願多結冤家，頗想善罷。

黃眞笑道：「這批金子倘使是兄弟自己的，雖然現今世界不太平，賺錢不大容易，不過朋友們當眞要使，拿去也沒關係。須知勝敗乃兵家常事，賺蝕乃商家常事。和氣生財，生意不成仁義在。可是老兄你要明白，這是闖王的軍餉呀。我這個不成材的徒兒負責運送，給老兄的手下撿了一半去，我怎麼交代呀？」

溫方義道：「要全部交還，也不是不可以，但須得依我們兩件事。」黃眞道：「有價錢開出盤來，就好商量。你不妨漫天討價，我大可著地還錢。請你開出價錢來，咱們慢慢來討價還價。」溫方義道：「這沒價錢好講。第一，你須得拿禮物來換金子，禮物多少不論。這是我們的規矩，到了手的財物，決不能輕易退還。」

黃眞知道這句話不過是爲了面子，看來對方已肯交還金子，既然如此，也不必多結冤家，當下收起嬉皮笑臉，正色道：「溫爺吩咐，兄弟無有不遵。明兒一早，兄弟自去衢州城裏，採辦一份重禮送上，再預備筵席，邀請本地有面子的朋友作陪，向各位道謝。」

溫方義聽他說話在理，哼了一聲，道：「這也罷了。第二件事，這姓袁的小子可得給我們留下。」

黃眞一楞，心想你們旣肯歸還金子，我也給了你們很大面子，又何必旁生枝節？有我在此，我小師弟豈容你們欺侮？他可不知袁承志和他們之間的牽涉甚多。他旣得悉金蛇郎君與溫儀之間的隱事，五老已必欲殺之而後甘心，尤其要緊的，是要著落在他身上，找到金蛇郎君那張寶藏地圖。五老雖知他武功精強，但自信五行陣奧妙無窮，定可制他得住。黃眞笑道：「我這師弟飯量很大。你們要留他，本是一件好事，只是一年半載吃下來，就怕各位虧蝕不起。」

溫方達冷笑道：「這位老弟剛才指點你走出陣勢，定是明白其中關訣。那就請他來試試如何？」

原來溫氏五行陣共有五套陣法，適才對付黃眞，只用了戊土陣法，還有甚多奇妙的招術變化未用。溫方達心想適才你已左支右絀，雖然僥倖脫出包圍，卻未損得陣勢分毫，你這師弟旁觀者淸，才瞧出了一些端倪，當眞自身陷陣，也不免當局者迷了，是以他有恃無恐，向袁承志叫陣。

黃眞領略過這陣法的滋味，心想憑我數十年功力，尙且闖不出來，他知這五行八卦生剋術數，師父並不擅長，也未敎過，小師弟未必精通，剛才師弟雖然出言點撥了幾下，但顯是在旁靜心細觀，忽有所見，眞要過招，五敵此去彼來，連綿不斷，他如何對付得了？卻不知承志另有師承，於這陣法的種種變化盡數了然。便道：「你們的陣法厲害，在下已領敎過了。我這個小師弟還沒你們孫子的年紀大，老爺子們何必跟他爲難？要是眞的瞧著他不順眼，你們隨便那一位出來敎訓敎訓他就是啦。」這話似乎示弱，其實卻是擠兌五老，要他們單打獨鬥，想來以師弟點倒呂七先生的身手，一對一的動手，還不致輸了。

溫方山冷笑道：「華山派名氣不小，可是見了一個小小五行陣，立刻嚇得藏頭縮尾，從今而後，還是別在江湖上充字號了吧！」

崔希敏大怒，從黃眞身後搶出，叫道：「誰說我們華山派怕了你？」溫方山笑道：「你也是華山派的嗎！嘿嘿，厲害，厲害！那麼你來吧。」

崔希敏只道他說自己厲害，縱出去就要動手。袁承志一把拉住，低聲道：「崔大哥，我先上，我不成的時候，你再來幫手。」崔希敏點頭道：「好！你要我幫忙時，叫一聲『希敏』，我就上來，用不著甚麼崔大哥、崔二哥的客氣。」袁承志點點頭。小慧在旁突然噗哧一笑。崔希敏雙眼一瞪，問道：「你笑甚麼？」小慧笑道：「沒甚麼，我自己覺得好笑。」

崔希敏還待再問，袁承志已邁步向前，手拈玉簪，說道：「棋仙派五行陣如此厲害，晚輩確是生平從所未見。」

溫方義道：「你乳臭未乾，諒來也沒見識過甚麼東西，別說我們的五行陣了。」

袁承志點頭道：「正是，晚輩見識淺陋，老爺子們要把我留下，晚輩求之不得，正可乘此機會，向老爺子們討教一下五行陣的秘奧。」

崔希敏急道：「小師叔，他們那是好心留你？你別上當。」小慧又是噗哧一笑。袁承志向崔希敏道：「他們老人家不會欺侮咱們年輕人，崔大哥放心好啦。」轉頭對五老道：「晚輩學藝未精，華山派武功只粗知皮毛，請老爺子們手下容情。」

衆人見他言語軟弱，大有怯意，但神色間卻漫不在乎，都不知他打得是甚麼主意。黃眞暗自著急，卻又不便阻攔師弟，心中只說：「唉，這筆生意做不過。」

溫氏五老試過他的功力，不敢輕忽，五人一打手勢，溫方義、溫方山向右跨步，溫方施、溫方悟向左轉身，陣勢布開，只幾步之間已將他圍在垓心。

袁承志似乎茫然不覺，抱拳問道：「咱們這就練嗎？」溫方達冷冷的道：「你亮兵器吧！」

袁承志平伸右掌，將玉簪托在掌中，說道：「各位是長輩，晚輩那敢無禮動刀動槍？便用這玉簪向老爺子們領教幾招！」此言一出，衆人又各一驚，都覺得這人實在狂妄大膽，這玉簪只怕一隻甲蟲也未必刺得死，一碰便斷，怎能經得起五老手中鋼杖、刀戟等物砸撞？如此胡鬧，豈不是自速其死？青青心中憂急，只是暗叫：「那怎……怎生是好？」

黃眞知道這時已難於勸阻，心想這小師弟定是給師父寵慣了，初涉江湖，不知天高地厚，只得緊緊抓住銅筆鐵算盤，一待他遇險，立即竄入相救，爲了報答師恩，今日就算送了老命，也所不惜。低聲囑咐崔希敏和小慧：「敵人太強，咱們寡不敵衆，非蝕本不可。待會我喝令你們走，你二人立即上屋衝出。我和袁師弟斷後，不論如何兇險，你們千萬不可回頭出手，黃金也不必顧了。」崔希敏和小慧答應。

黃眞思忖自己捨命擋敵，救得師弟設法脫身，想來還不是難事，只要崔安兩人不成爲累贅，就好辦得多。今日落荒而逃，暫忍一時之辱，他日約齊華山派五位高手，同時攻打五行陣，定可破了。那時才教這五個老頭兒知道華山派是否浪得虛名。他心中預計的五人，除自己外，是二師弟歸辛樹夫婦、自己的大弟子「八面威風」馮難敵，再加上師父穆人清親自主持，只須將溫氏五老分別纏住，令五人各自爲敵，不能分進合擊，五行陣立即破去，論到單打獨鬥，溫氏五老可不是自己對手。黃眞面子上嬉皮笑臉，內裏卻深謀遠慮，未思勝，先慮敗，定下了眼前脫身之策，又籌劃好了日後取勝之道。他破五行陣的人選中，還不把袁承志計算在內，料想小師弟功力尙淺，遠不及自己的得意門徒馮難敵。

只聽得袁承志道：「老爺子們既然誠心賜敎，怎麼又留一手，使晚輩學不到全套？」

溫方達一怔道：「甚麼全套不全套？」袁承志道：「各位除了五行陣外，還有一個輔佐的八卦陣，何不一起擺了出來，讓晚輩開開眼界？」溫方義喝道：「這是你自己說的，可敎你死而無怨。」一轉頭對溫南揚道：「你們來吧！」

溫南揚右手揮動，帶同十五人同時縱出。溫南揚一聲吆喝，十六人便發足繞著五老奔跑，左旋右轉，穿梭來去。這十六人中有溫南揚、溫正，有的是溫家子姪，有的是五老的外姓徒弟，都是棋仙派的好手，特地挑選出來練熟了這八卦陣的。

黃眞見了這般情勢，饒是見多識廣，也不禁駭然，心道：「袁師弟實在少不更事，給自己多添難題。單和五老相鬥，當眞遇險之時，我還可衝入相救，現下外圍又有十六人擋住，所有空隙全給塡得密密實實，只怕雀鳥也飛不進去了。明明本錢短缺，怎地生意卻越做越大？頭寸調動不過來，豈不要倒閉大吉？」

袁承志右手大拇指與中指拈了玉簪，左手輕揚，右足縮起，以左足爲軸，身子突轉四五個圈子。他身形甫動，溫氏五老立即推動陣勢，都凝目注視他動靜。袁承志只是如一個陀螺般在原地滴溜溜的旋轉，並不移步出手。

原來金蛇郎君當日與五老交手，中毒遭擒，得人相救脫險之後，躲在華山之下的小鎭中，反覆推敲昔日惡鬥的情境，自忖其時縱使不服「醉仙蜜」，筋骨完好，內力無滯，終究也攻不破五行陣，只不過多支撐得一時三刻而已。

他將五老的身法招術逐一推究，終於發見這陣法的關竅，在於敵人入圍之後，不論如何硬闖巧閃，五老必能以厲害招術反擊，一人出手，其他四人立即綿綿而上。五老招數互爲守禦，相補空隙，臨敵之際，五人猶似一人，而招數中全無破綻。一人武功中全無破綻，如何可破？金蛇郎君於五老當日所使的身法手法，記得清清楚楚，苦思焦慮，各種各樣古怪的方法策略都想到了，越想越覺這陣勢實是不可摧破。

他自然也曾想到暗殺下毒，只須害死五老中的一人，五行陣便不成其爲五行陣了。但他心高氣傲，自不屑行此無賴下策。何況他筋脈已斷，武功全失，縱使想出破陣之法，此陣也不能毀於自己親手。既說是破陣，就須堂堂正正，以眞實本領將其攻破。

一日早晨，他在鎭外空曠處閒步，忽見一條小青蛇在草叢遊走，聽得人聲，立即蜷盤成圈，昂起了頭，略不動彈。

他所以得了金蛇郎君這外號，固因他行事滑溜，狠毒兇險，卻也因他愛養毒蛇，擠取毒液來調製暗器藥箭。當年溫氏兄弟中溫方祿的妻子中他藥箭立時斃命，箭頭上所餵的便是蛇毒。他熟知蛇性，知道打圈昂首，便是等敵人先行動手進攻，然後趁虛而入，從敵人破綻中反擊，敵人如若不動，蛇類極少先攻。蛇身蜷盤成團，係隱藏己身所有弱處，昂首蓄勢，係以己身最強的毒牙伺機出擊。如貿然竄出噬敵，蛇身極長，弱點甚多，不免爲敵所乘，擊中蛇頸七寸或蛇腹、蛇尾。此乃蛇類自保的天性。這些行動，金蛇郎君往昔也不知見過幾百次了，從來不以爲意，但此刻他正潛心思索攻破五行陣的訣竅，突然之間，腦海中靈光一閃，登時喜得縱聲號叫，破五行陣的策略就此制定，那就是：「後發制人」四字。

武學中本來講究的是制敵機先，這「後發制人」卻是全然反其道而行。根本方略一定，其餘手段迎刃而解，不用多少功夫，便將摧破五行陣的方法全部想定，詳詳細細的寫入了《金蛇秘笈》。他明知這秘笈未必能有人發見，即使有人見到，說不定也在千百年後，那時溫氏五老屍骨早已化爲塵土。只是他心中一口怨氣不出，又想那五行陣總要流傳下來，要是始終無人能破，豈非讓棋仙派稱霸於天下？在他內心，破陣之法既已想出，五行陣便算已經破了。若眞能以此法摧破五行陣，自然再好不過，可是那畢竟渺茫之極，他從來沒想要收個徒弟來爲己完成心願。

袁承志當下持定「後發制人」的方略，轉了幾個圈子，已將五行陣與八卦陣全部帶動。

八卦陣法雖爲五老後創，《金蛇秘笈》中未曾提及，但根本要旨，與五行陣全無二致。袁承志只看十六人轉得幾個圈子，已了然於胸，心想：「對手倘若破不了五行陣，何必再加個八卦陣？若是破了五行陣，八卦陣徒然自礙手腳。溫氏五老的天資見識，和金蛇郎君果然差得甚遠。看來這五行陣也是上代傳下來的，諒五老自己也創不出來。他們自行增添一個陣勢，反成累贅。金蛇郎君當年若知溫氏五老日後有此畫蛇添足之舉，許多苦心的籌謀反可省去了。要破五行陣，關鍵在於找到陣中破綻，若無破綻，便須讓它生一個出來，組成八卦陣的衆弟子功夫差勁，要弄它個破綻出來容易得多。」

五老要等他出手，然後乘勢撲上，卻見他身子越轉越慢，殊無進攻之意，最後竟坐下地來，雙手放在膝上，臉露微笑。五老固心下駭然，旁觀各人也都大惑不解，均想他大敵當前，怎地如此頑皮。殊不知袁承志並非輕敵，而是故意用一件全無殺傷之力的玉簪作爲兵器，令對手不作提防，再加坐倒在地，純非前擊進攻之勢，似乎全然輕視對方，對手不免激怒，難以沉著，心浮氣粗之餘，一見有機可乘，便失了謹愼，自己再故意露出破綻，對方本不該進攻，卻忍不住要攻，一攻即暴露自身破綻。袁承志這時的作爲，既爲誘敵，又係慢軍，似是魯莽輕敵，實則是要誘得對方魯莽輕敵。

溫方義見他坐下，果然忍耐不住，雙掌分錯，便要擊他後心。溫方悟忙道：「二哥，莫亂了陣法！」溫方義這才忍住。五老腳下加速，繼續變陣，只待他出手，立即擁上。須知不論大軍交鋒，還是二人互搏，進攻者集中全力攻擊對方，己方必有大量弱點不加防禦，只須攻勢凌厲，敵人忙於自守，無暇反擊，己方的弱點便不守而守。五行陣以一人來引致對方進攻，自顯弱點，其餘四人便針對敵人身上的弱點進襲，所謂相生相剋，便是這個道理。現下袁承志全不動彈，那便是週身無一不備，五老一時倒也無法可施。

又過一會，袁承志忽然打個呵欠，躺臥在地，雙手疊起放在頭下當枕頭，顯得十分優閒舒適。外面八卦陣的十六名弟子遊走良久，越奔越快，功力稍差的人已額角見汗，微微氣喘。五老也眞耐得，仍不出手。

袁承志心想：「虧你們這批老傢伙受得了這口氣。」忽地一個翻身，背脊向上，把臉埋在手裏，呼呼打起鼾來。自來武林中打鬥，千古以來，從未有過這項姿勢，後心向上而臥，豈非任人宰割？

崔希敏、小慧、青青、溫儀等人又好笑，又代他擔心。黃眞先見他坐下臥倒，已悟出了他對敵的方略，不禁佩服他聰明大膽，這時見他肆無忌憚的翻身而臥，暗叫不妙，覺得大減價減得未免過了份，五老若向他背後突襲，卻又如何閃避？招徠生意，不妨甜言蜜語，自吹自擂，王婆賣瓜，無瓜不甜，可以虛言浮誇，卻不能用苦肉計。

溫方達眼見良機，大喜之下，左手向右急揮，往下猛按，溫方施四柄飛刀快如閃電，已向袁承志背心揷去。這下發難又快又準，旁觀衆人驚叫聲中，白光閃處，四把明晃晃的飛刀一齊斬向袁承志背心。袁承志聽得飛刀來向，翻身雙手連抓，抓住四柄飛刀，向八卦陣中使勁擲出，溫南揚及溫家三名二代弟子臂腿中刀，大呼聲中，已給袁承志分別提起一一擲進五行陣中。

五老一怔之際，步法稍緩，見袁承志搶步從空隙中竄出，但見陣外十六名弟子猶如渴馬奔泉，寒鴉赴水，紛紛向五行陣中心投去。袁承志這裏揮拳，那邊踢腿，每一招下的都是重手，衆弟子不是給他制住要害，抓起擲了進去，就是讓他用掌力揮進陣內。溫正等人功力較深，運拳抵抗，也是三招兩式，立給打倒，不由自主的摔入五行陣中。

這麼一來，五行八卦陣登時大亂。陣中不見敵人，來來去去的盡是自己人。衆人萬料不到袁承志當橫臥在地之際，能奇兵突出，引得五行陣及八卦陣破綻大現。

溫氏五老連聲怪叫，手忙腳亂的接住飛進陣來的衆弟子。袁承志怎還容得他們緩手重行布陣，搶上兩步，左手三指直戳溫方施穴道。

溫方施見他攻來，又是四柄飛刀向他胸前擲去。袁承志左手一一在刀柄處伸指撥落飛刀，手指直向溫方施咽喉下二寸六分「璇璣穴」點落。溫方山鋼杖勢挾勁風，猛向袁承志右胯打去。袁承志順手拉扯，將一名棋仙派弟子拖過來向他杖頭擋去。

溫方山大駭，這一杖雖沒盼能打中敵人，但估計當時情勢，他前後無法閃避，除了以兵器擋架之外，更無別法，然而他使的卻是一枚脆細的玉簪，只要鋼杖輕輕在玉簪上一擦，就把簪子震爲粉碎。那知他竟拖了一名本門弟子來擋，這一杖上去，豈不將他打得筋斷骨折？總算他武功高強，應變神速，危急中猛然踏上一步，左手在杖頭力扳，叫道：「大哥，留神！」鋼杖餘勢極大，準頭偏過，猛向溫方達砸去。他知大哥儘可擋得住這一杖，果然溫方達雙戟豎立，只聽得噹的一聲大響，火星四濺，鋼杖和短戟各自震了回來。

袁承志卻已乘機向溫方悟疾攻。他左掌猛劈，右手中的玉簪不住向他雙目刺去。溫方悟連連倒退，揮動皮鞭想封住門戶，但袁承志已欺到身前三尺之地，手中皮鞭只嫌太長，所謂「鞭長莫及」，此時卻另有含義了，霎時之間，給玉簪連攻了六七招。溫方悟見玉簪閃閃晃動，不離自己雙目，連續兩次都已刺到眼皮之上，嚇得魂飛天外，此時方知玉簪的厲害，最後一次實在躲不過了，丟開皮鞭，雙手蒙住眼睛，倒地接連打了幾個滾，這才避開，但後心已中了重重一腳，痛徹心肺。他當年以一條皮鞭在鄭州擂台上連敗十二條好漢，威風遠震，數十年來盛名不衰，那知今日在這少年人手中的一枚碧玉簪下敗得如此狼狽，躍起身時固羞憤難當，旁觀眾人也盡皆駭然。

黃眞見小師弟如此了得，出手之怪，從所未見，驚喜之餘，心想就是師父也不會這些功夫，「他這家寶號貨色繁多，五花八門，看來不是從我華山派一家進的貨。他生意的路子可廣得很啊。」崔希敏狂叫喝采。小慧抿著嘴兒微笑。

袁承志摧破堅陣，精神陡長，此時勝券在握，著著進逼，他一時使動華山派的伏虎掌法，接著用玉簪使出《金蛇秘笈》中的金蛇劍法。這身法便是神劍仙猿穆人清親臨，金蛇郎君夏雪宜復生，也只識得一半，溫氏五老如何懂得？他打退溫方悟後，轉向溫方義攻擊，也是險招連施，逼得他手忙腳亂。

溫方達見情勢緊急，大聲唿哨，突然發掌把一名弟子推了出去。溫方山也手腳齊施，把陣中弟子或擲或踢，一一清除。練武廳中人數一少，五行陣又推動起來。但袁承志逼住了溫方義毫不放鬆，令五人無法連環邀擊。酣鬥中溫方義左肩中掌，溫方山鋼杖筆直向袁承志後心搗去，同時溫方達雙戟向左攻到，溫方義左肩雖痛，仍按照陣法施爲。這時八卦陣已破，五行陣也已打亂，但五老仍然按照陣法，併力抵禦。

青青雖見袁承志用小慧的碧玉簪作爲兵刃，不由得心頭有氣，但見他取勝，卻也暗喜。溫儀瞧著袁承志在五老包圍中進退趨避，身形瀟洒，正是當年金蛇郎君在五行陣中的模樣，又看一會，只見自己朝思夜想的情郎，白衣飄飄，正在陣中酣戰，不由得心神激盪，站起身來，叫道：「夏郎，夏郎，你……你終於來了。」邁步便向廳心走去。青青忙拉住她手臂，叫道：「媽，你別去。」溫儀眼睛一花，凝神看清楚陣中少年身形彷彿，面目卻非，登覺暈眩，倒在青青懷中。

便在此時，袁承志忽地躍起，右手將玉簪往自己頭髮中一插，左手挽住了廳頂的橫樑，翻身而上。五老鬥得正緊，忽然不見了敵人，一怔之際，便覺頭頂風生，數十件暗器從空中撒將下來，知道不妙，待要閃避，溫方山與溫方施已給錢鏢分別打中穴道，跌倒在地。本來照著金蛇郎君原來訣竅，要以寶劍緊護自身，再攻對方破綻，袁承志手無寶劍，略加變通，先以翻身俯臥引得對方發射飛刀，乘勢攻破八卦陣，再發暗器，以代寶劍，一舉破陣，手法雖然有異，其根本方策，還是依據於金蛇郎君的遺意。

溫方達俯身去救，袁承志又是一把銅錢撒了下來。溫方達雙戟「密雲不雨」，在頭頂一陣盤旋，只聽叮叮之聲不絕，砸飛了十多粒銅錢。當下舞動雙戟，化成一團白光護住頂門，忽然間手上劇震，雙戟已給甚麼東西纏住，舞不開來。他吃了一驚，用力迴奪，那知就這麼一奪，雙戟突然脫手飛去。他不暇細思，於旁觀衆人驚呼聲中向旁躍開三步，伸掌護身，只見袁承志已自空躍下，站在廳側，手持雙戟，溫方悟的皮鞭兀自纏在戟頭。

袁承志喝道：「瞧著！」兩戟脫手飛出，激射而前，分別釘入廳上的兩根粗柱，戟刃直透柱身。兩根柱子一陣搖動，頭頂屋瓦亂響。站在門口的人紛紛逃出廳外，只怕大廳倒坍。

當年穆人清初授袁承志劍術時，曾脫手飛擲，劍身沒入樹幹，木桑道人譽爲天下無雙劍法，袁承志今日顯這一手，便是從那一招變來。黃眞見他以本門手法擲戟撼柱，威不可當，不禁大叫：「袁師弟，好一招『天外飛龍』呀！」袁承志回頭一笑，說道：「不敢忘了師父教導，請大師哥指教。」

溫方達四顧茫然，只見四個兄弟都已倒在地下。

袁承志緩步走到黃眞身邊，拔下頭上玉簪，還給了小慧。

溫方達見本派這座天下無敵的五行八卦陣，竟讓這小子在片刻之間，如摧枯拉朽般一番掃蕩，鬧了個全軍覆沒，一陣心酸，竟想衝向柱子自行碰死。但轉念又想：「我已垂暮之年，這仇多半難報。但只要留得一口氣在，總不能善罷干休！」雙手一擺，對黃眞道：「金子都在這裏，你們拿去吧。」

崔希敏不待他再說第二句話，當即將地下金條盡行撿入皮袋之中，棋仙派空有數十人站在一旁，卻眼睜睜的不敢阻攔。袁承志適才這一仗，已打得他們心驚膽戰，鬥志全失。

溫方達走到二弟方義身邊，但見他眼珠亂轉，身子不能動彈，知是給袁承志以錢鏢打中要穴，當即給他在「雲台穴」推宮過血，但揉搓良久，溫方義始終癱瘓不動。又去察看另外三個兄弟，一眼就知各人吃點中了穴道，然而依照所學的解穴法潛運內力施治，卻全無功效，心知袁承志的點穴法另有怪異之處，可是慘敗之餘，以自己身分，實不願低聲下氣的相求，轉頭瞧著青青，嘴唇一努。

青青知他要自己向袁承志求懇，故作不解，問道：「大爺爺，你叫我嗎？」溫方達暗罵：「你這刁鑽丫頭，這時來跟我爲難，等此事過了，再瞧我來整治你們娘兒倆。」低聲道：「你要他給四位爺爺解開穴道。」

青青走到袁承志跟前，福了一福，高聲道：「我大爺爺說，請你給我四位爺爺解開穴道。這是我大爺爺求你的，可不是我求你啊！」

袁承志道：「好。」上前正要俯身解治，黃眞忽然在鐵算盤上一撥，說道：「袁師弟，你實在一點也不懂生意經。奇貨可居，怎不起價？你開出盤去，不怕價錢怎麼俏，人家總是要吃進的。」

袁承志知道大師兄對棋仙派很有惡感，這時要乘機報復。他想師父常說：「出手寬容，留有餘地」，青青又已出言相求，金子既已取回，雅不願再留難溫氏五老，但大師兄在此，自然一切由他主持，便道：「請大師哥吩咐。」

黃眞道：「溫家在這裏殘害鄉民，仗勢橫行，衢州四鄉怨聲載道，我這兩天已打聽得清清楚楚。我說師弟哪，你給人治病，那是要落本錢的，總得收點兒診費才不蝕本，這筆錢咱們自己倒也不用要了，若是去救濟給他溫家害苦了的莊稼人，這樁生意做得過吧？」

袁承志想起初來靜岩之時，見到許多鄉民在溫家大屋前訴怨說理，給溫正打得落花流水，又想起靜岩鎭上無一人不對溫家大屋恨之入骨，俠義之心頓起，道：「不錯，這裏的莊稼漢眞給他們害苦啦。大師哥你說怎麼辦？」

黃眞在算盤上滴滴篤篤的撥上撥下，搖頭晃腦的唸著珠算口訣，甚麼「六上一去五進一」、「三一三十一，二一添作五」說個不停，也不知算甚麼帳。

崔希敏和小慧見慣黃眞如此裝模作樣。袁承志對大師兄恭敬，見他算帳算得希奇古怪，卻不敢嘻笑。棋仙派衆人滿腔氣憤，那裏還笑得出？只靑靑卻嗤的一聲笑了出來。

黃眞搖頭晃腦的道：「袁師弟，你的診費都給你算出來啦！救一條命是四百石白米。」袁承志道：「四百石？」黃眞道：「不錯，四位老爺子是大大的英雄好漢，算得少了，不夠面子。四百石上等白米，不許攙一粒沙子敗穀，斤兩升斗，可不能有一點兒搗鬼。」也不問溫方達是否答允，已說起白米的細節來。

袁承志道：「這裏四位老爺子，那麼一共是一千六百石了？」黃眞大拇指一豎，讚道：「師弟，你的心算眞行，不用算盤，就算出一個人四百石，四個人就是一千六百石。」崔希敏衝口說道：「我也算得出！」黃眞向他點點頭，示意嘉許。

黃眞對溫方達道：「明兒一早，請你大寶號備齊一千六百石白米，分給四鄉貧民，每人一斗。你發滿了一千六百石，我師弟就給你救治這四位令弟。」

溫方達忍氣道：「一時三刻之間，我那裏來這許多白米？我家裏搬空了米倉，只怕也不過七八十石罷了。」黃眞道：「診金定價劃一，折扣是不能打的。不過看在老朋友份上，分期發米，倒也不妨通融。你發滿四百石，就給你救一個人。等你發滿八百石，再給你救第二個。要是你手頭不便，那麼隔這麼十天半月、一年半載之後再發米，我師弟隨請隨到，就算是在遼東、雲南，也會趕來救人，決不會有一點兒拖延推搪。」

溫方達心想：「四個兄弟給點中了穴道，最多過得十二個時辰，穴道自解，只不過損耗些內力而已，不必受他如此敲詐勒索。」黃眞見他眼珠亂轉，已猜中了他心思，說道：「其實呢，你我都是行家，知道過得幾個時辰，穴道自解，這一千六百石白米，大可省了。不過我們華山派混元功的點穴有點兒霸道，若不以本門功夫解救，給點了穴道之人日後未免手腳不大靈便，至於頭昏眼花，大便不通，小便閉塞，也在所難免，內力大損，更不在話下。好在四位年紀還輕，再練他五六十年，也就恢復原狀了。」

溫方達知道此言非虛，咬了咬牙，說道：「好吧，明天我發米就是。」黃眞笑道：「大老闆做生意爽快不過，一點也不討價還價。下次再有生意，務必請你時時光顧。」溫方達受他奚落了半天，一言不發，拂袖入內。

袁承志向溫儀和青青施了一禮，說道：「明天見。」他知棋仙派現下有求於己，決不敢對她們母女爲難。師兄弟等四人提了黃金，與高采烈的回到借宿的農民家裏。

這時天才微明。小慧下廚弄了些麵條，四人吃了，談起這場大勝，無不眉飛色舞。

黃眞舉起麵碗，說道：「袁師弟，當時我聽師父說收了一位年紀很輕的徒弟，曾對你二師哥歸辛樹夫婦講笑，說咱們自己的弟子有些年紀都已四十開外了，師父忽然給他們添上了一位小師叔，只怕大夥兒有點尷尬吧。那知師弟你功夫竟這麼俊，別說我大師哥跟你差得遠，你二師哥外號神拳無敵，大江南北少有敵手，但我瞧來，只怕也未必勝得過你。咱們華山派將來發揚光大，都應在師弟你身上了。這裏沒酒，我敬你一碗麵湯。」說罷舉起碗來，將麵湯一飲而盡。

袁承志忙站起身來，端湯喝了一口，說道：「小弟今日僥倖取勝，舉止輕浮，是爲了要引得對方輕敵，出手攻擊，但不免違了師父的教導。大師哥稱讚實在愧不敢當。請大師哥多多教誨。」

黃眞笑道：「就憑你這份謙遜謹愼，武林中就極爲難得，快坐下吃麵。」他吃了幾筷，轉頭對崔希敏道：「你只要學到袁師叔功夫的一成，就夠你受用一世了。」

崔希敏在溫家眼見袁承志大展神威，舉手之間破了那厲害異常的五行陣，心裏佩服之極，聽師父這麼說，突然跪倒，向袁承志磕了幾個頭，說道：「求小師叔教我點本事。」袁承志忙跪下還禮，連說：「不敢當，你師父的功夫，比我精純十倍。」

黃眞笑道：「我功夫不及你，可是要教這傢伙，卻也綽綽有餘了，只是我實在少了耐心。師弟若肯成全這小子，做師哥的感激不盡。」

原來黃眞因卻不過崔秋山的情面，收了崔希敏爲徒。但這弟子資質魯鈍，聞十而不能知一，與黃眞機變靈動的性格極不相投。黃眞縱是在授藝之時，也是不斷的插科打諢，胡說八道。弟子越蠢，他譏刺越多。崔希敏怎能分辨師父的言語哪一句是眞，哪一句是假？黃眞明明說的是諷刺反話，他還道是稱讚自己。如此學藝，自然難有成就。後來袁承志感念他叔叔崔秋山初傳拳掌及捨命相救之德，又見他是小慧的愛侶，曾設法指點。崔希敏雖因天資所限，不能領會到多少，但比之過去，卻已大有進益了。

四人在稻草堆中草草睡了幾個時辰。中午時分，黃眞和袁承志剛起身，外邊有人叫門，進來一名壯漢，拿了溫方達的名帖，邀請四人前去。黃眞笑道：「你們消息也眞靈通，我們落腳的地方居然打聽得淸淸楚楚。」

四人來到溫家，只見鄉民雲集，一擔擔白米從城裏挑來，原來溫方達連夜命人到衢州城裏採購，衢州是浙東大城，甚是富饒，但驟然要運出一千六百石白米，卻也不免米價陡起，讓溫家又多花了幾百兩銀子。溫方達當下請黃眞過目點數，然後一斗斗的發給貧民。四鄉貧民紛紛議論，都說溫家怎地忽然轉了性。

黃眞見溫方達認眞發米，雖知出於無奈，但也不再加以譏誚，說道：「溫老爺子，你發米濟貧，乃是爲子孫積德。有個新編的好歌，在下唱給你聽聽。」放開嗓子，拍手頓足，唱了起來：

「年來蝗旱苦頻仍，嚼嚙禾苗歲不登，米價升騰增數倍，黎民處處不聊生。

草根木葉權充腹，兒女呱呱相向哭；釜甑塵飛爨絕煙，數日難求一餐粥。

官府徵糧縱虎差，豪家索債如狼豺。可憐殘喘存呼吸，魂魄先歸泉壤埋。

骷髏遍地積如山，業重難過饑餓關。能不教人數行淚，淚洒還成點血斑？

奉勸富家同振濟，太倉一粒恩無旣。枯骨重教得再生，好生一念感天地。

天地無私佑善人，善人德厚福長臻。助貧救生功勛大，德厚流光裕子孫。」

他嗓子雖然不佳，但歌詞感人，聞者盡皆動容。

袁承志道：「師哥，你這首歌兒作得很好啊。」黃眞道：「我那有這麼大的才學？這是闖王手下大將李岩李公子作的歌兒。」袁承志點頭道：「原來又是李岩大哥的大作。他念念不忘黎民疾苦，那才是眞英雄、大豪傑。」

袁承志也不待一千六百石白米發完，便給溫氏四老解開穴道，推宮過血。四老委頓了半夜，均已有氣無力，臉色氣得鐵青。袁承志向五老作了一揖，說道：「多多得罪，晚輩萬分抱歉。」

黃眞笑道：「你們送了一千六百石米，不免有點肉痛，但靜岩溫家的名聲卻好了不少。這樁生意你們其實是大有賺頭，不可不知。」五老一言不發，掉頭入內。

黃眞見發米已畢，貧民散去，說道：「咱們走吧！」

袁承志心想須得與靑靑告別，又想她母女和溫家已經破臉，只怕此處已不能居，正待和師哥商議，忽見靑靑抱著母親，哭叫：「承志大哥！」快步奔了出來。只見溫儀背上中了兩柄飛刀，深入背心，直沒至刀柄，眼見已然致命，難以復生，又見溫方施滿臉戾氣，搶步出來，雙手連揮，四柄飛刀向青青背上射去。

袁承志急躍而前，雙手抄出，抓住了四柄射向青青的飛刀。溫方施見袁承志出手接取飛刀，已知不妙，急忙快步退去，想避入門後。袁承志見他肆惡殺害親人，大怒之下，疾縱而前，在他後心重重踹了一腳。這一腳用上了混元功，勁力非凡。溫方施哼也不哼，摔進門去，鮮血狂噴。袁承志踹這一腳，雖沒傷了他性命，但功透要穴，溫方施就此成爲廢人，終身不能治愈，武功全失。

青青哭道：「四爺爺下毒手殺……殺了我媽。」

袁承志又怒又悲，伸手要去拔刀。黃眞把他手擋開，說道：「拔不得，一拔立時就死！」眼見溫儀傷重難救，便點了她兩處穴道，使她稍減痛楚。

溫儀臉露微笑，低聲道：「青兒，別難受。我……我去……去見你爸爸啦。在你爸爸身邊，沒人……沒人再欺侮我。」青青哭著連連點頭。

溫儀對袁承志道：「有一件事，你可不能瞞我。」袁承志道：「伯母要知道甚麼事？晚輩決不隱瞞。」溫儀道：「他有沒有遺書？有沒提到我？」袁承志道：「夏前輩留下了些武功圖譜。昨天我破五行陣，就是用他遺法，總算替他報了大仇，出了怨氣。」溫儀道：「他沒留下給我的信麼？」袁承志不答，只緩緩搖了搖頭。

溫儀好生失望，道：「他喝了那碗蓮子羹才沒力氣，這碗……這碗蓮子羹是我給他喝的。可是我眞的……眞的一點也不知道呀。」袁承志安慰她道：「夏前輩在天之靈，一定明白，決不會怪伯母的。」溫儀道：「他定是傷心死的，怪我暗中害他，現今就算明白，可是也已遲了。」青青泣道：「媽，爹爹早知道的。那日你也喝了蓮子羹，要陪爹爹一起死，還擋在他身前。他當時就明白了。」溫儀道：「他……他當眞明白嗎？爲甚麼一直不來接我？連……連遺書也不給我一封？」

袁承志見她臨死尚爲這事耿耿於懷，一時之間，想不出甚麼話來安慰，但見她目光散亂，雙手慢慢垂了下來，忽然心念一動，想起了金蛇秘笈中那張「重寶之圖」，其中提到過溫儀的名字，忙從衣囊中取出來，道：「伯母，你請看！」

溫儀雙目本已合攏，這時又慢慢睜開，一見圖上字跡，突然精神大振，叫道：「這是他的字，我認得的。」低聲唸著那幾行字道：「得寶之人……務請赴浙江衢州靜岩……尋訪溫儀，……尋訪溫儀，那就是我呀……酬以黃金十萬兩。」又見到那兩行小字：「此時縱聚天下珍寶，亦焉得以易半日聚首，重財寶而輕別離，愚之極矣，悔甚，恨甚。」她滿臉笑容，伸手拉住袁承志的衣袖，滿懷欣慰，說道：「他沒怪我，他心裏仍記著我，想著我……而今我要去了，要去見他了……」說著慢慢閉上了眼。

袁承志見此情景，不禁垂淚。溫儀忽然又睜開眼來，說道：「袁相公，我求你兩件事，請你一定得答允。」袁承志道：「伯母請說，只要做得到的，無不應命。」溫儀道：「第一件，請你把我葬在他身邊。第二件……第二件……」袁承志道：「第二件是甚麼？伯母請說。」溫儀道：「我……我世上親人，只有……只有這個女兒，請你……一生一世……照看著她……」手指著青青，忽然一口氣接不上，雙眼一閉，垂頭不動，已停了呼吸。

青青伏在母親身上大哭，袁承志輕拍她肩頭。黃眞、安小慧、和崔希敏三人眼見袁承志對她極是關切，又見她母親慘遭殺害，均感惻然，只是於此中內情一無所悉，不知說甚麼話來安慰才好。

青青忽地放下母親屍身，拔劍而起，奔到大門之前，舉劍亂剁大門，哭叫：「你們害死我爹爹，又害死我媽媽，我……我要殺光了你溫家全家。」縱身躍起，跳上了牆頭。

袁承志也躍上牆頭，輕輕握住她左臂，低聲道：「青弟，他們果然狠毒。不過，三爺爺終究是你外公。」

青青一陣氣苦，身子一晃，摔了下來。袁承志忙伸臂挽住她腰，卻見她已昏暈過去，大驚之下，連叫：「青弟，青弟！」

黃眞道：「不要緊，只是傷心過度。」取出一塊艾絨，用火摺點著了，在青青鼻下燻得片刻，她打了個噴嚏，悠悠醒來，呆呆瞧著母親屍身，一言不發。

承志問道：「青弟，你怎麼了？」她只不答。承志垂淚道：「你跟我們去吧，這裏不能住了。」青青呆呆的點點頭。承志抱起溫儀屍身，五人一齊離了溫家大屋。

袁承志走出數十步，回頭望去，但見屋前廣場上滿地白米，都是適才發米時掉下來的，數十隻麻雀跳躍啄食。此時紅日當空，濃蔭匝地，溫家大屋卻緊閉了大門，靜悄悄地沒半點聲息，屋內便如空無一人。

黃眞對崔希敏道：「這一百兩銀子，拿去給咱們借宿的農家，叫他們連夜搬家。」崔希敏接了，瞪著眼問師父道：「幹麼要連夜搬家呀？」黃眞道：「棋仙派的人對咱們無可奈何，自然會遷怒於別人，定會去向那家農家爲難。你想那幾個莊稼人，能破得了五行陣嗎？」崔希敏點頭道：「那可破不了！」飛奔著去了。

四人等他回來，繞小路離開靜岩鎭，行了十多里，見路邊有座破廟。黃眞道：「進去歇歇吧。廟破菩薩爛，旁人不會疑心咱們順手牽羊、偷鷄摸狗。」崔希敏道：「這個自然！破廟裏有甚麼可偷的。」

走進廟中，在殿上坐了。黃眞道：「這位太太的遺體怎麼辦？是就地安葬呢，還是到城裏入殮？」袁承志皺眉不語。黃眞道：「如到城裏找靈柩入殮，她是因刀傷致死，官府查問起來，咱們雖然不怕，總是麻煩。」言下意思是就在此葬了。

青青哭道：「不成，媽媽說過的，她要跟爸爸葬在一起。」黃眞道：「令尊遺體葬在甚麼地方？」青青說不上來，望著袁承志。袁承志道：「在咱們華山！」四人聽了都感詫異。

袁承志又道：「她父親便是金蛇郎君夏前輩。」

黃眞年紀比夏雪宜略大數歲，但夏雪宜少年成名，黃眞初出道時，金蛇郎君的威名早已震動武林，一聽之下，登時肅然動容，微一沉吟，說道：「我有個主意，姑娘莫怪。」青青道：「老伯請說。」

黃眞指著袁承志道：「他是我師弟，你叫我老伯可不敢當，還是稱大哥吧。」崔希敏向青青直瞪眼，心想：「這樣一來，我豈不是又得叫你這小妞兒作姑姑？」青青向袁承志望了一眼，竟然改了稱呼，道：「黃大哥的說話，小妹自當遵依。」崔希敏暗暗叫苦：「糟糕，糟糕，這小妞居然老實不客氣的叫起黃大哥來。」

黃眞怎想得到這渾小子肚裏在轉這許多念頭，對青青道：「令堂遺志是要與令尊合葬，咱們總要完成她這番心願才好。但不說此處到華山千里迢迢，靈柩難運，就算靈柩到了華山腳下，也運不上去。」青青道：「怎麼？」袁承志道：「華山山峯險峻之極，武功稍差一些的就上不了。運靈柩上去是決計不成的。」黃眞道：「另外有個法子，是將令尊的遺骨接下來合葬。不過令尊遺體已經安居吉穴，再去驚動，似乎也不很妥當。」

青青見他說得在理，十分著急，哭道：「那怎麼辦呢？」黃眞道：「我意思是把令堂遺體在這裏火化了，然後將骨灰送上峯去安葬。」說到這件事，他可一本正經，再不胡言亂語了。青青雖然不願，但除此之外也無別法，只得含淚點頭。

當下衆人收集柴草，把溫儀的屍體燒化了。青青自幼在溫家頗遭白眼，雖然溫正等幾個表兄見她美貌，討好於她，卻也全是心存歹念，只母親一人才眞心疼她愛她，這時見至愛之人在火光中漸漸消失，不禁伏地大哭。

袁承志在破廟中找了一個瓦罐，等火熄屍銷，將骨灰撿入罐中，拜了兩拜，暗暗禱祝：「伯母在天之靈儘管放心，小姪定將伯母骨灰送到華山絕頂安葬，決不敢有負重託。」

黃眞見此事已畢，對袁承志道：「我們要將黃金送去江西九江府。闖王派了許多兄弟在江南浙贛一帶聯絡，以待中原大舉之時，南方也豎義旗響應，人多事繁，在在需錢。袁師弟奪還黃金，功勞不小。」

青青道：「小妹不知這批金子如此事關重大，要不是兩位大哥到來，可壞了闖王大事。」崔希敏道：「也要你知道才好。」青青在口頭上素不讓人，說道：「此去如不是黃大哥親自護送，多半路上還要出亂子。」崔希敏急道：「甚……甚麼？你又要來盜金條嗎？」

黃眞眼睛一橫，不許他多言，說道：「袁師弟與夏姑娘如沒甚麼事，大家同去九江如何？」袁承志道：「小弟想念師父，想到南京去拜見他老人家，還想見見崔叔叔。大師哥以爲怎樣？」黃眞點頭道：「師父身邊正感人手不足，他老人家也想念你得很。師弟，你這一次在衢州開張大發，賺了個滿堂紅。今後行俠仗義，爲民除害，盼你諸事順遂，大吉大利，生意興隆，一本萬利。」袁承志肅然道：「還請大師哥多多教誨。」黃眞笑道：「我不跟你來這套，咱們就此別過。夏姑娘，你以後順手發財，可得認明人家招牌字號呀。」站起來一拱手，轉頭就走。崔希敏也向師叔拜別。

小慧對袁承志道：「承志大哥，你多多保重。」袁承志點頭道：「見到安嬸嬸時，說我很記掛她。」小慧道：「媽知道你長得這麼高了，一定很歡喜。我去啦！」行禮告別，追上黃眞和崔希敏，向西而去。

她一面走，一面轉頭揮手。袁承志也不停揮手招呼，直至三人在山邊轉彎，不見背影，這才停手。

袁承志和青青聽曲秦淮河上，兩名歌女合唱「掛枝兒」小曲，歌聲宛轉，詞意纏綿。

第八回　易寒強敵膽　難解女兒心

青青哼了聲，冷冷的道：「幹麼不追上去再揮手？」袁承志一怔，不知這話是甚麼意思。青青怒道：「這般戀戀不捨，又怎不跟她一起去？」袁承志才明白她原來生的是這個氣，說道：「我小時候遇到危難，承她媽媽相救，我們從小就在一塊兒玩的。」

青青更加氣了，拿了一塊石頭，在石階上亂砸，只打得火星直迸，板著臉道：「那就叫做青梅竹馬了。」又道：「你要破五行陣，幹麼不用旁的兵刃，定要用她頭上的玉簪？」袁承志道：「我使一根一碰就碎的玉簪，好教你五位爺爺心無所忌，便出手進攻，招式中就露出破綻，他們倘若只守不攻，此陣難破。」青青道：「難道我就沒簪子嗎？」說著拔下自己頭上玉簪，折成兩段，摔在地下，踹了幾腳。

袁承志覺得她在無理取鬧，只好默不作聲。青青怒道：「你跟她這麼有說有笑的，見了我就悶悶不樂。」袁承志道：「我幾時悶悶不樂了？」青青道：「人家的媽媽好，在你小時候救你疼你，我可是個沒媽媽的人。」說到母親，又垂下淚來。

袁承志急道：「你別儘發脾氣啦。咱們好好商量一下，以後怎樣？」青青聽到「以後怎樣」四字，蒼白的臉上微微一紅，更加惱了，發作道：「商量甚麼？你去追你那小慧妹妹去。我這苦命人，在天涯海角飄泊罷啦。」袁承志心中盤算，如何安置這位大姑娘，確是件難事。

青青見他不語，站起來捧了盛著母親骨灰的瓦罐，掉頭就走。袁承志忙問：「你去那裏？」青青道：「你理我呢？」逕向北行。袁承志無奈，只得緊跟在後。一路上青青始終不跟他交談，袁承志逗她說話，總是不答。

到了金華，兩人入客店投宿。青青上街買了套男人衣巾，又改穿男裝。袁承志知她倉卒離家，身邊沒帶甚麼錢，乘她外出時在她衣囊中放了兩錠銀子。青青回來後，撅起了嘴，將銀子送回他房中。

這天晚上她出去做案，在一家富戶盜了五百多兩銀子。第二日金華城裏便轟傳起來。袁承志料知是她幹的事，不禁暗皺眉頭，眞不懂得她爲甚麼莫名其妙的忽然大發脾氣？如何對付實是一竅不通。軟言相求吧？不知怎生求懇才是；棄之不理吧？又覺讓她一個少女孤身獨闖江湖，未免心有不忍。想來想去，不知如何是好。

這日兩人離了金華，向義烏行去。青青沉著臉在前，袁承志跟在後面。行了三十多里，忽然天邊烏雲密佈，兩人忙加緊腳步，行不到五里，大雨已傾盆而下。袁承志帶著雨傘，青青卻嫌雨傘累贅沒帶。她展開輕功向前急奔，附近卻沒人家，也無廟宇涼亭。袁承志腳下加快，搶到她前面，遞傘給她。青青伸手把傘一推。袁承志道：「青弟，咱們是結義兄弟，說是同生共死，禍福與共。怎麼你到這時候還在生哥哥的氣？」

青青聽他這麼說，氣色稍和，道：「你要我不生氣，那也容易，只消依我一件事。」袁承志道：「你說吧，別說一件，十件也依了。」青青道：「好，你聽著。從今而後，你不能再見那個安姑娘和她母親。如你答允了，我馬上向你陪不是。」說著嫣然一笑。

袁承志好生爲難，心想安家母女對己有恩，將來終須設法報答，無緣無故的避不見面，那成甚麼話？這件事可不能輕易答允，不由得頗爲躊躇。

青青俏臉一板，怒道：「我原知你捨不得你那小慧妹妹。」轉過身來，向前狂奔。袁承志大叫：「青弟，青弟！」青青充耳不聞，轉了幾個彎，見路中有座涼亭，便直竄進去。

袁承志奔進涼亭，見她已全身濕透。其時天氣正熱，衣衫單薄，雨水浸濕後甚是不雅，青青又羞又急，伏在涼亭欄杆上哭了出來，叫道：「你欺侮我，你欺侮我。」

袁承志心想：「這倒奇了，我幾時欺侮過你了？」當下也不分辯，解下長衫，給她披在身上。他有傘遮雨，衣衫未濕。尋思：「到底她要甚麼？心裏在想甚麼？我可一點也不懂。小慧妹妹又沒得罪她，爲甚麼要我今後不可和她再見？難道爲了小慧妹妹向她索討金子，因而害死她媽媽？這可也不能怪小慧啊。」他將呂七先生、溫氏五老這些強敵殺得大敗虧輸，心驚膽寒，也不算是何等難事，可是青青這個大姑娘忽喜忽嗔，忽哭忽笑，實令他搔頭摸腮，越想越胡塗。他一生從沒跟年輕姑娘打過交道，青青偏又加倍刁蠻，當眞令他手足無措。

青青想起母親慘死，索性放聲大哭，直哭得袁承志頭暈腦脹，不知如何是好。過了一陣，雨漸漸停了，青青卻仍哭個不休。她偷眼向袁承志一瞥，見他也正望著自己，忙轉過眼光，繼續大哭。袁承志也橫了心，心想：「看你有多少眼淚！」

正自僵持不決，忽聽得腳步聲響，一個青年農夫扶著一個老婦走進亭來。老婦身上有病，哼個不停。那農夫是他兒子，不住溫言安慰。青青見有人來，便收淚不哭了。

袁承志心念一動：「我試試這法兒看。」過不多時，這對農家母子出亭去了。青青見雨已停，正要上道，袁承志忽然「哎唷，哎唷」的叫了起來。

青青吃了一驚，回頭看時，見他捧住了肚子，蹲在地下，忙走過去看。袁承志運起混元功，額上登時黃豆般的汗珠直淌下來。青青慌了，連問：「怎麼了？肚子痛麼？」

袁承志心想：「裝假索性裝到底！」運氣閉住了手上穴道。青青一摸他手，只覺一陣冰冷，更加慌了手腳，忙道：「你怎麼了？怎麼了？」袁承志大聲呻吟，只是不答。青青急得又哭了起來。

袁承志呻吟道：「青弟，我……我這病是好不了的了，你莫理我。你你……自己去吧。」青青急道：「怎麼好端端的生起病來？」袁承志有氣無力的道：「我從小有一個病……受不得氣……要是人家發我脾氣，我心裏一急，立刻會心痛肚痛，哎唷，哎唷，痛死啦！昨天跟你的五位爺爺相鬥，又使力厲害了，我……我……」

青青驚惶之下，雙手摟住了他，給他胸口揉搓。袁承志給她抱住，很是不好意思。青青哭道：「承志大哥，都是我不好，你別生氣啦。」袁承志心想：「我若不繼續裝假，不免給她當作了輕薄之人。」此時騎虎難下，只得垂下了頭，呻吟道：「我是活不成啦，我死之後，你給我葬了，去告訴我大師哥一聲。」他越裝越像，肚裏卻在暗暗好笑。

青青哭道：「你不能死，你不知道，我生氣是假的，我是故意氣你的，我心裏……心裏很喜歡你呀。你對你那小慧妹妹好，我心裏好生難過，以為你對我不好了。你要是死了，我便跟你一起死！」

袁承志心頭一驚：「原來她是愛著我。」他生平第一次領略少女的溫柔，心頭一股說不出的滋味，又是甜蜜，又是羞愧，怔怔的不語。

青青只道他眞的要死了，緊緊的抱住他，叫道：「大哥，大哥，你不能死呀。沒有了你，我也活不成啦。」袁承志只覺她吹氣如蘭，軟綿綿的身體偎依著自己，不禁一陣神魂顛倒。青青又道：「我生氣是假的，你別當眞。」袁承志哈哈一笑，說道：「我生病也是假的呀，你別當眞！」

青青一呆，忽地跳起，劈臉重重一個耳光，啪的一聲大響，只打得他眼前金星亂冒。青青掩臉就走。袁承志愕然不解：「剛才還說很喜歡我，沒有我就活不成，怎麼忽然之間又翻臉打人？」他不解青青的心事，只得跟在後面。青青一番驚惶，一番喜慰，早將對安小慧的疑忌之心拋在一旁，見袁承志左邊臉上紅紅的印著自己五個手指印，不禁有些歉然，也不禁有些得意，想到終於洩露了自己心事，又感羞愧難當。

兩人都是心中有愧，一路上再不說話，有時目光相觸，都臉上一紅，立即同時轉頭迴避。心中卻都甜甜的，這數十里路，便如是飄飄蕩蕩的在雲端行走一般。

這天傍晚到了義烏，青青找到一家客店投宿。袁承志跟著進店。

青青橫他一眼，說道：「死皮賴活的跟著人家，眞討厭。」袁承志摸著臉頰，笑道：「我肚痛是假，這裏痛卻是眞的。」青青一笑，道：「你要是氣不過，就打還我一記吧。」

兩人於是和好如初，晚飯後閒談一會，兩人分房睡了。青青見他於自己吐露真情之後，仍溫文守禮，不再提起那事，倒免了自己一番尷尬狼狽，可是忍不住又想：「我說了喜歡他，他又怎不跟我說？不知他心裏對我怎樣？他喜歡我呢，還是不喜歡我？」這一晚翻來覆去，又怎睡得安穩？只是思量：「他喜歡我呢，還是不喜歡我？」

次日起身上道，青青問起他如何見到她爹爹的遺骨。袁承志於是詳細說了兩猿怎樣發現洞穴，他怎樣進洞見到骷髏、怎樣掘到鐵盒、怎樣發現圖譜等情，又講到張春九和那禿頭夜中前來偷襲、反而遭殃的事。

青青只聽得毛骨悚然，說道：「張春九是我四爺爺的徒弟，最是奸惡不過。那汪禿頭是二爺爺的徒弟。我五個爺爺每年正月十六，總是派了幾批子姪徒弟出去尋訪探找。到底尋甚麼人，還是找甚麼東西，大家鬼鬼祟祟的，從來不跟我說。不過每個人回來，全都垂頭喪氣的，定是甚麼也找不到。現下想來，自然是在找我爹爹的下落了。」過了一會，又道：「我爹爹死了之後還能用計殺敵，真了不起。」言下讚歎不已，又道：「要是爹爹活著，見到你把溫家那些壞人打得這般狼狽，定是高興得很……嗯，媽媽是親眼見到的，她定會告訴爹爹……你再把爹爹的筆跡給我瞧瞧。」袁承志取出那幅圖來，遞給她道：「這是你爹爹的東西，該當歸你。」青青瞧著父親的字跡，又是傷心，又是歡喜。

這天來到松江，青青忽道：「大哥，到了南京，見過你師父後，咱們就去把寶貝起出來。」袁承志奇道：「甚麼寶貝？」青青道：「爹爹這張圖不是叫做『重寶之圖』麼？他說得寶之人要酬我媽媽黃金十萬兩，媽媽又說這是皇宮內庫中的物事，其中不知有多少金銀珠寶。」袁承志沉吟道：「話是不錯，可是咱們辦正事要緊。」他一心記掛的，只是會見師父之後去報父仇。青青道：「按圖尋寶，也不見得會耽擱多少時候。」

袁承志神色不悅，說道：「咱倆拿到這許多金銀珠寶，又有甚麼用？青弟，我勸你總要規規矩矩的做人，別這麼貪財才好。」只說得青青撅起了小嘴，賭氣不吃晚飯。

次日上路，青青道：「我不過拿了闖王二千兩黃金，他們就急得甚麼似的，要你大師兄親自出馬來討回去。闖王幹麼這樣小家氣啊？」袁承志道：「闖王那裏小家氣了？我見過他的。他待人最是仗義疏財，他爲天下老百姓解除疾苦，自己節儉得很，當眞是一位大英雄大豪傑。這二千兩黃金他有正用，自然不能輕易失去。」青青道：「是呀，要是咱們給闖王獻上黃金二十萬兩，甚至二百萬兩、三百萬兩，你說這件事好不好呢？」

這一言提醒，只喜得袁承志抓住了她手，道：「青弟，我眞胡塗啦，多虧你說。」青青把手一摔，道：「我也不要你見情，以後少罵人家就是啦。」袁承志陪笑道：「要是我們找到這批金珠寶貝，獻給闖王，可不知能救得多少受苦百姓的性命。」

兩人坐在路邊，取出圖來細看，見圖中心處有個紅圈，圈旁註著「魏國公府」四字。兩人又細看了一會。袁承志道：「寶藏是在魏國公府的一間偏房底下。」青青道：「咱們到南京後，只消尋到魏國公府，就有法子。魏國公是大將軍徐達的封號，他是本朝第一大功臣，府第定然極大，易找得很。」

袁承志搖搖頭道：「大將軍的府第非同小可，防守定嚴，就算混得進去，要這麼大舉挖掘，實在也爲難得緊。」青青道：「現下憑空猜測，也是無用，到了南京再相機行事吧。」

路上數日，到了南京。那金陵石頭城是天下第一大城，乃太祖當年開國建都之地，眼下仍延用舊稱，叫做應天府，千門萬戶，五方輻輳，朱雀橋畔簫鼓，烏衣巷口綺羅，王孫公子、世族子弟，仍相聚居，雖逢亂世，不減昔年侈靡。

兩人投店後，承志便依著大師哥所說地址去見師父。一問之下，卻知穆人清往安慶府去了，至於到了安慶府何處，在南京聯絡傳訊之人也不知情。承志鬱鬱不樂，青青拉他出去遊玩，也是全無心緒，只坐在客店中發悶。

青青把店伴叫來，詢問魏國公府的所在。那店伴茫然不知，說南京那裏有甚麼魏國公府。青青惱了，說道：「魏國公是本朝第一大功臣，怎會沒國公府？」店伴道：「要是有，相公自己去找吧。小人生在南京，長在南京，在南京住了四十多年，可就沒聽見過。」青青怪他挺撞，伸手要打，給承志攔住。那店伴嘮嘮叨叨的去了。

兩人在南京尋訪了七八天，沒找到絲毫線索。承志便要去安慶府尋師，青青說既然到了南京，總得查個水落石出才罷。兩人又探問了五六日。有人說徐大將軍的後人在永樂皇帝時改封定國公，府第聽說現今是在北京順天府。有人說：大將軍逝世後追封中山王，南京鍾山有中山王墓，兩位不妨去瞧瞧。又有人說，南京守備國公爺是姓徐，但他住在守備府，卻不知魏國公府在那裏。兩人去守備府察看，卻見跟地圖上所繪全然不對。

這一晚兩人僱了艘河船，在秦淮河中遊河解悶。承志道：「你爹爹何等本事，他得了這張地圖卻找不到寶藏，可見這件事本來是很渺茫的。」青青道：「我爹爹明明這樣寫著，那會有錯？又不是一兩金子、二兩銀子的事，當然不會輕輕易易就能得到。」承志道：「再找一天，要是仍沒端倪，咱們可得走了。」青青道：「再找三天！」承志笑道：「好，依你，三天就三天。你道我不想找到寶藏麼？」

河中笙歌處處，槳聲輕柔，燈影朦朧，似乎風中水裏都有脂粉香氣，這般旖旎風光承志固是從所未歷，青青僻處浙東，卻也沒見過這等煙水風華的氣象。她喝了幾杯酒，臉上酡紅，聽得鄰船上傳來陣陣歌聲，盈盈笑語，不禁有微醺之意，笑道：「大哥，咱們叫兩個姐兒來唱曲陪酒好嗎？」承志登時滿臉通紅，說道：「你喝醉了麼？這麼胡鬧！」

遊船上的船夫接口道：「到秦淮河來玩的相公，那一個不叫姐兒陪酒？兩位相公如有相熟的，小的就去叫來。」承志雙手亂搖，連叫：「不要，不要！」

青青笑問船夫：「河上那幾位姑娘最出名呀？」船夫道：「講到名頭，像卞玉京啦，柳如是啦，董小宛啦，李香君啦，哪一位都是才貌雙全，又會做詩，又會唱曲的美貌姑娘。」青青道：「那麼你把甚麼柳如是、董小宛給我們叫兩個來吧。」船夫伸了舌頭，笑道：「你這位相公定是初來南京。」青青道：「怎麼？」船夫道：「這些出名的姑娘，相交的不是王孫公子，就是出名的讀書人。尋常做生意的，就是把金山銀山抬去，要見她們一面，也未必見得著呢，又怎隨便叫得來？」青青啐道：「一個妓女也有這麼大的勢派？」

船夫道：「秦淮河裏有的是好姑娘，小的給兩位相公叫兩個來吧。」袁承志道：「咱們要回去啦，改天再說吧。」青青笑道：「我可還沒玩夠！」對船夫道：「你叫吧！」

那船夫巴不得有這麼一句話，放開喉嚨喊了幾聲。不多一刻，一艘花舫從河邊轉出，兩名歌女從跳板上過來，向承志與青青福了兩福。承志起身回禮，神色尷尬。青青卻大模大樣的端坐不動，祇微微點了點頭，見承志一副狼狽模樣，心中暗暗好笑，又想：「他原是個老實頭，就算心裏對我好，料他也說不出口。」

那兩名歌女姿色平庸。一個拿起簫來，吹了個「折桂令」牌子，倒也悠揚動聽。青青知道這等曲牌該用笛吹奏，但女子吹簫較爲文雅。

另一個歌女對青青道：「相公，我兩人合唱個『掛枝兒』給你聽，好不好？」青青笑道：「好啊。」那歌女彈起琵琶，唱的是男子腔調，唱道：

「我教你叫我，你只是不應，不等我說就叫我，才是眞情。要你叫聲『親哥哥』，推甚麼臉紅羞人？你口兒裏不肯叫，想是心裏兒不疼。你若疼我是眞心也，爲何開口難得緊？」

袁承志聽到這裏，想起自己平時常叫「青弟」，可是她從來就不叫自己一聲「哥哥」，只是叫「承志大哥」，要不然便叫「大哥」，不由得向青青瞧去。只見她臉上暈紅，也正向自己瞧來，兩人目光相觸，都感不好意思，同時轉開了頭，只聽那歌女又唱道：

「俏冤家，非是我好教你叫，你叫聲無福的也自難消。你心不順，怎肯便把我來叫？叫的這聲音兒嬌，聽的往心窩裏燒。就是假意兒的殷勤也，比不叫到底好！」

另一個歌女以女子腔調接著唱道：

「俏冤家，但見我就要我叫，一會兒不叫你，你就心焦。我疼你那在乎叫與不叫。叫是口中歡，疼是心想著。我若疼你是眞心也，就不叫也是好。」

歌聲嬌媚，袁承志和青青聽了，都不由得心神蕩漾。

只聽那唱男腔的歌女唱道：

「我只盼，但見你就聽你叫，你卻是怕聽見的向旁人學。才待叫又不叫，只是低著頭兒笑，一面低低叫，一面把人瞧。叫得雖然艱難也，心意兒其實好。」

兩人最後合唱：「我若疼你是眞心也，便不叫也是好！」琵琶玎玎琤琤，輕柔流盪，一聲聲挑人心弦，襯著曲詞，當眞如蜜糖裏調油、胭脂中摻粉，又甜又膩，又香又嬌。

袁承志一生與刀劍爲伍，識得青青之前，結交的都是豪爽男兒，那想得到單是叫這麼一聲，其中便有這許多講究，想到曲中纏綿之意，綢繆之情，不禁心中怦怦作跳。

青青眼皮低垂，從那歌女手中接過簫來，拿手帕蘸了酒，在吹口處擦乾淨了，接嘴吐氣，吹了起來。袁承志當日在靜岩玫瑰坡上曾聽她吹簫，這時河上波光月影，酒濃脂香，又是一番光景，簫聲婉轉清揚，吹的正是那「掛枝兒」曲調，想到「我若疼你是眞心也，便不叫也是好」那兩句，燈下見到青青的麗色，不覺心神俱醉。

袁承志聽得出神，沒發覺一艘大花舫已靠到船邊，祇聽得有人哈哈大笑，叫道：

「好簫，好簫！」接著三個人跨上船來。青青見有人打擾，心頭恚怒，放下簫管，側目斜視。見上來三人中前面一人搖著摺扇，滿身錦繡，三十來歲年紀，生得細眉細眼，皮肉比之那兩個歌女還白了三分。後面跟著兩個家丁，提著的燈籠上面寫著「總督府」三個紅字。

袁承志站起來拱手相迎。兩名歌女叩下頭去。青青卻不理睬。

那人大笑著走進船艙，說道：「打擾了，打擾了！」大剌剌的坐了下來。袁承志道：「請問尊姓大名。」那人還沒回答，一個歌女道：「這位是鳳陽總督府的馬公子。秦淮河上有名的闊少。」馬公子也不問承志姓名，一雙色迷迷的眼睛儘在青青的臉上溜來溜去，笑道：「你是那個班子裏的？倒吹得好簫，怎不來伺候我大爺啊？哈哈！」

青青聽他把自己當作優伶樂匠，柳眉一挺，當場便要發作。承志向她連使眼色，說道：「這位是我兄弟，我們是到南京來訪友的。」馬公子笑道：「訪甚麼友？今日遇見了我，交了你公子爺這個朋友，你們就吃著不盡了。」承志心中惱怒，淡淡問道：「閣下在總督府做甚麼官？」馬公子微微一笑，道：「總督馬大人，便是家叔。」

這時那邊花舫上又過來一人，那人穿著一身藕色熟羅長袍，身材矮小，留了兩撇小鬍子，神情一團和氣，向馬公子笑道：「公子爺，這兄弟的簫吹得不錯吧？」袁承志瞧他模樣，料想他是馬公子身邊的清客。馬公子道：「景亭，你跟他們說說。」

那人自稱姓楊名景亭，當下諾諾連聲，對袁夏二人道：「馬公子是鳳陽總督馬大人的親姪兒，交朋友是最熱心不過的，一擲千金，毫無吝色。誰交到了這位朋友，那眞是一交跌進青雲裏去啦。馬大人最寵愛這個姪兒，待他比親生兒子還好，這位兄弟要交朋友嘛，最好就搬到馬公子府裏去住。」承志聽他們出言不遜，生怕青青發怒，那知青青卻笑逐顏開，說道：「那是再好不過，咱們這就上岸去吧。」馬公子大喜，伸手去拉她手。青青一縮，把一名歌女在他身上推去。承志大奇，當下默不作聲。

青青站起身來，對馬公子道：「這兩位姑娘和船家，小弟想每人打賞五兩銀子……」馬公子忙道：「當然是兄弟給，你們明兒到賬房來領賞！」青青笑道：「今兒賞了他們，豈不爽快？」馬公子道：「是，是！」手一擺，家丁已取出十五兩銀子放在桌上。船夫與兩名歌女謝了。馬公子目不轉睛的瞧著青青，眉花眼笑，心癢難搔，如同撿到了天上掉下來的奇珍異寶一般。不一會，船已攏岸。楊景亭道：「我去叫轎子！」青青忽道：「啊喲，我有一件要緊物事放在下處，這就要去拿。」馬公子道：「我差家人給你去取好啦，好兄弟，你住在那裏？」青青道：「我在太平門覆舟山的和尙廟裏借住。這東西可不能讓別人去拿。」楊景亭在馬公子耳邊低聲道：「釘著他，別讓這孩子溜了。」馬公子眨眨眼道：「不錯！」轉頭對青青道：「好兄弟，我和你一起去吧！」說著伸手去摟她肩膊。青青嗤的一笑，向旁避開。

馬公子神魂飄蕩，對楊景亭道：「景亭，這孩子若是穿上了女裝，金陵城裏沒一個娘們能比得上。天下居然有這等絕色少年，今日卻叫我遇上了！眞是祖宗積德。」

青青道：「大哥，咱們去吧！」挽了袁承志的手便走。馬公子一使眼色，四人都跟在後面。他搶上幾步，和青青說笑。青青有一搭沒一搭的跟他閒談。

青青與承志爲了尋訪魏國公府，十多天來南京城內城外、大街小巷都走遍了，於道路已很熟悉。承志見她儘往荒僻之地走去，知她已動殺機，心想：「這馬公子雖然無行，但看錯了人，卻也罪不致死。師父常說，學武之人不能濫殺無辜，我豈可不阻？」於是停步道：「青弟，別跟馬公子開玩笑了，咱們回水西門客店去吧。」青青笑道：「你一人先回去！」馬公子大喜，道：「對，對，你一個人回去。你要不要銀子使？」承志搖頭嘆息，心道：「我說回水西門客店，已點明並非在覆舟山和尚廟借住。這人死到臨頭，還是不悟！」

說話之間，到了一片墳場，馬公子已走得上氣不接下氣，問道：「快……快到了嗎？」青青一聲長笑，說道：「你們已經到啦！」馬公子一楞，心想到這墳堆中來幹甚麼。那篾片楊景亭看出情形有些兒不對，但想我們共有四人，兩名家丁又孔武有力，諒這兩個文弱少年也使不出甚麼奸來，說道：「小兄弟，別鬧著玩了，大夥兒去公子府裏，熱烘烘的喝兩鍾樂上一樂，你給大夥唱上幾支曲兒，豈不是好？」青青冷笑兩聲。

袁承志喝道：「你們快走。做人規規矩矩的，便少碰些釘子。」楊景亭怒道：「你這人惹厭得很，還是自己規規矩矩的先回去吧！別招得馬公子生氣。」馬公子詐癲納福，說道：「好兄弟，我累啦，你扶我一把！」挨近青青身旁，伸右臂往她肩頭搭去。

青青身子一側，向承志道：「大哥，那邊是甚麼？」伸手東指。承志轉過頭去一望，祇聽得背後嗤得一聲響，急忙回頭，馬公子那顆胡塗腦袋已滾下地來，頸子中鮮血直噴。楊景亭和兩個家丁都驚呆了。青青上前一劍一個，全都刺死。承志心想既已殺了一個，索性斬草除根，以免後患，當下也不阻擋。青青在馬公子身上拭了劍上血跡，嘻嘻嬌笑。

袁承志道：「這種人打他一頓，教訓教訓也就夠了，你也忒狠了一點。」青青眼一橫，嗔道：「咱兩個在河上吹簫聽曲，多好玩，這傢伙卻來掃興，你說他該不該死？」

袁承志心想單是打擾掃興，自然說不上該死，但馬公子和楊景亭這種人仗勢橫行，傷天害理之事定是做了不少，殺了他也不能說濫殺無辜，於是正色道：「這樣的壞蛋，殺就殺了，可是你將來亂殺一個好人，咱們的交情就此完了。」青青吐了吐舌頭，笑道：「兄弟不敢！」

兩人把屍首踢入草叢，正要回歸客店，袁承志忽在青青衣袖上扯了一把，低聲道：「有人！」兩人當即縮身躲在一座墳墓之後。

祇聽得遠處腳步聲響，東面和西面都有人過來。兩人從墳後探眼相望，見兩邊各有十多人，提著油紙燈籠。雙方漸行漸近，東面的人擊掌三下，停一停，又擊兩下。西邊的人也擊掌三下，跟著又擊兩下，走近聚在一起，圍坐在一座大墳之前。所坐之處，與兩人相距十多丈，說話聽不清楚。青青好奇之心大起，想挨近去聽。袁承志拉住她衣袖，低聲道：「等一下。」青青道：「等甚麼？」袁承志搖手示意，叫她別作聲。青青等得很不耐煩。

約莫過了一盞茶時分，一陣疾風吹來，四下長草瑟瑟作聲，墳邊的松柏枝條飛舞。承志右手托著青青右臂，左手摟住她腰，施展輕功，竟不長身，猶如腳不點地般奔出十多丈，到了那批人身後一座墳後伏下。這時風聲未息，那些人絲毫不覺，兩人一伏下，承志立即雙手縮回。青青心想：「他確是個志誠君子，但也未免太古板了些。」

這時和眾人相距已不過三丈，祇聽一個嗓子微沙的人道：「貴派各位大哥遠道而來，拔刀相助，兄弟萬分感激。」另一人道：「我師父說道，閔老師見招，本當親來，祇是他老人家臥病已一個多月，起不了床，因此上請萬師叔帶領我們十二弟子，來供閔老師差遣。」那沙嗓子的人道：「尊師龍老爺子的貴恙，只盼及早痊愈。此間大事一了，兄弟當親去雲南，向龍老爺子問安道謝。追風劍萬師兄劍法通神，威震天南，兄弟一見萬師兄駕到，心頭立即大石落地了。」一人細聲細氣的道：「好說，好說，只怕我們點蒼派不能給閔老師出甚麼力。」

袁承志心頭一震，想起師父談論天下劍法，曾說當世門派之中，峨嵋、崑崙、華山、點蒼，武林中稱爲四大劍派。四派人材鼎盛，劍法中均有獨得之秘。其他少林、武當等派武學雖深，卻不專以劍術見稱。這姓萬的號稱追風劍，又是點蒼派高手，劍術必是極精的了。他千里迢迢來到金陵，不知圖謀甚麼大事。

只聽兩人客氣了幾句，遠處又有人擊掌之聲，這邊擊掌相應。過不多時，已先後來了三起人物，聽他們相見敘話，一起是山西五台山清涼寺的僧衆，由監寺十力大師率領；一起是浙閩沿海的海盜，由七十二島總盟主碧海長鯨鄭起雲率領；第三起是陝西秦嶺太白山太白派的三個盟兄弟，號稱「太白三英」的史秉光、史秉文、黎剛三人。

袁承志越聽越奇，心想這些都是武林中頂兒尖兒的人，都曾聽師父說起過他們的名頭，怎麼忽然聚到南京來？只聽那姓閔的不住稱謝，顯然這些人都是他邀來的。

青青早覺這夥人行跡詭秘，只想詢問承志，但耳聽得衆人口氣皆非尋常之輩，自己只要稍發微聲，勢必立讓察覺，因此連大氣也不敢透一口。

只聽得那姓閔的提高了嗓子說道：「承各位前輩、師兄、師弟千山萬水的趕來相助，義氣深重，在下閔子華實是感激萬分，請受我一拜！」聽聲音是跪下來叩頭。衆人忙謙謝扶起，都說：「閔二哥快別這樣！」「折殺小弟了，這那裏敢當？」「武林中路見不平，拔刀相助，那是份所當爲，閔兄不必客氣。」

亂了一陣，閔子華又道：「這幾日內，崑崙派的張心一師兄，峨嵋派的幾位道長，華山派的幾位師兄也都可到了。」有人問道：「華山派也有人來嗎？那好極了，是誰的門下呀？」袁承志心想：「你問得倒好，我也正想問這句話。」閔子華道：「是神拳無敵門下的幾位師兄。」袁承志心道：「那是二師哥的門下了。」那人又問：「閔二哥跟歸二爺夫婦有交情麼？那好極啦，有他們夫婦撐腰，還怕那姓焦的奸賊甚麼？」

閔子華道：「歸氏夫婦前輩高人，在下怎夠得上結交？他大徒弟梅劍和梅兄，卻跟在下有過命的交情。」另一人道：「梅劍和？那就是在山東道上一劍伏七雄的『沒影子』了。」閔子華道：「不錯，正是他。」袁承志聽到這裏，登時釋然，心想既有本門中人參預，那定是正事，我且不露面，如有機緣，不妨暗中相助。

又聽閔子華道：「先兄當年遭害身亡，兄弟十多年來到處訪查，始終不知仇家是誰。現下幸蒙太白山史氏昆仲見告，才知害死先兄的竟是那姓焦的奸賊。此仇不報，誓不爲人！」語氣悲憤，又聽噹的一聲，想是用兵器在墓碑上重重一擊。

一個蒼老的聲音說道：「那鐵背金鰲焦公禮是江湖上有名的漢子，金龍幫名聲向來也並不壞，料不到竟做出這等事來。史氏昆仲不知那裏得來的訊息？」言下似乎頗有懷疑。

閔子華不等史氏兄弟答腔，搶著說道：「史氏昆仲已將先兄在山東遭難的經過，詳細跟晚輩說了，那是有憑有據的事，十力大師倒不必多疑。」

另一人道：「焦公禮在南京數十年，根深柢固。金龍幫人多勢衆，雖然沒聽說有甚麼了不起的高手，畢竟是地頭蛇，咱們這次動他，可要小心了。」閔子華道：「正是如此。小弟自知獨力難支，是以斗膽遍邀各位好朋友的大駕。明天酉時正，兄弟在大功坊舍下擺幾席水酒，跟各位洗塵接風，務請光臨。」衆人紛紛道謝，都說：「自己人不必客氣。」

閔子華道：「這次好朋友來的很多，難保對頭不會發覺。明日各位駕到，請向在門口接待的兄弟伸出右手中指、無名指、小指三個指頭作一下手勢，輕輕說一句：『江湖義氣，拔刀相助』，以免給金龍幫派人混進來摸了底去。」

衆人都說正該如此，助拳者來自四方，多數互不相識，以後對敵，都以這手勢和暗號爲記。衆人說罷正事，又談了一會李自成、張獻忠等各地義軍和軍官打仗的新聞，便陸續散了。

待衆人去遠，袁承志和青青才躺下來休息。青青蹲著良久不動，這時腳都麻了，說道：「大哥，咱們明兒瞧瞧熱鬧去。」袁承志道：「瞧瞧倒也不妨。可是須得聽我的話，不許鬧事。」青青道：「誰說要鬧事了啊？要鬧事也只跟你鬧，不跟人家鬧。」

次日中午，馬公子被殺的消息在南京城裏傳得沸沸揚揚。袁承志和青青整天躲在客店不出。傍晚時分，兩人換了衣衫，改作尋常江湖漢子的打扮，踱到大功坊去。

只見一座大宅子前掛起了大燈籠，客人正絡繹不絕的進去。那宅第甚大，但牆垣殘舊、階石斷缺，門口略作修整粉刷，看來也是急就章，頗爲草草。

承志和青青走到門口，伸出三指一揚，說道：「江湖義氣，拔刀相助。」一個身穿長袍的人連連拱手，旁邊一個壯漢陪他們進去，獻上茶來，請教姓名。承志和青青隨口胡謅兩個名字。那壯漢道：「久仰久仰，兄弟在江湖上久聞兩位大名。」青青肚裏暗笑，心道：「這大名連我們自己也還是今日初次聽到，你倒久聞了。」不久客人越來越多，那壯漢見兩人年輕，料想必是那一派中跟隨師長而來的弟子，也不如何看重，說了聲「失陪」，招呼別人去了。不一會開出席來，承志和青青在偏席上坐了，陪席的是仙都派的一個小徒弟，同席的都是些後輩門人，也沒人來理會他們。

酒過三巡，閔子華到各席敬酒，敬到這邊席上時，承志見他約莫三十歲左右年紀，手上青筋凸起，一臉剽悍之色，舉止步武之間，顯得武功不低。他雙目紅腫，料是想起兄長被害之仇，連日悲傷哀哭。承志心想：「此人篤於手足之情，甚是可敬。他大舉邀朋集友，想來那姓焦的仇人和甚麼金龍幫聲勢定然不小。」

閔子華先向衆人作了三揖，連聲道謝後敬酒。席上衆人都是晚輩，全都離席還禮。

閔子華敬完酒歸座，剛坐定身，一名弟子匆匆走到他身邊，俯耳說了幾句。閔子華滿臉喜色，便即出去，不多一會，恭恭敬敬的陪著三人進來，到首席上坐下。

袁承志見了閔子華的神氣，料知這三人來頭不小，仔細看了幾眼。見頭一人儒生打扮，背負長劍，雙眼微翻，滿臉傲色，大模大樣的昂首直入。第二人是個壯漢，形貌樸實。第三人卻是個二十二三歲的高瘦女子，相貌頗美，秀眉微蹙，杏眼含威。

閔子華大聲說道：「梅大哥及時趕到，兄弟實在感激之至。」那儒生道：「閔二哥的事，兄哥豈有不來之理？」袁承志心道：「原來這人便是二師哥的弟子梅劍和，怎地神態如此傲慢？」只聽梅劍和道：「我給你多事，代邀了兩個幫手。這是我三師弟劉培生，這是我五師妹孫仲君。」閔子華道：「久仰五丁手劉兄與孫女俠的威名，兄弟萬分有幸。」他沒說孫仲君的外號。原來這外號不大雅致，叫作「飛天魔女」。閔子華又給十力大師、太白三英、鄭起雲、萬里風等衆人引見。各人互道仰慕，歡呼暢飲。

酒意漸酣，閔家一名家丁拿了一張大紅帖子進來，呈給主人。閔子華一看，臉色立變，乾笑數聲，說道：「焦老兒果然神通廣大，咱們還沒找他，他倒先尋上門來啦。梅大哥，你們剛到，他竟也得到了消息。」

梅劍和接過帖子，見封面上寫著：「後學教弟焦公禮頓首百拜」幾個大字，翻了開來，裏面寫著閔子華、十力大師、太白三英等人姓名，所有與宴的成名人物全都在內，連梅劍和等三人的名字也加在後面，墨瀋未乾，顯是臨時添上去的。帖中邀請諸人明日中午到焦宅赴宴。梅劍和將帖子往桌上一擲，說道：「焦老兒這地頭蛇也眞有他的，訊息靈通之極。咱們夠不上做強龍，可是這地頭蛇也得鬥上一鬥。」

閔子華道：「送帖來的那位朋友呢？請他進來吧！」那家丁應聲出去。衆人停杯不飲，目光一齊望向門口。只見那家丁身後跟著一人，三十歲左右年紀，身穿長袍，緩步進來，向首席諸人躬身行禮，跟著抱拳作了四方揖，說道：「我師父聽說各位前輩駕臨南京，明天請各位過去敘敘，我師父好向各位致敬。吩咐弟子邀請各位大駕。」

梅劍和冷笑道：「焦老兒擺下鴻門宴啦！」轉頭對送請帖的人道：「喂，你叫甚麼名字？」那人聽他言語無禮，但仍恭謹答道：「弟子羅立如。」梅劍和喝道：「焦公禮邀我們過去，有甚麼詭計？你知道麼？」羅立如道：「家師聽得各位前輩大駕到來，十分仰慕，想和各位見見，得以稍盡地主之誼，以表敬意。」

梅劍和道：「哼，話倒說得漂亮。我問你，焦公禮當年害死閔老師的兄長閔大爺，你在不在場？」羅立如道：「家師說道，明日請各位過去，一則是向各位前輩表示景仰之意，二則是要向閔二爺賠話謝罪。盼閔二爺大人大量，揭過了這個樑子。」

梅劍和喝道：「殺了人，賠話謝罪就成了麼？」羅立如道：「這件事的前因後果，家師說實有難言之隱，牽涉到名門大派的聲名，因此……」

孫仲君突然尖聲叫道：「你胡扯些甚麼？我師哥問你，當時你是不是在場？」羅立如道：「弟子那時候年紀還小，尙未拜入師門。但我師父向來爲人謹愼正派，決不致濫殺無辜……」

孫仲君喝道：「好哇，你還強嘴！依你說來，閔大爺是死有餘辜了？」喝叫聲中，她突然飛鳥般縱了出來，右手中已握住了明晃晃的一柄長劍，左手出掌向羅立如胸口按到。羅立如大吃一驚，右臂一招「鐵門閂」，橫格她這一掌急按。

袁承志低聲道：「糟了！他右臂不保……」話未說完，只聽得羅立如大聲慘叫，一條右臂果眞已給利劍斬落，鮮血直噴。廳中各人齊聲驚呼，都站了起來。

羅立如臉色慘白，但居然並不暈倒，左手撕下衣襟，在右肩上一纏，俯身拾起斷臂，大踏步走了出去。衆人見他如此硬朗，不禁駭然，面面相覷，說不出話來。

孫仲君拭去劍上血跡，還劍入鞘，神色自若的歸座，舉起酒杯一飲而盡。這一劍乾淨利落，出手快極，可是廳上數百人竟沒一人喝采，均覺不論對方如何不是，卻也不該這般辣手對待前來邀客的使者。連閔子華於震驚之下，也忘了叫一聲好。孫仲君心下甚不樂意。

閔子華道：「這人如此兇悍，足見他師父更加奸惡。咱們明日去不去赴宴？」

萬里風道：「那當然去啊。倘若不去，豈非讓他小覷了。」鄭起雲道：「咱們今晚派人先去踩踩盤子，摸個底細，瞧那焦公禮邀了些甚麼幫手，金龍幫明天有甚麼鬼計，是否要在酒菜中下毒。有備無患，免得上當。」

閔子華道：「鄭島主所見極是。我想他們定然防備很緊，倒要請幾位兄長辛苦一趟才好。」萬里風道：「小弟來自告奮勇吧！」閔子華站起來斟了一杯酒，捧到他面前，說道：「兄弟先敬一杯，萬大哥馬到成功。」兩人對飲乾杯。

筵席散後，各人紛紛辭出。袁承志拉拉青青的手，和她悄悄跟隨萬里風。這時已初更時分，只見他回客店換了短裝，向東而去。兩人遠遠跟著，見他轉彎抹角的穿過七八條街道，繞到一所大宅第後面，逕自竄進。

袁承志見他身法極快，心想：「倒也不枉了『追風劍』三字。」兩人隨後跟進，見一間房中透著燈光，在窗縫中張去。見室中坐著三人，朝外一人五十多歲年紀，臉頰紅潤，額頭全是皺紋，眉頭緊鎖，憂形於色。

只聽那人嘆了一口氣道：「立如怎樣了？」下首一人道：「羅師哥暈過去了幾次，現下血是止住了。」袁承志聽兩人口氣，料想這老者便是焦公禮，師徒們在談羅立如的傷勢。

又聽另一人道：「師父，咱們最好派幾名兄弟在宅子四周巡查，只怕對頭有人來踩盤子。」焦公禮嘆道：「查不查都是一樣，我是認命啦！明天上午，你們送師娘、師妹和小師弟到徐州吳家去。」那徒弟道：「師父！對頭雖然厲害，你老人家也不必灰心。本幫單在南京城裏就有兩千多兄弟，大夥兒一起跟他們拚個死活，怕他們怎的？」

焦公禮嘆道：「對頭邀的都是江湖上頂兒尖兒的好手，幫裏這些兄弟跟他們對敵，只是白送性命……唉，我死之後，你們好好侍奉師娘。師弟和師妹，都要靠你們教養成人了。」說著不禁流下淚來。一個徒弟道：「師父快別這麼說，你老人家一身武功，威鎮江南，就算不勝，也決不致落敗。咱們二十五名師兄弟，除了羅師哥之外，還有二十四人。眞的打不羸，你老交遊遍天下，廣邀朋友，跟他們再拚過。他們有好朋友，難道咱們就沒有？」

焦公禮道：「當年我血氣方剛，性子也是跟你一般暴躁，以致惹了這場禍事。現下我讓他們殺了，還了這筆血債，也就算了。」袁承志和青青均感惻然，心想：這焦公禮似乎也非窮兇極惡之輩，當年做錯了事，現下卻已誠心悔過。

過了一會，聽得一名徒弟叫了聲：「師父！」焦公禮道：「怎麼？」那人道：「師父既不願跟他們對敵，那們咱們連夜動身，暫且避他們一避。大丈夫能屈……」另一人急道：「那怎麼成？師父一世英名，難道怕了他們？」焦公禮道：「甚麼英名不英名，我也不在乎了，不過避是避不掉的。再說，金龍幫的幫主這麼縮頭一走，幫中數千兄弟，今後還能挺直腰背做人嗎？明天一早，你們大家都走。我一人留在這裏對付他們。」

兩個徒弟都急了起來，齊聲道：「我留著陪師父。」焦公禮怒道：「怎麼？我大難臨頭，你們還不聽我話嗎？」兩個徒弟不敢言語了。焦公禮道：「你們去幫師娘收拾收拾，瞧車子套好了沒有？也不用帶太多東西，該儘快上路要緊。」兩人嘴裏答應，卻只站著不動。焦公禮道：「也好，去叫大家進來！」

兩人答應了，開門走出。袁承志和青青忙在牆角一縮，一瞥之下，見西邊牆角有兩人伏著，看身形一個是追風劍萬里風，另一個身材苗條，是個女子，正是孫仲君。

袁承志惱她先前出手歹毒，要懲戒她一下，悄聲對青青道：「你在這裏，可別動！」青青身子輕擺，低聲道：「我偏要動幾動。」袁承志微笑，伏低了身，見萬里風與孫仲君正凝神裏瞧，便悄沒聲的從孫仲君身旁掠過，隨手已把她腰間佩劍抽出。這一下手法輕極快極，只長劍出鞘時一聲輕響，孫仲君全神貫注的瞧著焦公禮，竟沒察覺。承志回到青青身邊。青青見他偷了人家大姑娘的佩劍，頗為不悅。承志把劍遞了給她，低聲道：「你收著！」青青這才高興，將劍插入後腰腰帶。

兩人又從窗縫中向室內張望，只見陸續進來了二十多人，年長的已近四旬年紀，最年輕的卻只十六七歲，想來都是焦公禮的徒弟了。衆徒弟向師父行了禮，垂手站立，人人臉上均有氣憤之色。

焦公禮臉色慘然，說道：「我年輕時身在綠林，現時也不必對大家相瞞了。」袁承志見衆徒臉現詫異，心想原來他們均不知師父的身世經歷。

焦公禮嘆了口氣，說道：「眼下仇人找上門來，我要跟大家說一說結仇的緣由。「那一年我在雙龍崗開山立櫃，弟兄們報說，山東省東兗道丘道台年老致仕卸任，帶同了家眷回籍，要從雙龍崗下經過，油水很多。咱們在綠林的，吃的是打家劫舍的飯，遇到貪官污吏，那是最好不過，一來貪官搜刮得多了，劫一個貪官，勝過劫一百個尋常客商。二來劫貪官不傷陰騭，他積的是不義之財，拿他的銀子咱們是心安理得。不過打聽得護送他的，卻是個大有來頭的人物，是山東濟南府會友鏢局的總鏢頭閔子葉，那就是閔子華的兄長了……」

聽到這裏，袁承志和青青已即恍然，心想：「雙方的樑子原來是這樣結的，焦公禮要劫財，閔子葉要保鏢，爭鬥起來，閔子葉不敵被殺。」

袁承志一面傾聽室內焦公禮的說話，一面時時斜眼察看萬里風與孫仲君的動靜。忽見孫仲君伸手到腰間一摸，突然跳起，發現佩劍讓人抽去，忙向萬里風作了個手勢，兩人不敢再行逗留，越牆走了。

袁承志暗暗好笑，再聽焦公禮說下去：「……閔子葉在江湖上頗有名望，是仙都派的高手……」袁承志暗暗點頭，心道：「原來閔氏兄弟是仙都派的。聽師父說，仙都派是內家正宗，淵源於武當，可說是武當派旁支。掌門人素愛結交，跟各門各派廣通聲氣。怪不得閔子華一舉便邀集了這許多能人。」

焦公禮道：「我一聽之後，倒不敢貿然動手了，於是親自去踩盤。那天晚上在客店中察看他們行蹤，卻聽到了一件氣炸人肚子的事。

「原來閔子葉那人貪花好色，見丘道台的二小姐生得美貌，便定下了計謀。他暗中與飛虎寨的張寨主約好，叫他在飛虎寨左近下手，搶劫丘道台，閔子葉假裝奮力抵抗，終於寡不敵衆，由張寨主殺死丘道台全家，搶走財物，將二小姐擄去。閔子葉然後孤身犯險，將二小姐救出來。所有財物，全歸飛虎寨。丘二小姐家破人亡，無依無靠，又是感恩圖報，自然會委身下嫁於他。張寨主要討好閔子葉，又貪圖財寶，答應一切遵命。兩人在密室中竊竊私議，都教我聽見啦。我惱怒異常，回去招集弟兄，埋伏飛虎寨之旁，到了約定的時候，丘道台一行人果然到來……」

這番言語實大出袁承志意料之外，只聽焦公禮又道：「那時我想咱們武林中人，雖然窮途落魄，陷身黑道，做這沒本錢買賣，但在色字關頭上總要光明磊落，才不失好漢子行徑。那知這閔子葉如此無恥。他是名門正派的弟子，江湖上也算得頗有名望，身爲總鏢頭，卻做這等勾當。我眼見張寨主率領了嘍囉前來搶劫，閔子葉卻裝腔作勢，大聲叱喝，揮劍亂七八糟的假打，不由得火氣直冒，就跳將出來跟他動手。閔子葉劍法果然了得，本來我不是他對手，但我叫破了他鬼計，把他的圖謀一五一十都叫了出來。他羞憤交加，沉不住氣，終於給我一刀砍死……」

一個徒弟叫了起來：「師父，這人本來該殺，咱們何必怕他們？等明日對頭來了，大家抖開來說個明白，就算他兄弟定要報仇，別的人也不見得都不明是非。」

袁承志心想：「不錯啊，要是這姓焦的果眞是路見不平，殺了閔子葉，武林中自有公論，只怕他這番話只一面之詞，未必可信，又或不盡不實，另有隱情。」

焦公禮嘆了口氣，道：「我殺了那姓閔的之後，何嘗不知闖了大禍。他是仙都派中響噹噹的角色，他師父黃木道人決不能干休，勢必率領門下衆弟子向我尋仇，我便有三頭六臂也抵擋不住。幸好我手下把那張寨主截住了，我逼著他寫了一張伏辯，將閔子葉的奸謀清清楚楚的寫在上面。

「那丘道台自然對我十分感激，送了我二千兩銀子。我說本來是要搶光了你的，現下難得強盜發善心，做了一件行俠仗義之事，索性連一兩銀子也不收你的。丘道台千恩萬謝，寫了一封謝書，言明詳細經過，還叫會友鏢局隨同保鏢的兩個鏢頭簽名畫押，作個見證。這兩個鏢頭本來並不知情，聽張寨主和飛虎寨其餘盜夥說得明白，大罵閔子葉無恥，說險些給他賣了，說不定性命也得送在這裏，反而向我道勞，很套交情。

「我做了這件事後，知道不能再在黑道中混了，於是和衆兄弟散了伙，拿了那兩封信，上仙都山龍虎觀去見黃木道人。

「那時仙都派門人已得知訊息，不等我上山，中途攔住了我就跟我爲難，大家氣勢洶洶，也不容我分辯。幸虧一位江湖奇俠路過見到，拔劍相助，將我護送上山，和黃木道長三對六面的說了個清楚。那黃木道長很識大體，約束門人，永遠不得向我尋仇。但爲了仙都派的聲名，要我不可在外宣揚此事。我自然答應，下山之後，從此絕口不提，因此這事的原委，江湖上知道的人極少。那時閔子葉的兄弟閔子華年紀幼小，多半不知內情，仙都派的門人自然也不會跟他說。」

一名門徒道：「師父，那兩封信你還收著麼？」

焦公禮搖頭道：「這就要怪我瞎了眼珠、不識得人了。去年秋天，有朋友傳話給我，說閔子葉的兄弟在仙都派藝成下山，得知我是他殺兄仇人，要來報仇。後來我打探出來，太白三英跟閔子華交情不差。他們是我多年老友，雖然已有十幾年不見面，但大家年輕時在綠林道上是一起出死入生過的。於是我便去找三英中的史家兄弟……」

一名門徒插嘴道：「啊，師父去年臘月趕去陝西，連年也不在家裏過，就爲這事了？」

焦公禮道：「不錯。我到了陝西秦嶺太白山史家兄弟家裏，滿想寒天臘月，哥兒倆一定在家，那知並不見人，卻原來上遼東去了，說是去做一筆大買賣。我在他們家等了十多天，史秉光、秉文兄弟才回來，老朋友會面，大家十分歡喜。我把跟閔家結仇的事一說。史老大當場即拍胸膛擔保沒事。我把丘道台的信與張寨主的伏辯都給了他。兩兄弟都說，只要拿去閔子華一看，閔老二那裏還有臉來找我報仇，只怕還要找人來賠話謝罪，求我別把他兄長的醜事宣揚出去呢。他兄弟對我殷勤招待，反正我沒甚麼要緊事，天天跟他們一起打獵、聽戲。他兄弟從遼東帶來了不少人參、貂皮，送了我一批。

「有一日三人喝酒閒談，史老大忽說大明的氣數已完，咱哥兒們都是一副好身手，爲甚麼不投效明主，做個開國功臣？我說去投闖王，幹一番事業，倒也不錯。他哈哈大笑，說李自成是土匪流寇，成得甚麼氣候。眼見滿清兵勢無敵，指日入關，要是我肯投效，他可在滿清九王爺面前力保。我一聽之下，登時大怒，罵他們忘了自己是甚麼人，怎麼好端端的大明豪傑，竟去投降韃子？那豈不是去做不要臉的漢奸？死了之後也沒面目去見祖宗。」

袁承志暗暗點頭，心想焦公禮這人雖出身盜賊，是非之際倒也看得明白，遇上了大事倒挺不含糊。

焦公禮道：「當時我拍案大罵，三人吵了一場。第二日史家兄弟向我道歉，史老大說昨天喝多了酒，不知說了些甚麼胡塗話，要我別介意。我們是多年老友，吵過了也就算了。他們一般的殷勤招待，再也不提此事。我在陝西又住了十多天，這才回南京。

「那知史家兄弟竟狼心狗肺，非但不去向閔子華解釋，反而從中挑撥，大舉約人，整整籌劃了半年。我可全給蒙在鼓裏，半點也沒得到風聲，一心只道史家兄弟已跟閔子華說明眞相。突然間晴天霹靂，這許多武林中的一流高手到了南京。

「那兩封信史家兄弟多半不會給閔子華瞧。事情隔了這麼多年，當時在場的人不是死了，就已散得不知去向，任憑我怎麼分說，閔子華也不會相信。只怕他怒氣更大，反而會說我瞎造謠言，毀謗他已去世的兄長……我就是不懂，我和史家兄弟素來交好，就算有過一次言語失和，也算不了甚麼。何必這般處心積慮、大舉而來？瞧這番布置，不是明明要把我趕盡殺絕麼？到底我有甚麼事得罪了他們，實在想不出來。」

衆弟子聽了這番話，都氣惱異常，七張八嘴，決意與史家兄弟以死相拚。

焦公禮手一擺，道：「你們出去吧。今晚我說的話，不許漏出去一句。我曾在黃木道長面前起過誓，決不將閔子葉的事向外人洩漏。咱們是自己人，說一說還不打緊。寧可他們無義，我可不能言而無信。我死之後，誰都不許起心報仇，只須提到『報仇』二字，便是對我不住，金龍幫上下，務須遵依。」嘆了一口氣，道：「叫師弟、師妹來。」衆門徒人人臉現悲憤之色，退了出去。

跟著門帷掀開，進來一個十六七歲少女，一個七八歲男孩。那少女容貌甚美，瓜子臉，高鼻樑，頗有英氣，臉有淚痕，叫了一聲「爹！」撲到焦公禮懷裏。

焦公禮輕輕撫摸她頭髮，半晌不語，那少女只抽抽噎噎的哭，那孩子睜大了眼睛，不知姊姊爲甚麼傷心。焦公禮問：「媽媽東西都收拾好了嗎？」那少女點點頭。焦公禮道：「弟弟長大之後，你教他好好念書耕田，可是千萬別考試做官，也不要再學武了。」那少女哭道：「弟弟要學武的，學好了將來給爹爹報仇。」

焦公禮怒喝：「胡說！你要把我先氣死嗎？『報仇』兩字，提也休提。」過了一會，又柔聲道：「武林中怨怨相報，何時方了？不如做個安份守己的老百姓，得終天年。你弟弟資質不好，學武決計學不到我一半功夫。就算是我吧，今日也給人如此逼迫，不得善終……唉，只是沒見到你說好婆家，終是一樁心事未了……你跟大家說，我死之後，金龍幫的事，都聽副幫主高叔叔的吩咐。」那少女道：「我這就派人到鳳陽去找高叔叔來。」

焦公禮臉一沉，說道：「怎麼你還不明白我的心思？把高叔叔找來，他是火爆霹靂的性子，豈容別人欺我？這樣一來，勢不免大動干戈，不知要死傷多少人命。就算我逃得一條性命，讓幾百兄弟爲我而死，於心何忍？你去吧！」抱起兒子，在他臉上親了親，微微一笑，道：「乖兒子，今後要聽姊姊的話。」

那孩子道：「是。爹爹，你爲甚麼哭了？」焦公禮強笑道：「我幾時哭了？」將孩子放下地來，摸摸他頭頂，臉上顯得愛憐橫溢，似乎生死永別，甚是不捨。

焦姑娘淚流滿面，牽了兄弟的手出去，走到門口，停步回頭，道：「爹，難道你除了死給他們看之外，眞的沒第二條路了？」焦公禮道：「甚麼路子我都想過了，如能不死，難道不想麼？唉！這當兒就只一人能救我性命，可是這人多半已去世了。」

焦姑娘臉上露出光采，忙走近兩步，道：「爹，那是誰？或許他沒死呢？」焦公禮道：「這位恩公姓夏，外號叫做金蛇郎君。」

袁承志和青青聽了，都大吃一驚。

焦公禮又道：「他是江湖上的一位奇俠，我殺閔子葉的原委，他知道得清清楚楚。當年仙都派十一名大弟子跟我爲難，全仗他獨力驅退，護送我上仙都山見黃木道人。現下黃木道人雲遊離山，多年來不知去向，料來早已逝世。聽說金蛇郎君十多年前遭人暗算，也已不在人世。我大恩不報，心中常覺不安。只要這人還活著……唉，你們去吧。」焦姑娘神色淒然，走了出來。

袁承志向青青一作手勢，悄悄跟在兩人身後，來到一座花園，眼見四下無人，袁承志突然飛身搶上，叫道：「焦姑娘，你想不想救你爹爹？」

焦姑娘一驚，拔劍在手，喝道：「你是誰？」袁承志道：「要救你爹爹，就跟我來！」陡然躍起，輕飄飄躍出牆外。靑靑連續三躍，翻過牆頭。焦姑娘想不到說話那人的輕身功夫竟如此了得，實是從所未見，一怔之下，仗劍翻牆追出。

她追了一段路，起了疑懼之心，突然停步不追，轉身想回。剛回過身來，身旁一陣風掠過，腰裏的飄帶揚了起來，但覺手腕微麻，手指一鬆，長劍已讓袁承志奪了過去。

焦姑娘大驚，兵刃脫手，退路又給擋住，不知如何是好。袁承志道：「姑娘別怕，我要傷你，易如反掌。我是你家朋友。」說著雙手托劍，將劍還給了她。焦姑娘接了劍，點了點頭。

袁承志見她將信將疑，說道：「你爹爹眼下大難臨頭，你肯不肯冒險救父？」焦姑娘眼睛一紅道：「只要能救得爹爹，粉身碎骨，也所甘心。」袁承志道：「你爹爹爲人很好，寧可捨了自己性命，也不願大動干戈，多傷無辜。我要幫他個忙。」焦姑娘聽他說得誠懇，何況危難之中，只要有一絲指望，也決不放過，作勢要跪。

袁承志道：「姑娘且勿多禮，事情能否成功，我也沒十分把握。」焦姑娘只覺右臂給他輕輕一架，一股極大的力量托將上來，就此跪不下去，又對他多信了幾分。

袁承志道：「請你領我去府上，我要寫個字條給你爹爹。」焦姑娘道：「兩位高姓大名？請兩位勸勸我爹爹好麼？」袁承志道：「我姓名暫且不說，你爹爹見了我這字條，定會消了死志。咱們快先辦了這事再說。」焦姑娘大喜，道：「兩位請跟我來！」

三人越牆入內。焦姑娘引二人走進一間小書房中，拿出紙墨筆硯，磨好了墨，遠遠坐在旁邊，只見袁承志一揮而就，不知寫了些甚麼。青青在桌旁坐著，臉現詫異之色。

袁承志把紙箋摺了套入信封，用漿糊粘住了，交給焦姑娘，說道：「這信快去給你爹爹，但須答應我一件事。」焦姑娘道：「尊駕吩咐，自當遵命。」袁承志道：「你千萬不能對你爹爹說到我的相貌年紀。」焦姑娘奇道：「爲甚麼？」袁承志道：「你一說，我就不能幫你忙了。」焦姑娘道：「好，我答應。」袁承志道：「明日卯時正，請你到水西門興隆客棧黃字第三號房來。我跟你商議怎生解除令尊的危難。但此事務須嚴守秘密。」焦姑娘點頭答應。袁承志一拉青青的手道：「好啦，咱們走吧！」

焦姑娘見兩人越牆而出，心中又是驚疑，又是歡喜。忙奔回父親臥房，見房門緊閉，她拍了幾下門，大叫：「爹爹，開門！」半天不聞聲息，心中大急，忙繞到窗邊，揮掌打斷窗格，越窗進去，只見焦公禮神色慘然，手舉酒杯正要放到唇邊。焦姑娘叫道：「爹！你看這信！」焦公禮呆呆不語。焦姑娘拆開信封，抽出紙來，遞了過去。

焦公禮木然一瞥，見紙上畫著一柄長劍，不由得全身大震，手一鬆，噹啷一聲，酒杯在地下跌得粉碎。焦姑娘嚇了一跳。焦公禮卻滿臉喜色，雙手微微發抖，連問：「這是那裏來的？誰給你的？他……他來了麼？眞的來了麼？」焦姑娘湊近看時，見紙上沒寫一字，只畫著一柄長劍。劍身曲折如蛇，劍尖是個蛇頭，蛇舌伸出，分成兩叉。

她不知何以父親一見此劍，竟然如此喜出望外，問道：「爹，這是甚麼？」焦公禮道：「只要他一到，爹爹的老命就有救了，你見到了他麼？」焦姑娘道：「誰呀？」焦公禮道：「畫這柄劍的人。」焦姑娘點點頭，道：「他叫我明天再去找他。」焦公禮道：「有沒有要我也去？」焦姑娘道：「他沒說起。」焦公禮道：「這位奇俠脾氣古怪，咱們不可不遵他吩咐。明天你一個人去吧！唉，你遲來一刻，爹爹就見你不到了。」焦姑娘心中一驚，才明白原來剛才酒杯中盛的竟是毒藥，忙拿掃帚來掃去，服侍父親睡下。

焦夫人與衆弟子聽說到了救星，雖想不論他武功如何了得，以一人之力，終究難與對方這許多高手相抗，但焦公禮既如此放心，必有道理，登時都大爲喜慰。焦公禮要他們四散避難，大家本來不願，現下自然都不走了。

袁承志和青青從焦家出來，青青問道：「你畫這柄劍是甚麼意思？」袁承志道：「焦公禮說世上只有你爹爹一到，才能救他性命。我畫的就是你爹爹用的金蛇劍。」

青青點頭不語，過了一會問道：「你爲甚麼要救他？」袁承志道：「那焦公禮不是壞人，給朋友賣了，逼成這樣子，難道見死不救？何況他又是你爹爹的朋友。」

青青笑道：「嗯，我還道你見他女兒生得美貌，想討好這個大姑娘。」袁承志怒道：「你當我是甚麼人？」青青笑道：「啊喲，別發脾氣，幹麼你又約她到客店來找你？」承志笑道：「你這小心眼兒真是不可救藥，別囉唆啦，快跟我來。」

青青嗤的一笑，跟著他向西而行。不多時來到大功坊閔子華的宅第。

兩人越牆進內，躲在牆角，察看動靜，袁承志低聲道：「屋裏不知住著多少高手，一給發覺，咱們的事就幹不成啦。」青青低聲笑道：「你要幫那美貌姑娘，我可不許，偏偏要跟你搗蛋。我要大叫大嚷啦！」袁承志一笑，不去理她。

過了一會，見無異狀，兩人悄悄前行，抓住一個男僕，問明了史氏兄弟住宿的所在。袁承志把他點了啞穴，拋入樹叢，來到史氏兄弟臥房窗外，悄沒聲的揑斷窗格，躍了進去。史氏兄弟也甚了得，立即驚覺，正待喝問，雙雙已給點中穴道。

袁承志晃亮火摺，點了蠟燭，和青青在枕頭下、抽屜中、包裹裏到處搜檢，見到的卻只是些衣物銀兩、兵刃暗器。正要再查，忽聽房外腳步輕響，袁承志忙吹熄燭火，伸手在史氏兄弟衣袋中一摸，都是些紙片信札之類，心中大喜，盡數取出，放入懷裏，悄聲道：「得手啦！」青青道：「走吧，外面好像有人。」袁承志道：「等一下。」拿起史氏兄弟的一把匕首，黑暗中在桌面上劃了「焦公禮拜上」五個大字。

猛聽得門外有人喝問：「甚麼人？」兩人忙從窗中躍出，隨即翻過牆頭，只聽得擊掌之聲四下響動，此擊彼應，知道對方布置周密，高手內外遍伏，不敢貿然闖出，兩人蹲在牆腳邊不動，只聽得屋頂有人來去巡邏。

青青忽然低聲道：「這是甚麼？」拿住他手，牽引到牆腳邊。袁承志手指摸去，牆腳青苔下似乎刻得有字，手指順著這字筆劃中的凹處寫去，彎彎曲曲的是個篆文。他不識得篆字，悄聲問道：「甚麼字？」青青道：「是『第』字，第一第二的『第』字」。再向上摸去，又是一字，青青跟他說是個「賜」字。上面是個「公」字，再上是個「國」字，最後一字筆劃極多，青青說是「魏」字。袁承志心中將這五字自上而下的連接起來，竟是「魏國公賜第」。

尋訪了十多天而毫無影蹤的魏國公府，豈知就是對方的大本營所在，正是「踏破鐵鞋無覓處，得來全不費功夫」了。這幾個字字跡斑剝，年代已久，爲苔蘚所遮，定是徐大將軍後人將宅子出賣了，數代之後，輾轉易手，再也無人得知。袁承志心中正喜，忽覺頭頸中癢癢的，原來是青青在呵氣，想是她找到了魏國公府，樂極忘形。袁承志頭一縮，低聲喝道：「別頑皮！」聽得西首掌聲漸向南移，說道：「走吧！」兩人從西首疾奔而出，回到客店。

其時已是四更時分，青青點亮蠟燭。袁承志取出信件，揀了兩通顏色黃舊的信來，抽出一看，果然是張寨主的伏辯與丘道台的謝函。

青青笑道：「你這一下救了她爹爹性命，不知她拿甚麼來謝你？」袁承志愕然道：「甚麼她？」青青嘻嘻一笑，道：「焦公禮的大小姐哪！」袁承志向她扁扁嘴，不去理她，細細看了兩通書信，說道：「那焦公禮說的，確是句句眞話，要是他另有私弊，那我就袖手不管了，何必去得罪這許多江湖上的前輩？何況其中還有二師哥的弟子。」

青青似笑非笑的道：「那個飛天魔女倒很美啊。」袁承志道：「這女子心狠手辣，作事不當，毫沒來由把人家一條臂膀砍了下來。」沉吟道：「若不是怕二師哥見怪，我倒眞要出手管上一管。我要焦姑娘到這裏來找我，是怕露出了形跡。要是我們同門師兄弟之間有了嫌隙，那就對不起師父養育之恩了。」青青見他神色肅然，不敢再開玩笑。

袁承志又打開另外幾封信來一看，不覺大怒，叫道：「你看。」

青青從來沒見過他如此憤怒，以往他即使在臨敵之際，也是雍容自若，這時忽見他滿臉脹得通紅，額頭上一條青筋猛凸起來，不禁嚇了一跳，忙接過來看。原來是滿清九王多爾袞的記室寫給史氏兄弟的密函，吩咐他們殺了焦公禮後，乘機奪過金龍幫來，先在江南樹立勢力，刺探消息，聯絡江湖好漢，待清兵大舉入關之時，便在南方起事作爲內應。信末蓋了兩個大大的朱印，青青識得上面一個是「大淸睿親王」五字隸文，下面是「多爾袞」三字的篆文。

青青一時呆住了說不出話，越想越怒，就要扯信。袁承志一把搶住，道：「扯不得！」青青登時醒悟，道：「不錯，這是天大的證據。」

袁承志道：「你想史氏兄弟拿到焦公禮那兩封信後，幹麼不毀去？」青青道：「他們要用來挾制閔子華！」袁承志道：「定是這樣。我本想救了焦公禮後，就此袖手不管。那知這中間另有這麼個大奸謀。別說得罪二師哥，再大的來頭，我也不怕！」

青青瞧著他，目光中流露仰慕的神色，說道：「咱們當然要管，就算二師哥告到你師父那裏，他老人家也一定說是你對……咱們去請你那大師哥來，要他用鐵算盤來二一添作五的算一算，到底你有理，還是你二師哥有理。」袁承志笑道：「好啦，你快去睡吧。我得好好想一想，怎生來對付這批奸賊。」青青微笑道：「我坐在你身邊，陪著你想。」袁承志搖搖頭，青青一笑回房。

次日早晨，袁承志起身後坐在床上打坐，調勻呼吸，意守丹田，一股內息在全身百穴運行一遍，從小腹下直暖上來，自覺近來功力精進，頗爲欣慰。

下得床來，見桌上放了兩碗豆漿，還有一碟大餅油條。忽聽青青嘻嘻一笑，從門後鑽了出來，笑道：「老和尚，打完了坐嗎？」袁承志笑道：「你倒起得早。」

兩人剛吃完早點，店小二引了一個人進來，口中嘮嘮叨叨的道：「是找這兩位吧？問你找姓甚麼的，又說不知道。」袁承志和青青一看，這人正是焦姑娘。她等店小二一出門，立時拜倒。袁承志連忙還禮。青青拉著她手，扯了起來。

焦姑娘見這美貌少年拉住自己手，羞得滿臉通紅，但他們有救父之恩，不便掙脫，過了一會，才輕輕縮手。青青道：「焦姑娘，你叫甚麼名字？」焦姑娘道：「我叫宛兒。兩位貴姓？」青青向袁承志一指，笑道：「他兇得很，不許我說，你問他吧。」

焦宛兒知是說笑，微微一笑，歛容道：「兩位救了我爹爹性命，大恩大德，粉身難報。」袁承志道：「令尊是江湖前輩，俠義高風，令人欽佩。晚輩稍效微勞，不足掛齒。姑娘回去稟告令尊，請他今日中午照常宴客。這裏兩包東西，請你交給令尊。在緊急關頭當衆開啓，必有奇效。這兩包東西事關重大，須防有人半路劫奪。」

焦宛兒見一個是長長包裹，份量沉重，似是包著兵刃，另一包卻是輕輕的一個小包，雙手接過，又再拜謝。

等她走出店房，袁承志道：「咱們暗中隨後保護，別讓壞蛋奪回去。」帶上房門出去，只見焦宛兒坐在客廳之中。兩人疾忙縮身，微覺奇怪，不知她何以還在客店逗留。

只聽焦宛兒朗聲說道：「叫掌櫃的來。金龍探爪，焦雷震空！」袁承志奇道：「她說甚麼？」青青低聲道：「多半是他們幫裏的切口。」那店小二本來盛氣凌人，聽得這話，一呆之下忙躬身答應：「是，是。」掌櫃過來，呵了腰恭恭敬敬的道：「姑娘有甚麼吩咐，小的馬上去辦。」焦宛兒道：「我是焦大姑娘。你到我家去，說我有要緊事，請師哥們都來。」那掌櫃聽得是焦大姑娘，更加嚇了一跳，騎上快馬，親自馳去。只一頓飯功夫，店外湧進二十多名武師來，手中都拿兵刃，擁著焦宛兒去了。

袁承志道：「金龍幫在這裏好大聲勢。咱們不必跟去了，待會到焦家吃酒去吧。」

兩人閒談一會，午時將到，慢慢踱到焦府，見客人正陸續進門。承志和青青隨衆入內。走到門口，焦公禮和兩人相互一揖，他只道這兩人是對方的門人小輩，也不在意。等客人到齊，已然過午，開出席來，一番勢派，與閔子華請客時又自不同。金龍幫財雄勢大，這次隆重宴客，桌椅都蒙了繡金紅披，席上細瓷牙筷，菜肴精致異常，自少不了南京名肴鹽水鴨子，作菜的是南京名廚，酒壺中斟出來的都是胭脂般的陳年紹酒。閔子華和十力大師、鄭起雲、崑崙派名宿張心一、梅劍和、萬里風、劉培生、孫仲君等坐在首席，焦公禮親自相陪，殷勤勸酒。梅劍和等卻不飲酒，只瞧著閔子華臉色。

閔子華突然提起酒杯，擲在地下，啪的一聲，登時粉碎，喝道：「姓焦的，今日武林中的好朋友們，都賞臉到這裏來啦。我的殺兄之仇如何了結，你自己說吧。」

他開門見山的提了出來，焦公禮一時倒感難以回答。

他大弟子吳平站了起來，說道：「閔二爺，你那兄長見色起意，敗壞武林中的規矩，我師父……」他話未說完，驀地裏一股勁風射向面門，急忙側頭，登的一聲，一枚五寸長的三角鋼釘釘在桌面。吳平見這鋼釘是孫仲君所發，怒氣勃發，拔出單刀，叫道：「好哇，你暗算我羅師弟，傷了他臂膀，你這婆娘還想害人！」搶上去就要廝拚。

焦公禮急忙喝止，斥道：「貴賓面前，不得無禮。」轉頭向孫仲君笑道：「孫姑娘是華山派高手，何必跟小徒一般見識……」

閔子華紅了眼，抓起身前一雙筷子，對準焦公禮眼中擲去，喝道：「今日跟你這老賊拚了。」焦公禮也伸出筷子，輕輕挾住迎面飛來的兩隻筷子，放在桌上，說道：「閔二爺怎地偌大火氣，有話慢慢好說。來人哪，給閔二爺拿雙乾淨筷子來。」閔子華見他武功了得，暗暗吃驚，心道：「怪不得我哥哥命喪他手。」

梅劍和見閔子華輸了一招，疾伸右手，去拉焦公禮手膀，說道：「焦幫主好本事，咱哥兒倆親近親近。」焦公禮見他手掌來得好快，身子略偏，避了開去。梅劍和一把抓住椅背，喀喇一聲，椅背上橫木登時斷了。

焦公禮見對方越逼越緊，閔方諸人有的摩拳擦掌，有的抽出了兵器，自己這邊的幫眾門徒也都嚴行戒備，雙方羣毆一觸即發，而那金蛇郎君還沒到來解圍，眼見情勢危急，雙方一動上手，那就不知要傷折多少人命了，於是向女兒使個眼色。

焦宛兒捧著那兩個包裹，早已心急異常，見到父親眼色，立即打開長形包裹，只見包裹是一柄長劍，托過來放在父親面前。

焦公禮見了那劍，不知是何用意，正自疑惑，孫仲君已見到是自己兵刃，不禁羞怒交集，搶過去一把抓起，罵道：「有本事的，大家明刀明槍的比拚一場。偷人東西，算甚麼英雄好漢？」焦公禮愕然不解，孫仲君跨上兩步，劍尖青光閃閃，向他胸口疾刺過去。

袁承志讓焦公禮交還孫仲君的長劍，只道她體念昨晚自己手下留情，心中感激，今日必可從中出力調解息爭，那知她竟反而兇狠橫蠻，甚爲惱怒。

焦公禮見對方劍招狠辣，疾退兩步，一名弟子把他的折鐵刀遞了上來。焦公禮接在手中，並不還招。但孫仲君出手甚快，一劍刺空，跟著劍尖抖動，又刺向他咽喉。焦公禮再不招架，不免命喪劍底，只得掄折鐵刀對準她劍身砍落。孫仲君劍身下沉，似是避開刀砍，那知沉到下盤，突然迅如閃電的翻上，急刺對方小腹。這招快極準極，饒是焦公禮在這把折鐵刀上沉浸數十年，也已不及迴刀招架，急忙中縱身躍起，從旁人頭頂竄出，這才避過利劍破腹之厄，但嗤的一聲，褲腳管終於爲劍尖劃破。

他心中暗叫：「好險！」回頭瞧她是否繼續追來，一瞥之下，不由得大喜過望，但見女兒手中托著的，正是給太白三英騙去的那兩封信。

這時他兩名徒弟已揮刀攔住孫仲君。兩人深恨她壞了羅師哥的手膀，刀風虎虎，捨命相撲。孫仲君嘴角邊微微冷笑，左手叉在腰裏，右手長劍隨手揮舞，登時便把這兩個大漢逼得手忙腳亂，團團亂轉。焦公禮接過信來，大叫：「住手，住手！我有話說。」兩名徒弟聽得師父喝叫，忙收刀退下。一個退得稍慢，砰的一聲，胸口吃孫仲君踢了一腳，連退數步，大口鮮血噴出，臉色立轉慘白。

焦公禮向孫仲君瞧了一眼，強抑怒氣，叫道：「各位朋友，請聽我說句話！」大廳中本已十分混亂，當下慢慢靜了下來。焦公禮道：「這位閔朋友怪我害了他的兄長，不錯，他兄長閔子葉是我殺的！」大廳中一時寂靜無聲。

閔子華嗚咽道：「欠債還錢，殺人抵命。」閔方武師紛紛起轟，七張八嘴的叫道：「不錯，殺人抵命！十條命抵一條。」「焦公禮，你自己了斷吧！」

焦公禮待人聲稍靜，朗聲道：「這裏有兩封信，要請幾位德高望重的前輩過目。這幾位前輩看信之後，如說焦某該當抵命，焦某立即自刎，皺一下眉頭都不算好漢。」

衆人好奇心起，紛紛要上來看信。焦公禮道：「慢來。請閔二爺推三位前輩先看。」閔子華不知信中內容，叫道：「好，那麼請十力大師、鄭島主、梅大哥三位看吧。」

三人接過信來，湊在桌邊低聲唸誦。太白三英鐵青著臉，在旁竊竊私議。

十力大師第一個看完了信，說道：「依老衲之見，閔二爺還是捐棄前嫌，化敵爲友吧！」他在武林中聲望極高，武功見識，衆人素來欽服，此言一出，大廳上盡皆愕然。

閔子華接過信來，先看張寨主的伏辯，張寨主文理不通，別字連篇，看來還不大了然，再看丘道台的謝函，那卻是叙事明晰、文詞流暢之作，只看到一半，不禁又是羞愧，又是難過，呆在當地，做聲不得。突然之間，心頭許多一直大惑不解之事都冒出了答案：「太白三英來跟我說知，害死我哥哥的乃是金龍幫焦公禮。我邀衆位師哥助我報仇，大家都推三阻四。水雲大師哥又說要等尋到師父，再由他老人家主持。衆師哥向來和我交好，怎地如此沒同門義氣？只洞玄師弟一人，才陪我前來。我仙都派人多勢衆，遇上這等大事，本門的人卻不肯出頭，迫得我只好去邀外人相助，實在太不成話。原來我哥哥當年幹下了這等見不得人之事。衆位師哥定知眞相，是以不肯相助，卻又怕掃了我臉面，就此往失蹤多年的師父頭上一推，只洞玄師弟年輕不知……」

忽聽梅劍和叫道：「這是假造的，想騙誰呀？」伸手搶過兩信，扯得粉碎。

焦公禮萬料不到他竟會在衆目睽睽之下扯碎了兩通書信，這一來，他倚爲護身符之物重又消失，不由得又急又怒，臉皮紫脹，大喝：「姓梅的，你要臉不要？」

梅劍和冷冷的道：「也不知是誰不要臉？害了人家兄長，還假造幾封狗屁不通的書信來冤枉死人。明知死無對證，任由你撒個漫天大謊。這樣子的信哪，我關上了門，一天可以寫一百封。我馬上就寫給你看，你信不信？你要冤枉十力大師無惡不作，冤枉鄭島主殺了閔二哥的兄長，那樣的信我都會寫。」

十力大師與鄭起雲本覺閔子華理屈，聽梅劍和一說，又躊躇起來，不知這兩通書信到底是眞是假，兩人面面相覷，難以委決。

吳平見師父如此受人欺辱，怒氣塡膺，撲地跳出，揮刀砍向梅劍和。梅劍和身子微側，拔劍在手。白光閃動，吳平狂叫聲中，單刀脫手，梅劍和的劍尖已指在他喉頭，喝道：「你跪下，梅大爺就饒你一條小命！」吳平連退三步，敵人劍尖始終不離喉口。梅劍和笑道：「你再不跪，我可要刺了！」吳平道：「快刺！婆婆媽媽幹甚麼？」

焦門弟子各執兵刃，搶到廳中。閔方武師中一些勇往直前之輩也紛紛抽出兵器，分別邀鬥，登時乒乒乓乓的打得十分熱鬧。

焦公禮躍上椅子，大聲叫道：「大家住手，瞧我的！」手腕一翻，折鐵刀橫在喉頭，叫道：「冤有頭，債有主！我今日給閔子葉抵命便了。徒兒們快給我退下。」

眾門徒依言退開，慘然望著師父。

焦宛兒急呼：「爹，且慢！那封信呢？他說會來救你的呀！」

焦公禮取出信封，扯出一張白紙，向人羣招了幾招。眾人見紙上畫著柄怪劍，不知是何用意，只聽他高叫：「金蛇大俠，你來遲一步了！」橫刀往脖子上抹去。

袁承志見梅劍和狂妄自大，有意要挫折他的驕氣，接連震斷他數劍，又將他長劍繞得脫手飛出，啪得一響，在空中斷爲兩截。

第九回　雙姝拚巨賭　一使解深怨

只聽得噹的一聲，有物撞向刀上，折鐵刀嗆啷啷跌落，焦公禮身旁已多了一人。衆人見這人濃眉大眼，膚色黝黑，是個二十歲左右的少年，他如何過來，竟沒一人看清楚。

這少年自然便是袁承志了。他在人羣中觀看，本以爲有了那兩封書信，焦公禮之事迎刃可解，自己不必露面，以免與二師哥的門人生了嫌隙，不料梅劍和竟會耍了這一手，焦公禮無可奈何逼得要橫刀自刎，自己再不挺身而出，已不可得，於是發錢鏢打下折鐵刀，縱身而前，朗聲說道：「金蛇郎君不能來了，由他公子和兄弟前來，給各位做個和事老。」

老一輩中，不少人都曾聽過金蛇郎君的名頭，知他武功驚人，行事神出鬼沒，但近十多年來江湖上久已不見蹤跡，傳言都說已經去世，那知這時突然遣人前來，各人都凜然一驚。

焦宛兒又驚又喜，低聲對父親道：「爹，就是他！」焦公禮心神稍定，側目打量，見是個後生少年，不禁滿腹狐疑，微微搖頭。

孫仲君尖聲喝道：「你叫甚麼名字？誰叫你到這裏來多事？」

袁承志心想：「我雖然年紀小過你，可比你長著一輩，待會說出來，瞧你還敢不敢無禮？」當下不動聲色，說道：「在下姓袁。承金蛇郎君夏大俠之命來見焦幫主。今日得有機緣拜見各位前輩英雄，甚是榮幸。」說著向衆人抱拳行禮。

焦方衆人見他救了焦公禮性命，一齊恭謹還禮。閔方諸人卻只十力大師等幾個端嚴守禮的拱手答禮，餘人見他年輕，均不理會。

孫仲君不過二十多歲年紀，不知金蛇郎君當年的威名，她性子又躁，高聲罵道：「甚麼金蛇鐵蛇，快給我下去，別在這裏礙手礙腳。」

青青冷笑一聲，向她鼻子一聳，伸伸舌頭，做個鬼臉。孫仲君大怒，只道這油頭粉臉少年見自己美貌，輕薄調戲，喝道：「小子無禮！」突然欺近，挺劍向她小腹刺去，劍勢勁急，正是華山劍術的險著之一，叫做「彗星飛墮」，是神劍仙猿穆人清獨創的絕招，青青怎能躲避得開？

袁承志識得此招，登即大怒，心想她跟你初次見面，無怨無仇，你不問是非好歹，一上來就下殺手，要制她死命，委實太過，側身擋在青青之前，抬高左腳，一腳踹將過去，將孫仲君的長劍踏在地下。這是金蛇秘笈中的怪招，大廳上無人能識。人叢中登時起了一陣鬨聲，嘖嘖稱奇。

孫仲君用力抽劍，紋絲不動，眼見對方左掌擊到，直撲面門，只得撒劍跳開。袁承志恨她歹毒，腳下運勁，喀喇一聲響，將長劍踏斷了。

劉培生見師妹受挫，便要上前動手。梅劍和見袁承志招式怪異，當即伸手拉住劉培生，低聲道：「等一下，且聽他胡說些甚麼。」

袁承志高聲道：「閔子華閔爺的兄長當年行爲不端，焦幫主路見不平，拔刀殺死。這件事的前因後果，金蛇郎君知道得十分清楚。他說當年有兩封書信言明此事，他曾和焦幫主同去拜見仙都派掌門師尊黃木道長，呈上兩信。黃木道長閱信之後，便不再追究此事。想來這兩封信多半就是了。」說著向地下的書信碎片一指，又道：「這位爺台將兩封信扯得粉碎，不知是甚麼用意？」

焦公禮聽他說得絲毫不錯，心頭大喜，這才信他眞是金蛇郎君所使，緊緊握住了女兒的手，心中突突亂跳。

梅劍和冷笑道：「這是捏造的假信，這姓焦的妄想藉此騙人，不扯碎了留著幹麼？」

袁承志道：「我們來時，金蛇大俠曾提到書信內容。這兩封信雖已粉碎，這位大師與這位爺台是看過的。」轉頭向十力大師與碧海長鯨鄭起雲拱手道：「只消讓在下和金蛇郎君夏大俠的後人把書信內容約略一說，是眞是假，就可分辨了。」

十力大師與鄭起雲都道：「好，你說吧！」

袁承志望著閔子華道：「閔爺，令兄已經過世，重提舊事，於令兄面上可不大光采。到底要不要說？」閔子華早就在心虛，但給他這麼當衆擠逼住了，總不能求他不可吐露信中內容，一時張皇失措，額上青筋根根爆起，叫道：「我哥哥豈是那樣的人？這信定是假的。」袁承志對青青道：「青弟，那兩封信中的言語，都說出來吧！」

青青當即朗聲背信。她在客店中看信之後，雖不能說過目不忘，但也記得清清楚楚。於是先把丘道台的謝函唸了起來。她語音清爽，口齒伶俐，一字一句，人人聽得分明，有些地方忘了，便自撰幾句，唸到要緊關節之處，她忍不住又自行加上幾句刻薄言語，把閔子葉狠狠的損幾下。她只唸得數十句，衆人交頭接耳，紛紛議論，唸到一半，閔子華再也忍耐不住，大聲喝道：「住口！你這小子男不男、女不女的，是甚麼東西？」

青青還未回答，梅劍和冷冷的道：「這小子多半是姓焦的手下人，要麼是金龍幫邀來助拳的。他們自然是事先串通好了，那有甚麼希奇？」

閔子華猛然醒悟，叫道：「你說是甚麼金蛇郎君派來的，誰知是眞是假，卻在這裏胡說八道。」袁承志道：「你要怎樣才能相信？」

閔子華長劍一擺，道：「江湖上多說金蛇郎君武功驚人，你如眞是金蛇郎君後輩，定已得他眞傳。你只要勝得我手中長劍，我就信了。」在他內心，早已有七八成相信書信是眞，否則各位同門師兄決不會袖手不理，反有人力勸他不可魯莽操切，此時越辯越醜，不如動武，可操必勝，眼見袁承志年幼，心想就算你眞是金蛇郎君傳人，學了些怪招，這幾歲年紀，又怎能練得甚麼深厚功夫，只要一經比試，將你打得一敗塗地，那白臉少年所唸的信就沒人信了；是否要殺焦公禮爲兄報仇，不妨擱在一邊，眼前大事，總是要維護已死兄長聲名，否則連仙都派的清譽也要大受牽累。

袁承志心下盤算：「金蛇郎君狂傲怪誕，衆所周知。我冒充是他使者，也須裝得驕傲狂放，怪模怪樣，方能使人入信。」於是哈哈大笑，坐了下來，端起酒杯喝了一口，又伸筷夾個肉丸吃了，笑道：「要贏你手中之劍，只須學得金蛇郎君的一點兒皮毛，也已綽綽有餘。你受人利用，尙且不悟，可嘆啊可嘆。」

閔子華怒道：「我受甚麼人利用？你這小子，敢比就比，若是不敢，快給我滾出去！」只因袁承志適才足踹孫仲君長劍，露了手怪招，閔方武師才對他心有所忌，否則早就有人上來攆他下去，那容他如此肆無忌憚，旁若無人？

袁承志又喝了口酒，道：「久聞仙都派位居四大劍派，劍法精微奧妙，今日正好見識領教。不過咱們話說在前頭，要是我勝了，你跟焦幫主的過節只好從此不提。你再尋仇生事，這裏武林中的諸位前輩，可都得說句公道話。」

閔子華怒道：「這個自然，這裏十力大師、鄭島主等各位都可作證。要是你贏不了我呢？」袁承志道：「我向你叩頭賠罪。這裏的事，我們自然也不配多管。」

閔子華道：「好，來吧！」長劍抖動，劍身嗡嗡作響，閔方武師齊聲喝采。這一記振劍果然功力不淺。他甚是得意，心想非給你身上留下幾個記號，顯不了我仙都派的威風。

袁承志道：「金蛇大俠吩咐我說，仙都派靈寶拳、上清拳、上清劍，都是博大精深的武林絕藝，只不過這些拳術劍法太過艱深，閔師傅年紀尚輕，多半還領會不到，只一路兩儀劍法，想來他是練熟了的。金蛇大俠說道：『你這次去，要是閔師傅不聽好言相勸，動起手來，須得留神他們這路劍法。』」閔子華斜眼睨視，心想：「這話倒不錯，他又怎知道了？」

原來閔子華的師父黃木道人性格剛強，於仙都派歷代相傳以輕靈見長的靈寶拳、上清拳劍造詣不高，最得意的武功是自創的一路兩儀劍法，曾向金蛇郎君提及。金蛇秘笈「破敵篇」中敘述崆峒、仙都等門派的武功及破法，於兩儀劍法曾加詳論。

袁承志料想其師既專精於此，閔子華於這路劍法也必擅長，說到此處，注視他的神情，心知果已說中，又道：「金蛇郎君說道：『其實這路劍法，在我眼中，也是不值一笑，現今教你幾招破法！』……」

說到此處，人羣中忽地縱出一名青年道人，怒道：「好哇！兩儀劍法不值一笑，我倒要瞧瞧金蛇郎君怎生破法？」唰的一劍，疾向袁承志臉上刺來。

袁承志向左避過，躍到大廳中心，左手拿著酒杯，右手筷子夾著一條鷄腿，說道：「請教道長法號？」那道人叫道：「我叫洞玄，仙都派第十三代弟子，是閔師哥的師弟。」袁承志道：「那再好也沒有。金蛇大俠與尊師黃木道長當年在仙都山龍虎觀論劍，黃木道人自稱他獨創的兩儀劍法無敵於天下。金蛇大俠一笑了之，也不跟他置辯。今日有幸，咱們後一輩的來考較考較。」洞玄道人大聲道：「兩儀劍法無敵於天下的話，我師父從來沒說過。我仙都派決不敢如此狂妄自大。但要收拾你這乳臭未乾的黑小子，只怕也輕而易舉。」向閔子華打個招呼，雙劍齊出，風聲勁急，向袁承志刺來。

袁承志身形微晃，從雙劍夾縫中鑽了過去。洞玄與閔子華揮劍一攻一守，快捷異常。

青青忽然叫道：「三位住手，我有話說。」閔子華與洞玄道人收劍當胸，閔子華右手執劍，洞玄左手執劍，兩人已站成「兩儀劍法」中的起手式。青青道：「袁大哥只答應跟閔爺一人比，怎麼又多了位道爺出來？」

洞玄雙眼一翻，說道：「你這位小哥不打自招，擺明了是冒牌。誰不知兩儀劍法是兩人同使？你不知道，難道金蛇郎君這麼大的威名，他也會不知麼？」

青青臉上一紅，難以回答，心想：「這回可糟了。給他拆穿了西洋鏡。」只得給他東拉西扯，說道：「原來仙都派跟人打架，定須兩人齊上。倘若道爺落了單，豈不是非得快馬加鞭回到仙都山去，邀了一位同門師兄弟，再快馬加鞭的回來，這才兩個人打人家一個？人家若是不讓你走，定要單打獨鬥，兩儀劍法又怎麼樣個無敵於天下？」

袁承志插口道：「兩儀劍法，陰陽生剋，本領差的固須兩人同使，功夫到家的，當然是一個人使的了。難道尊師這麼高的武功，他也不會獨使麼？」

青青於兩儀劍法一無所知，見二人夾擊袁承志，關懷之下隨口質問，竟露出了馬腳。袁承志只得信口開河，給她圓謊。其實仙都派這兩儀劍法，向來是兩人合使的。

閔子華與洞玄對望一眼，均想：「師父可沒說過這劍法一人可使，敢情這小子胡說八道。」卻也不肯承認師父不會獨使。

青青聽袁承志說得天衣無縫，大是高興，心想：「他素來老實，今日卻滑頭起來。」笑嘻嘻的道：「既然你們兩位齊上，賭賽的利物又得加一些了。」閔子華道：「賭甚麼？」青青道：「要是你們輸了，除了永遠不得再找焦幫主生事之外，你在大功坊的那所大宅子，可也得輸給了袁大哥。」閔子華心想：「不妨甚麼都答應他們，反正頃刻之間，不是把他一劍刺死，也要教他身受重傷。」說道：「就這樣！你要一起來兩對兩也成。別說我們以大壓小，以多勝少。」青青道：「你又怎知不是以小壓大，以少勝多？眞不知天高地厚。仙都，仙都，牛皮吹得天嘟嘟！」閔子華怒火更熾，叫道：「姓袁的，要是你給我傷了，又輸些甚麼？」袁承志一時倒答不出來。

焦公禮道：「閔二哥，你這所宅子値多少錢？」閔子華怒道：「誰跟你稱兄道弟了？這宅子我還是上個月買來的，花了四千三百兩銀子。宅子雖舊，地方卻大。」焦公禮點頭道：「大功坊舊宅寬敞得緊哪，閔爺買得便宜了。三位請等一下。」轉頭向女兒囑咐了幾句。焦宛兒奔進內室，拿了一疊錢莊的莊票出來。

焦公禮道：「這位袁爺為在下如此出力，兄弟感激不盡。這裏是四千三百兩銀子，要是袁爺雙拳不敵四手，那麼請閔爺拿去便了。另外的事，閔爺再來找我。咱們冤有頭，債有主。好朋友仗義助拳，只須點到為止，還請大家手下留情。」他料想袁承志定然不敵，可不願他為自己受到損傷。

鄭起雲性子豪爽，最愛賭博，登時賭性大發，叫道：「這話不錯，只比輸贏，不決生死。我看好閔二哥！」從身邊摸出兩隻金元寶來，往桌上一擲，叫道：「咱們賭三賠一，這裏是三百兩金子，算三千兩銀子，博誰的一千兩銀子？」他叫了幾聲，沒人答應。衆人見袁承志年紀輕輕，怎能是仙都派兩位高手之敵，雖然以一博三，甚佔便宜，卻也均不投注。

焦宛兒挺身而出，說：「鄭伯伯，我跟你賭。」除下腕上的一隻金鑲寶石鐲子，往桌上一放。衆人見這鐲上寶石在燭光下燦然耀眼，十分珍貴。鄭起雲畢生爲盜，多識珍寶，拿起寶鐲瞧了一下，說道：「你這隻鐲子值得三千兩銀子，我不能欺小孩子。喂，給我加六千兩。」他手下人又捧上四隻金元寶來。鄭起雲笑道：「倘若你贏，這筆錢作你的嫁妝吧！」青青聽到「嫁妝」兩字，向宛兒瞪了一眼，霎時之間，心中老大不自在起來。

飛天魔女孫仲君忽把半截斷劍往桌上一丟，厲聲叫道：「我賭這劍！」她長劍先前給袁承志踏斷了，此劍是師娘所賜，因此當衆人口舌紛爭之時，已過去將兩截斷劍拾了起來。

青青奇道：「你這半截劍，誰要呀？」旁人也均感奇怪。孫仲君厲聲道：「我也是三博一。要是這小子僥倖勝了，你用這半截劍在我身上戳三個窟窿。他輸了，我在你身上戳一個窟窿。臭小子，這可懂了麼？」

廳上一衆江湖豪傑生平也不知見識過多少兇殺，經歷過多少大賭，但這般以性命相搏的賭賽，卻從所未見，聽了孫仲君的話，都不禁暗暗咋舌。青青笑道：「你這麼個千嬌百媚的美人兒，我怎捨得下手？」梅劍和喝道：「混帳小子，嘴裏乾淨些！」青青笑笑不語。

孫仲君瞪眼瞧著焦方衆人，冷笑道：「我只道金龍幫在江南開山立櫃，總有幾個響噹噹的腳色，那知儘是些娘兒們也不如的膿包。」焦宛兒叫道：「娘兒便怎樣？我跟你賭了。」焦門弟子中有四五人同時站出，叫道：「師妹，我跟她賭。」宛兒道：「不用，我來賭。」孫仲君冷笑道：「好，鄭島主，你作公證。」

鄭起雲雖是個殺人不眨眼的大海盜，生性又最好賭，但對這項賭賽卻也有些不忍卒睹，勸道：「兩位大姑娘，要賭嘛，就賭些胭脂花粉兒甚麼的，何必這麼認眞？」宛兒道：「她廢了我們羅師哥一條手臂，回頭我也斬斷她一條手臂。」鄭起雲嘆了口氣，不便再勸。

梅劍和冷冷的道：「焦大姑娘對這位金蛇門人，倒也眞一往情深，寧願陪他饒上條性命。」焦宛兒臉一紅，說道：「你要不要賭？」

青青聽了梅劍和的話，不禁一楞，甚是惱怒，叫道：「我跟這個沒影子賭。」梅劍和道：「賭甚麼？」青青道：「我也是三賠一跟你賭。他輸了，我當場叫你三聲爺爺。他贏了呢，你叫我一聲就夠了，算你便宜。」衆人不禁好笑，覺這少年實在頑皮得緊。梅劍和慍道：「誰跟你胡鬧？我這裏等著，要是他勝了，我再來領教。」青青道：「如此說來，你單人獨劍，比仙都派兩人同使的兩儀劍法還要厲害？」梅劍和道：「我是華山派，他們是仙都派，各有各的絕招。你別挑撥離間。」

洞玄道人聽他們說個不了，心頭焦躁，叫道：「別說啦，喂，小子，看招。」挺劍向袁承志刺去。閔子華跟著踏洪門，進偏鋒。仙都派一俗一道兩名弟子，一人左手劍，一人右手劍，按著易經八八六十四卦的卦象，雙劍縱橫，白光閃動，劍招生生滅滅，消消長長，隱隱有風雷之勢。

金蛇郎君先時在仙都山和黃木道人論劍，即知兩儀劍法雖然變化繁複，凌厲狠辣，其實還不及仙都派原有的上清劍法，其中頗有不少破綻，隨口指出了兩處。但黃木道人甚爲自負，說道：「我這劍法中就算尚有漏洞，只怕天下也已無人破得。」金蛇郎君也不再說。後來溫氏五老大舉邀人對抗金蛇郎君，所邀來的高手之中，有仙都派劍客在內。對敵時金蛇郎君成竹在胸，乘虛而入，數招間即把兩儀劍法破去。他後來在秘笈之中曾詳細叙明。是以袁承志有恃無恐，在兩人劍光中穿躍來去，瀟洒自如。

閔子華與洞玄道人雙劍如疾風，如閃電，始終刺不到他身上，旁觀衆人愈看愈奇。

鄭起雲對十力大師道：「這少年輕身功夫的確了得，金蛇郎君當眞名不虛傳。」十力大師點頭道：「後輩之中，如此人才也算十分難得了。」梅劍和與孫仲君卻都不禁有些擔心。孫仲君大聲道：「這小子就是逃來躲去不敢眞打，那算甚麼比武了？」

閔子華殺得性起，劍走中宮，筆直向袁承志胸前刺去。洞玄同時一招「左右開弓」，左刺一劍，右刺一劍。兩人夾攻，要教他無處可避。袁承志突然欺身直進，在劍底鑽過，左肩挺出，撞正閔子華左膀。他只使了三成力，閔子華腳步踉蹌，險些跌倒。洞玄大驚，唰唰唰連環三劍，奮力擋住。閔子華這才站定，罵道：「小雜種，撞你爺爺嗎？」

袁承志這次出手，本來但求排解糾紛，不想得罪江湖上人物，更不願結怨種仇，這時聽閔子華口吐污言，辱及自己先人，不禁大怒，心下盤算：今日如不露上幾手上乘武功，將這二人當場壓倒，這件事難以輕易了結，同時威風不顯，待會處置通敵賣國的太白三英之時，只怕旁人不服，勢須多費唇舌。最好是冒充金蛇門人到底，別洩露了自己師承門戶，以免二師哥臉上不好看，只是須得狂傲古怪，與自己平日爲人大不相同才成。於是躍到桌邊，伸手拿起酒杯，仰頭喝乾，叫道：「快打，快打，我酒沒喝夠，飯沒吃飽呢。」

閔子華見他對自己如此輕蔑，更是惱怒，長劍越刺越快。洞玄低聲道：「閔師哥，沉住氣，別中了激將之計。」閔子華立時醒悟。兩人左右盤旋，雙劍沉穩狠辣，又把袁承志裹在垓心。袁承志左手持杯，右手持筷，隨劍進退。兩人劍法雖狠，卻怎奈何得了他？

劍光滾動中，袁承志忽地躍出圈子，酒杯往桌上一放，叫道：「青弟，給我斟酒。」青青道：「好！」袁承志左手提了張椅子，站在桌邊，將兩人攻來劍招隨手擋開，待酒斟滿，伸筷夾了條鷄腿，放下椅子，拿了酒杯又躍入廳心，咬了口鷄腿，叫道：「兩儀劍法本來就有毛病，你們又使得不對，怎能傷我？你們這單買賣生意經，今日定要蝕大本了。」

青青見這個素來謹厚的大哥忽然大作狂態，卻始終放不開，不大像樣，要說幾句笑話，也只能拾他大師哥的牙慧，不禁暗暗好笑。要知袁承志生平並未見過眞正疏狂瀟洒之人，這時想學金蛇郎君，其實三分像了大師哥黃眞的滑稽突梯，另有三分，卻學了當日在溫家莊上所見呂七先生的傲慢自大。兩儀劍法越出越快，袁承志連避三記險招，突然轉身，筷上鷄腿迎面往閔子華擲去，伸筷夾住洞玄刺來之劍，力透箸尖，猛喝：「撤劍！」只聽嗆啷啷一聲，洞玄拿持不穩，長劍落地。他右掌豎立，左腿倏地掃出，欲圖敗中求勝。袁承志雙足輕點，身子躍起，避開了這腿，手中酒杯同時飛出，正打中閔子華左手「曲尺穴」上。閔子華手臂酸麻，劍已脫手。

袁承志撲身下去，搶起雙劍，手腕一振，叫道：「兩位沒見過一人使兩儀劍法，料想黃木道長還沒教過，這就留神瞧著。」

只見他雙劍舞了開來，左攻右守，右擊左拒，一招一式，果然跟兩儀劍法毫無二致。劍招繁複，變化多端，洞玄和閔子華適才分別使出，人人都已親見，此時見他一人雙劍竟囊括仙都派二大弟子的劍招，盡皆駭然。

袁承志舞到酣處，劍氣如虹，勢若雷霆，真有氣吞河嶽之概，兩儀劍法六十四招使完，只聽他一聲斷喝，雙劍脫手飛出，插入屋頂巨樑，直沒劍柄。這一記「天外飛龍」，卻是華山派穆人清的絕招。袁承志絕技一顯，垂手退開，只聽廳中采聲四起，鼓掌如雷。

袁承志心中卻暗暗後悔：「啊喲不好，我使得興起，竟用上了本門的絕招，二師哥的門人怎會看不出來？」

青青叫道：「哈哈，有人要叫我親爺爺啦！」梅劍和鐵青著臉，手按劍柄。

鄭起雲笑道：「焦姑娘，你贏啦，請收了吧！」隨手把金元寶一推。宛兒躬身道謝，說道：「鄭伯伯，我代你賞了人吧！」高聲叫道：「這裏九千兩銀子，是鄭島主跟我鬧著玩打賭的采金。各位遠道而來，金龍幫招待不週，很是慚愧，現今借花獻佛，衆位前輩叔伯、兄長姊姊帶來的僕從管事，由鄭島主奉送每位銀子一百兩。待會我去兌了銀子，送到各位寓所，倘若不夠，由金龍幫補足。」

衆人見不傷人命，解了這場怨仇，金龍幫處置得也很得當，每名從人都無端得了厚賞，都甚快慰，而且用的是鄭島主之名，不算受了對頭之禮，雖不歡呼，卻均臉有喜色。鄭起雲也覺頗有光采，朗聲說道：「多謝焦大姑娘了，今後你出閣，鄭伯再送厚禮。」

焦公禮又道：「在下當年性子急躁，做事莽撞，以致失手傷了閔二爺的兄長，實在萬分抱愧。現下當著各位英雄，向閔二爺謝罪。宛兒，你向閔叔叔行禮。」一面說，一面向閔子華作揖。焦宛兒是晚輩，便磕下頭去。

閔子華有言在先，江湖上好漢說一是一，若要反悔，邀來的朋友未必肯再相助，這金蛇郎君的弟子武功如此高強，自己萬萬不是敵手，而且看了那兩通書信後，心中已知曲在己方，不如乘此收篷，於是作揖還禮，想起過世的兄長，不禁垂淚。

焦公禮道：「閔二爺寬洪大量，不咎既往，兄弟感激不盡。至於賭宅子的話，想來這位爺台也是一句笑話，不必再提。兄弟明天馬上給兩位爺台另置一所宅第就是。」

青青下頦一昂，道：「那不成，君子一言，快馬一鞭，說出了的話怎能反悔不算？」

衆人都是一楞，心想焦公禮既然答應另置宅第，所買的房子比閔子華的住宅好上十倍，也不希奇，何必定要掃人顏面？這白臉小子委實太不會做人了。

焦公禮向青青作了一揖，道：「老弟台，你們兩位的恩情，我是永遠補報不過來的了。請老弟台再幫我一個忙。兄弟在南門有座園子，在南京也算是有名氣的，請兩位賞光收用，包兩位稱心滿意就是。」

青青道：「這位閔爺剛才要殺你報仇，你說別殺我啦，我另外拿個人給你殺，這人在南京也算挺有名氣的，請閔爺賞光殺了，包你稱心滿意就是。他肯不肯呀？」

焦公禮給她幾句搶白，訕訕的說不出話來，只有苦笑，轉頭對女兒道：「這位爺台既然喜歡閔二叔的宅子，你差人把四千三百兩銀子的屋價，回頭給閔二叔送過去。」

閔子華氣忿忿的大聲道：「罷了，罷了，我還要甚麼銀子？大丈夫一言既出，駟馬難追，我跟焦幫主的怨仇就此一筆帶過。兄弟明日回到鄉下，挑糞種田，再也沒臉在江湖上混了。這所宅子兩位取去便是。」團團向眾人作揖，道：「各位好朋友遠來相助，那知兄弟不爭氣，學藝不精，沒能給過世的兄長報仇，累得各位白走一趟，兄弟只有將來再圖補報了。」

袁承志見他說得爽快，自覺適才辱人太甚，不留餘地，好生過意不去，說道：「閔二爺，你雖敗在我手下，其實全憑金蛇郎君事先指點，兄弟本身的眞正功夫，其實遠遠不及閣下和洞玄道長，務請兩位別介意。晚輩適才無禮，大是不該，謹向兩位謝過。」說著向二人一躬到地，跟著躍起身來，拔下樑上雙劍，橫托在手，還給了二人。

眾人見他躍起取劍的輕功，又都喝采，均想：這黑臉少年武功奇高，又謙遜知禮，給人臉面，只是自謙功夫不如人家，卻是誰也不信。

袁承志又道：「兩位並不是敗在我手裏，而是敗在金蛇大俠手裏。他料到了兩位的招術，吩咐晚輩故意輕狂，裝模作樣，激動兩位怒氣，以便乘機取勝。晚輩對兩位不敬，實非膽敢有意侮辱，乃是激將之計，好使兩位十成中的功夫，只使得出一成。金蛇大俠是當世高人，武功深不可測，晚輩也不能說眞是他傳人，只不過偶然相逢，奉命前來解圍說和而已。兩位敗在他手裏，又何足爲恥？晚輩要說句不中聽的話，別說是兩位，就是尊師黃木道長，當年對金蛇大俠也是很佩服的。」

洞玄與閔子華對這番話雖然將信將疑，但也已大爲心平氣和。洞玄說道：「閣下爲仙都派跟我們兄弟圓臉，貧道多謝了，但不知閣下高姓大名，可得與聞嗎？」袁承志心想：「自己眞姓名，可不必說了，以免引起二師哥門人的注意。」於是向青青一指道：「這位是金蛇大俠的哲嗣，姓夏。晚輩姓袁。」

閔子華向焦公禮一揖，道：「多多吵擾，告辭了。」焦公禮道：「明日兄弟再到府上負荊請罪。」閔子華道：「不敢當。」

擾攘多時，天已傍晚，羣豪正要分別告辭，青青忽然叫道：「半截劍的賭賽又怎麼了？」焦宛兒見父親脫卻大難，心下已喜不自勝，那願再多生事端，忙道：「夏爺，請到內堂奉茶，這些事不必提了。」青青道：「還有一個小子還沒叫我親爺爺哪，這可不成。」她贏得魏國公賜第，本已心滿意足，但剛才梅劍和說焦宛兒對袁承志一往情深，這句話她卻耿耿於懷，不肯罷休。

梅劍和本來見袁承志武功高強，身法怪異，雅不欲向他生事，但青青一再叫陣，再也忍耐不住，指著袁承志道：「你是甚麼人？你雙劍揷樑，這一招『天外飛龍』，是從那裏偷學來的？快說。」袁承志道：「偷學？我幹麼要偷學？」孫仲君罵道：「呸，小賊，偷學了還想賴。」梅劍和冷冷的道：「那麼你是從那裏學來的？」袁承志心覺倘若說謊，有違本性，而且師門不能隱瞞，便道：「我是華山派門下。」

孫仲君跨上一步，戟指罵道：「你這小子揹著甚麼金蛇銀蛇的招牌招搖，旁人不知你來歷，只好由得你胡說八道。好呀，現下又吹起華山派來啦！你可知你姑奶奶是甚麼門戶，嘿嘿，假李鬼遇上眞李逵啦。老實對你說，我們三人正是華山派的。」

袁承志道：「我早說過，我跟金蛇郎君沒甚麼干係，只不過是他這位賢郎的朋友。至於你們三位，我早知是華山派的，咱們正是一家人。」

三人中劉培生較爲持重，說道：「黃師伯的門人我全認得，可沒你老哥在內。孫師妹，你可聽說黃師伯新近收了甚麼徒弟嗎？」孫仲君道：「黃師伯眼界何等高，怎會收這等招搖撞騙之徒？」她因袁承志折斷了她長劍，惱怒異常，出言越來越難聽。

袁承志不動聲色，道：「不錯，銅筆鐵算盤黃師哥的眼界的確很高。」

眾人聽他稱黃眞爲「黃師哥」，都吃了一驚。劉培生問道：「你叫誰黃師哥？」

袁承志道：「我師父姓穆，名諱上『人』下『淸』，江湖上尊稱他老人家爲『神劍仙猿』。銅筆鐵算盤是我大師兄。」

梅劍和聽袁承志自稱是華山派門人，本有點將信將疑，以爲他或許是帶藝投師，新近拜在黃眞門下，這時聽他說竟是師祖的徒弟，顯然信口胡吹，心想師祖素來行蹤飄忽，自己也只見過他三面，師父神拳無敵歸辛樹已近五十歲了，這小子年紀輕輕，居然來冒充自己師叔，當眞大膽狂妄之至，冷冷的道：「這樣說來，閣下是我師叔了？」

袁承志道：「我可也眞不敢認三位做師姪。」

梅劍和聽他話中意存嘲諷，說道：「莫非我辱沒了華山派的門楣嗎？師叔大人，哈哈，你教訓教訓我們三個可憐的小師姪吧！」梅劍和年紀已有三十六七，這麼一說，閔方武師轟然大笑。

袁承志正色道：「歸師哥要是在這裏，自會教訓你們。」

梅劍和勃然而起，颼的一聲，長劍出鞘，罵道：「渾小子，你還在胡說八道！」

焦公禮見事情本已平息，這時爲了些枝節小事，又起爭端，很是焦急，忙道：「這位袁爺開開玩笑，梅爺不必動怒。來來來，咱們大家來喝一杯和氣酒。」言下顯然不信袁承志是梅劍和的師叔。

梅劍和朗聲道：「渾小子，你便磕頭叫我三聲師叔，我沒影子還不屑答應呢。」這邊青青卻叫了起來：「喂，沒影子，你先叫我聲親爺爺吧。賭輸了想賴，是不是？」

袁承志轉頭向青青道：「青弟，別胡鬧。」又對梅劍和道：「歸師哥我還沒拜見過，你們三位又比我年長，按理我的確不配做師叔。不過你們三位這次行事，卻實在是太不該了。歸師哥知道了，只怕要大大生氣。」

梅劍和雙眉直豎，仰天大笑，憤怒已極，喝道：「你小子當眞教訓起人來啦。倒要請教，我們三人甚麼地方錯了？朋友有事，難道不該拔刀相助麼？」

袁承志森然道：「咱們華山派風祖師爺傳下十二大戒，門人弟子，務當凜遵。第三條、第五條、第六條、第十一條是甚麼？」

梅劍和一怔，還未回答。孫仲君提起半截斷劍，猛向袁承志面門擲來，喝道：「使你的華山派功夫吧！」青光閃爍，急飛而前。

袁承志待斷劍飛到臨近，左掌平伸向上，右掌向下一拍，噗的一聲，把斷劍合在雙掌之中，說道：「這叫『橫拜觀音』，對不對？」

梅劍和與劉培生又都一怔：「這確是本門掌法，不過這招是用來拍擊敵人手掌的。他變化接劍，手法巧妙之極，師父可沒教過我們。」

劉培生搶上一步，說道：「閣下剛才所使，正是本門掌法，在下要想請教。」

袁承志道：「劉大哥，你外號五丁手，五丁開山，想必拳力掌力甚是了得。本門的伏虎掌法與劈石、破玉兩路拳法，你定是很有心得的了。」劉培生見了袁承志剛才這一招，暗暗佩服，便道：「在下不過學了師門所授的一點皮毛，談不上甚麼心得。」

袁承志道：「劉大哥不必過謙。你跟尊師餵招，他要是使出眞功夫來，比如說使了抱元勁或者混元功，劉大哥可以接得幾招？」劉培生道：「我師父內力深厚，跟門人過招，從來不眞使內勁，否則我們一招也擋不住。倘若只拆拳法，那麼頭上十招，勉強還可對付。十招以後，就吃力得很了。」袁承志道：「尊師外號『神拳無敵』，拳法定然精妙之極。劉大哥能接到十招以外，在江湖上自已少見，『五丁手』三字，自可當之無愧。」劉培生道：「這是別人開玩笑說的，在下功夫還差得很遠，實在愧不敢當。」

孫仲君聽他語氣，對這少年竟然越來越恭敬，頗有認他爲師叔之意，怒道：「劉師哥，你怎麼了？憑人家胡吹幾句，就把你嚇倒了麼？」

袁承志不去理她，問劉培生道：「要怎樣，你才信我是師叔？」劉培生道：「我想請你跟我過過招，閣下的本門拳法如確比我好……」袁承志見過梅劍和與孫仲君二人出手，料想劉培生的武功跟他們相差不遠，便道：「你說你師父倘若當眞使出內勁，你只怕一招也接不住。我的功夫比之尊師自然大大不如。他使一招，我得使五招。你只要接得住我五招，那我就是假冒的，好不好？」

梅劍和本來擔心師弟未必能勝他，但聽他竟說只用五招，就能把同門中拳法第一的劉師弟打敗，心便寬了，料想必是信口胡吹，插口道：「就這樣，我數著。」

劉培生作了一揖，說道：「在下功夫不到之處，請您手下留情。」承志緩緩走近，說道：「我第一招是『石破天驚』，你接著吧！」劉培生道：「好！」心想：「動手過招，那有先把招數說給人聽的？其中定當有詐，叫我留心上盤，卻出其不意的來攻我下盤。」於是右掌虛擋門面，左掌橫守丹田，只待袁承志向下盤攻到，立即沉拳下擊，只聽袁承志叫道：「第一招來了！」左掌虛撫，右拳颼的一聲，從掌力中猛穿出來，果然便是華山派的絕招「石破天驚」。

劉培生疾伸右掌擋格，袁承志一拳將到他面門，忽地停住，叫道：「你怎不信我的話？單掌攔不住，雙手同時來。」

劉培生見他拳勢，已知右掌無法阻擋，眼見這一拳便要打破自己鼻子，正自焦急，幸得他拳勢忽停，忙提起左掌，橫擋胸前，雙掌「鐵門橫門」，口中「嘿」的一聲，運勁推了出去。袁承志這才揮拳打出，和他雙掌相抵。劉培生只感掌上壓力沉重之極，雙臂格格有聲，心想：「他這拳在中途停止，又再中途擊出，並非收拳再發，如何能有如此勁力？」

袁承志收拳說道：「以後三招我接連發出，那是『力劈三關』、『抛磚引玉』、『金剛掣尾』。你怎生抵擋？」

劉培生毫不思索，說道：「在下用『封閉手』、『白雲出岫』、『傍花拂柳』接著。」

袁承志道：「前兩招對了，後一招不對。要知『傍花拂柳』守中帶攻，如跟功力悉敵的對手過招，那當然極好，但這一招要回手反擊，守禦的力道減了一半，我這招『金剛掣尾』你就接不住了。」劉培生道：「那麼我用『千斤墮地』。」袁承志道：「不錯，接著！」

只見他右掌一起，劉培生忙擺好勢子相擋，那知他右掌懸在半空，左掌卻倏地劈了下來，說道：「武學之道，不可拘泥成法，師父教你『力劈三關』是用右掌，但隨機應變，用左掌也無不可。」口中說著，拳勢不停，不等劉培生封閉，已搶住他手腕往前一拉。劉培生用「白雲出岫」隨勢送出，招數中暗藏陰著，如對方不察，胸口穴道立被點中。但他這時不敢反擊，一招解開，立即收勢，沉氣下盤，雙腿猶如釘在地上一般，這招「千斤墮地」果如有千斤之重。袁承志「金剛掣尾」使出，左掌伸到他的後心運力一推，劉培生還是立足不定，向前衝出兩步，滴溜溜打了兩個旋子，轉了過來，臉上脹紅，深深吸了口氣。

袁承志道：「你不硬抗我這一招，免得受傷，那好得很。二師哥調教的弟子，大是不凡。我這第五招是破玉拳的『起手式』。」劉培生很是奇怪，沉吟不語。

袁承志道：「你以爲起手式只是客套禮數，臨敵時無用的麼？要知咱們祖師爺創下這套拳來，沒一招不能克敵制勝。你瞧著。」身子微微一弓，右拳左掌，合著一揖，身子隨著這一揖之勢，向前疾探，連拳連掌，正打在劉培生左胯之上。他再也站立不穩，身子飛起，摔了下來。

袁承志一躍而前，雙手穩穩接住，將他放落。

劉培生撲翻在地，拜道：「晚輩不識師叔，適才無禮冒犯。請師叔看在家師面上，多多擔待。」袁承志連忙還禮，說道：「劉大哥年紀比我長，咱們兄弟相稱吧。」劉培生道：「這個晚輩如何敢當？師叔拳法神妙莫測，適才這五招明說過招，其實是以本門拳法中的精義相授。晚輩感激不盡，回去一定細心體會，好好學練。」

袁承志微微一笑。劉培生從這五招之中學得了隨機應變的要旨，日後觸類旁通，拳法果然大進，終身對袁承志恭敬萬分。要知他師父歸辛樹的拳法決不在袁承志之下，但生性嚴峻，拘泥固執，不喜變通，授徒時不會循循善誘，徒兒一見他面心中就先害怕，拆招時墨守師傳手法，不敢有絲毫走樣，是以於華山派武功的精要處往往領會不到。

梅劍和與孫仲君這時那裏再有懷疑。只是梅劍和自恃劍法深得本門精髓，心想你拳腳上功夫雖高，劍術未必能勝我，正自沉吟，孫仲君叫了起來：「梅師哥，你試試他的劍法！」梅劍和道：「好！」向袁承志道：「我想在劍上向閣下領教幾招。」語氣雖已較前大爲謙遜，臉上卻仍是一股傲氣。

袁承志心想：「大概此人劍法確已得到本門眞傳，在江湖之上未遇強敵，給人家你捧我拍，奉承得驕傲不堪，以致行爲狂悖。這人不比劉培生，須得好好挫折他一下，以後才不致使得華山派門戶貽羞。」便道：「比劍可以，不過決了勝敗之後，須得聽我幾句逆耳之言。」梅劍和傲然道：「此刻勝負未決，你說這話未免太早了些。」當下長劍橫胸，站在左首。劉培生叫道：「梅師哥，你站下首吧。」梅劍和不加理睬，只當沒聽見。各門派中的規矩，晚輩跟長輩試劍學武，必須站在下首，表示並非敢與對敵，不過是學習藝業、向尊長討教。梅劍和站在左首，那是平輩相待，不認他是師叔。他左掌抱住劍柄，拱手道：「閣下用劍吧。」

袁承志決意挫他驕氣，對焦公禮道：「焦老伯，請你叫人取十柄劍來。」焦公禮忙道：「袁相公快別這樣稱呼，我萬萬不敢當。」

焦宛兒手一揮，早有焦公禮的幾個門徒捧了十柄長劍出來。他們見袁承志爲師門出力，自然選了最好的利器，十柄劍一列排在桌上。其時天已入黑，燭光照耀下，十劍光芒互激，閃爍不定。衆人目光在十柄利劍與袁承志之間來回，瞧他選用那一柄。

不料袁承志拈起孫仲君剛才擲來的前半截斷劍，笑道：「我用這斷劍吧！」此言一出，衆人又是一陣驚訝，心想這劍沒劍柄，如何使法？只見他將半截劍夾在右手拇指與食指之間，說道：「進招吧！」

梅劍和大怒，心想：「你對我如此輕視，死了可怨不得我。管你是眞師叔，假師叔，如此狂妄自大，便是該死！」臂運內勁，劍身振盪，只見寒光閃閃，接著是一陣嗡嗡之聲，叫道：「看招！」劍走偏鋒，向袁承志右腕刺來，心想你如此持劍，右手一定轉動不靈，我對準你這弱點攻擊，瞧你怎生應付。廳上數百道目光一齊隨著他劍尖光芒跟了過去。

劍尖將要刺到，袁承志手腕微側，半截斷劍已然伸出。雙劍相交，只聽喀喇一聲，接著噹啷一響，梅劍和手中長劍齊柄折斷，劍刃落地，手中只賸了個劍柄。

衆人異口同聲，「啊」的一聲叫了出來。

袁承志向桌上一指道：「給你預備著十柄劍。換劍吧！」衆人才知他要十柄劍，原來是預先給對方備下的。

梅劍和又驚又怒，搶了桌上一劍，向他下盤刺去。袁承志知是虛招，並不招架，果然他此劍下刺，立即迴招，改刺小腹。袁承志伸斷劍擋格，喀喇一聲，梅劍和手中長劍又給震爲兩截。梅劍和跟著連換三劍，三劍均爲半截斷劍震折，不由得呆在當地，做聲不得。

孫仲君叫道：「說是比劍，怎麼儘使妖法，那還比甚麼？」

袁承志拋去斷劍，微微一笑，從桌上拿起兩柄長劍，一柄拋給了梅劍和，轉頭對孫仲君道：「虧你還是本門中人，這手混元功也不知，說甚麼妖法！」

梅劍和乘他轉頭，突然出劍，快如閃電般刺向他後心，劍尖即將及身，口中才喝：「看劍！」這一劍實是偷襲，人人都看了出來。

袁承志身子側過，也喝：「看劍！」梅劍和使的是一招「蒼鷹搏兔」，袁承志依式而爲，使的也是一招「蒼鷹搏兔」。梅劍和跟著側身，想照樣讓開來劍，那知袁承志一劍刺出，立即轉圈，等他身子側過，劍尖跟著點到。梅劍和只覺劍尖已刺及後心，嚇出一身冷汗，使勁前撲，接著向上縱躍。豈料敵劍始終點在他後心，如影隨形，任他閃避騰挪，劍尖總不離開，幸好袁承志手下容情，只點著他背上衣衫，只要輕輕向前一送，他再多十條性命也都了帳了。

梅劍和外號叫做「沒影子」，輕功自然甚高，心裏又驚又怕，連使七八般身法，騰挪閃躍，極盡變化，要想擺脫背上劍尖，始終擺脫不了。

袁承志見他已嚇得雙手發抖，心想他終究是自己師姪，也別迫得太緊，收劍撤招，笑道：「這是本門中的劍法呀，你沒學過麼？」梅劍和略一定神，低頭喘息道：「這叫『附骨之蛆』。」袁承志笑道：「不錯，名稱不大好聽，劍法卻挺有用。」

那邊青青又叫了起來：「你叫沒影子，怎麼背後老是跟著人家一把劍呢？『沒影子』的外號，還是改爲『劍影子』吧！」

梅劍和沉住了氣不睬，他精研二十多年的劍法始終沒機會施展，心中不服，向袁承志道：「咱們好好的來比比劍。你的雜學太多，我可不會。」

袁承志道：「這些都是本門正宗武功，怎說是雜學？好，看劍！」挺劍當胸平刺。梅劍和舉劍擋開，還了一劍，袁承志回劍格過。梅劍和待要收劍再刺，不知怎樣，己劍已給黏在對方劍上，只覺袁承志反手轉了兩個圈子，自己手臂不能跟著旋轉，只得撤手，一柄劍脫手飛去。袁承志道：「要不要再試？」

梅劍和橫了心，搶了桌上一柄劍，劍走輕靈，斜刺對方左肩，這次他學了乖，再不和敵劍接觸，一見袁承志伸劍來格，立即收招。那知對方長劍乘隙直入，竟指自己前胸，如不抵擋，豈不給刺個透明窟窿？只得橫劍相格。雙劍劍刃一交，袁承志手臂旋轉，梅劍和長劍又向空際飛出，啪的一聲，竟在半空斷爲兩截。

他搶著又取一劍在手，袁承志喝道：「到這地步你還不服？」唰唰兩劍，梅劍和後仰避開，下盤空虛，給袁承志左腳輕輕一勾，便即跪倒，面目卻是向天。袁承志劍尖指住他喉頭，問道：「你服了麼？」梅劍和自出道以來，從未受過這般折辱，一口氣轉不過來，竟自暈去。

孫仲君見他雙目上翻，躺在地下不動，只道已給袁承志殺死，縱身撲上，大叫：「連我一起殺了吧！」

袁承志見梅劍和閉住了氣，不覺大驚，心想：「如失手打死了他，將來如何見得師父和二師哥之面？」忙俯身察看，一摸他胸膛，覺到心臟還在緩緩跳動，這才放心，忙在他脅下和頸上穴道中拍了幾下。孫仲君雙拳此落彼起，在他背上如擂鼓般敲打，袁承志只是不理，忙著爲梅劍和施救。

青青和劉培生一齊躍近喝止。孫仲君坐倒在地，大哭起來。不久梅劍和悠悠醒來，低聲喝道：「你殺了我吧！」劉培生勸道：「梅師哥，咱們聽師叔教訓，別任性啦。」

青青向孫仲君笑道：「他又沒死，你哭甚麼？你對他倒眞一往情深！」孫仲君羞怒交加，忽地縱起，揮拳向青青打去，她究是華山派好手，這一拳又快又狠，青青竟沒能避開，只打得她左肩一陣劇痛。青青待要還手，孫仲君忽然「哎唷，哎唷」大叫起來，彎下腰去。青青一呆，怒道：「打了人家，自己反來叫痛？」袁承志向她使個眼色，青青不知是何用意，也就不再言語了。但見孫仲君雙拳紅腫，提在面前，痛得眼淚直流。

原來她剛才猛力在袁承志背上敲擊，袁承志運氣於背，每一下打擊之力，都給反彈出來回到她自己拳上。初時還不覺得，待得在青青肩頭打了這拳，突然間奇痛入骨，如千枚細針在肉裏亂鑽亂刺。原來袁承志恨她出手毒辣，不由分說就砍去了那姓羅的一條臂膀，相較之下，梅劍和雖然狂妄，眞正過惡倒沒甚麼，是以存心要給她吃點苦頭。

旁人不知，還道靑靑旣是金蛇郎君的兒子，武功只怕比袁承志還高，孫仲君不自量力，當然是自討苦吃了。十力大師、鄭起雲、萬里風等卻知孫仲君是受了反彈之力，只要拿筋按摩，點解相應穴道，便可止痛消腫，只是自知非袁承志之敵，不敢貿然出手解救。

梅劍和自幼便在歸辛樹門下，見到嚴師，向來猶似耗子見貓一般，壓抑旣久，獨自闖蕩江湖，竟加倍的狂傲自大起來。歸辛樹又生性沉默寡言，難得跟弟子們說些做人處世的道理，不免少了敎誨。梅劍和自己受挫，那是寧死不屈，但見師妹痛楚難當，登時再也不敢倔強，站起身來，定了定神，向袁承志連作三個揖，低聲下氣的道：「袁師叔，晚輩不知你老駕到，多多冒犯，請你老給孫師妹解救吧。」

袁承志正色道：「你知錯了嗎？」梅劍和低頭道：「晚輩不該擅自撕毀焦幫主的書信，又不該強行替閔二哥出頭。」袁承志道：「以後梅大哥做事，總要再加謹愼才好。」梅劍和道：「晚輩聽師叔敎訓。」

袁承志道：「閔二爺不知當年緣由，要爲兄長報仇，本來並無不當。你和這裏衆位英雄受邀助拳，也都是出於朋友義氣。現今旣已明白此事緣由，大家罷手，化敵爲友，足見高義。這一點我決不怪你。可是你做了一件萬分不對的事，只怕梅大哥還不明白呢。」

梅劍和一楞，問道：「甚麼？」袁承志道：「咱們華山派十二大戒，第三條是甚麼？」梅劍和道：「適才師叔問弟子四條戒律，第三條『濫殺無辜』，孫師妹確是犯了過錯，只好待會向羅大哥鄭重謝罪，我們再賠他一點損失……」

焦公禮的一名弟子在人叢中叫道：「誰要你的臭錢？斷了膀子，銀子補得上麼？」梅劍和自知理曲，默不作聲。

袁承志轉頭向發話那人道：「我這師姪確是行爲魯莽，兄弟十分抱愧。待羅大哥傷愈之後，兄弟想跟他切磋一路獨臂刀法。這功夫不是華山派的，兄弟不必先行稟明師尊。」

衆人見過他的驚人武功，知他雖然謙稱「切磋刀法」，實則答允傳授一項絕藝。這樣一來，羅立如雖然少了一臂，但因禍得福，將來武功一定反而高出同門儕輩了。焦門弟子見他又把孫仲君的過失攬在自己身上，倒不便再說甚麼。

梅劍和又道：「第六條是『不敬尊長』，這條弟子知罪。第十一條是『不辨是非』，弟子也知罪了。只是第五條『結交奸人』，閔二哥爲人正直，是位夠朋友的好漢子。」

衆人大半不知華山派的十二大戒是甚麼，一聽梅劍和這話，閔子華第一個跳了起來，叫道：「甚麼？我是奸人？」

袁承志道：「閔二爺請勿誤會，我決不是說你。」閔子華怒道：「那麼你說誰？」

袁承志正要回答，只見兩名焦門弟子把羅立如從後堂扶出，向袁承志拜了下去。袁承志連忙還禮。羅立如右袖空垂，臉無血色，但神氣仍很硬朗，說道：「袁大俠救了我師父，又答允授我武藝，弟子眞是感激不盡。」袁承志連聲謙讓，說道：「朋友間切磋武藝，事屬尋常，羅大哥不必客氣。」

等到羅立如進去，但見孫仲君額頭汗珠一滴一滴的落下，痛得全身顫抖，嘴唇發紫，袁承志見她已受苦不小，走近身去，便要伸手推穴施救。孫仲君怒道：「別碰我，痛死了也不要你救。」

袁承志臉上一紅，想把解法說給梅劍和知曉，突然間砰砰兩響，兩扇板門爲人掌力震落，飛進廳來。

衆人吃了一驚，回頭看時，只見廳外緩步走進兩人。一個是五十左右年紀的漢子，腰纏草繩，一身莊稼人衣著，另一個是四十多歲的農婦，手裏抱著個孩子，孫仲君大叫：「師父，師娘！」奔上前去。衆人一聽她稱呼，知道是神拳無敵歸辛樹夫婦到了。

歸二娘把孩子遞給丈夫抱了，鐵青了臉，給孫仲君推宮過血。梅劍和與劉培生也忙上前參見。劉培生低聲說了袁承志的來歷。

袁承志見歸辛樹形貌質樸，二師嫂卻英氣逼人，於是跟在梅劉兩人身後，也上前拜倒。歸辛樹伸手扶起，說句：「不敢當！」就不言語了。歸二娘給孫仲君一面按摩手臂，一面側了頭冷冷打量袁承志，連頭也不點一下。

孫仲君腫痛漸消，哭訴道：「師娘，這人說是我的甚麼師叔，把我的手弄成這個樣子，還把你給我的劍也踩斷了。」

袁承志一聽，心裏暗叫糟糕，暗想：「早知這劍是二師嫂所賜，可無論如何不能踩斷了。」忙道：「小弟狂妄無知，請師哥師嫂恕罪。」

歸二娘對丈夫道：「喂，二哥，聽說師父近來收了個小徒弟，就是他麼？怎麼這樣沒規矩。」歸辛樹道：「我沒見過。」歸二娘道：「要知學無止境，天外有天，人上有人。學了點功夫，就隨便欺侮人。哼！我的徒兒不好，自有我來責罰，不用師叔來代勞啊！」袁承志忙道：「是，是！是小弟莽撞。」歸二娘板起了臉道：「你弄斷我的劍，目中還有尊長麼？就算師父寵愛你，難道就可對師哥這般無禮！」

旁人聽她口氣越來越兇，顯然是強詞奪理，袁承志卻一味的低聲下氣。焦公禮一邊的人都忿忿不平。閔子華和洞玄、萬里風等人卻暗暗得意，心想：「剛才給你佔足了上風，你師哥師嫂一到，還有你狠的嗎？」

孫仲君道：「師父師娘，他說有一個甚麼金蛇郎君給他撐腰，把梅師哥、劉師哥也都給打了，還胡說八道的教訓了我們半天，全不把師父、師娘瞧在眼裏。」

原來歸辛樹夫婦因獨子歸鍾身染重病，四出訪尋名醫。幾位醫道高明之士看了，都說歸二娘在懷孕之時和人動手，傷了胎氣，孩子在胎裏就受了內傷，現下發作出來，這種胎傷千不一活，古方上說如有大補靈藥千年茯苓，再加上成了形的何首烏或可救治。要不然便是千年人參、靈芝仙草，那可更加難得了。如無靈藥，至多再拖得一兩年，便會枯瘦而死。

歸辛樹夫婦中年得子，對孩子愛逾性命，遍託武林同道訪藥。但千年茯苓已萬分難得，再加成形何首烏，卻到那裏去尋？訪了年餘，毫無結果。眼見孩子一天天的瘦下去，歸二娘只偷偷垂淚。夫妻倆一商量，金陵是江南第一重鎮，奇珍異物必多，於是同來南京訪藥。向武林同道打聽，得知梅劍和等三名弟子都在此地。夫婦二人心想這三人都很能幹，可以幫同尋藥，立即找來焦家，那知竟見到孫仲君手掌受傷。

歸二娘本來性子暴躁，加之兒子病重，心中焦急，聽了愛徒的一面之辭，當下沒頭沒腦的把袁承志訓責了一頓，聽說他尚有外人撐腰，更加憤怒，側頭問丈夫道：「這金蛇怪物還活著？」歸辛樹道：「聽說過世了，不過誰也不清楚。」

青青聽她無理責罵袁承志，早已有氣，待聽她又叫自己父親爲怪物，更是惱怒，罵道：「你這潑婦！幹麼亂罵人？」歸二娘怒道：「你是誰？」孫仲君道：「他就是金蛇怪物的兒子。」歸二娘手腕一抖，一縷寒星，疾向青青肩頭射去。

袁承志暗叫不好，待欲躍起拍打，但歸二娘出手似電，那裏還來得及？只見青青身子一顫，暗器已中左肩。袁承志大驚，搶上去握住她手臂一看，見烏沉沉的是枚喪門釘。青青又驚又怒，已痛得面容失色。袁承志道：「別動！」左手食中雙指按在喪門釘兩旁，微一用勁，見鋼釘脫出了三四分，知道釘尖沒安倒鉤，這才力透兩指，一運內勁，那釘從肉裏跳出，叮的一聲，跌落地下。焦宛兒早站在一旁相助，忙遞過兩塊乾淨手帕。

袁承志替青青包紮好了，低聲道：「青弟，你聽我話，別跟她吵。」青青怒道：「爲甚麼？」袁承志道：「衝著我師哥，咱們只好忍讓。」青青委委屈屈的點了點頭。袁承志知她素性倔強，這次吃了虧居然肯聽自己的話，不予計較，比往昔溫柔和順得多，很是歡喜，向她微微一笑。

歸二娘等他們包紮好傷口，冷笑道：「我隨手發枚小釘，試試他虛實，要是他父親金蛇郎君眞有本領，怎麼他連一枚小釘也躲不開？可見甚麼金蛇銀蛇，只不過是欺世盜名、招搖撞騙之徒罷啦！」

袁承志心想：「二師嫂誤會很深，如加分辯，只有更增她怒氣。」便默不作聲。

歸二娘道：「這裏外人衆多，咱們門戶之事不便多說。明晚三更，我們夫婦在紫金山雨花台邊相候，請袁爺過來，可要查個明白，到底你眞是我們當家的師弟呢，還是嘿嘿……」說著冷笑幾聲。

衆人一聽，這明明是叫陣動手了。焦公禮很感爲難，說道：「賢伉儷威鎭江南，大夥兒聽到神拳無敵的大名，向來仰慕得緊，今日有幸光臨，那眞是請也請不到的。」歸二娘哼了一聲，歸辛樹抱著兒子，心神不屬，便似沒聽見。焦公禮又道：「這位袁爺見兄弟遇上了爲難之事，仗義排解。梅大哥、劉大哥、孫姑娘三位也都說淸楚了。明晚兄弟作東，給賢伉儷接風，同時慶賀三位師兄弟相逢，要不然，今晚水酒一杯……」

歸二娘不耐煩聽他說下去，轉頭對袁承志道：「怎樣？你不敢去麼？」袁承志道：「師哥師嫂住在那裏？小弟明日一早過來請兩位教訓。師哥師嫂要怎麼責罰，小弟一定不敢規避。」歸二娘哼了一聲，道：「誰知你是眞是假，先別這樣稱呼。明晚試了你的眞假再說。走吧！」拉了孫仲君手臂，轉身走出。

太白三英先見袁承志出頭干預，已知所謀難成，料想昨晚制住自己而盜去書函的，無疑必爲此人，只怕他隨時會取出多爾袞的函件，揭露通敵賣國醜事，一直在想乘機溜走，恰好歸辛樹夫婦到來，爭鬧又起。三人暗暗欣喜，只盼事情鬧大，就可混水摸魚，待見他們約定明晚在雨花台比武，今晚已經無事，三人一打眼色，搶在歸氏夫婦頭裏溜了出去。

袁承志叫道：「喂，慢走！」飛身出去攔阻。

歸二娘大怒，喝道：「小子無禮，你要攔我！」右掌往他頭頂直劈下去。

袁承志縮身偏頭，歸二娘的手掌從他肩旁掠過，掌風所及，微覺酸痳。歸二娘與丈夫在家之時，無日不對掌過招，勤練武功，掌法之凌厲狠辣，自負除了丈夫之外，武林中已少有敵手，但這一掌居然沒打到對方，那是近十年來所未有之事，心頭火起，手掌變劈為削，隨勢橫掃。袁承志雙足使勁點地，身子陡然拔起，躍過了一張桌子。這一來，歸二娘不便再行追擊，狠狠瞪了他一眼，與歸辛樹、孫仲君、梅劍和、劉培生直出大門。

太白三英見此良機，立即隨著奔出。袁承志生怕歸二娘又起誤會，不敢再行呼喝，縱身撲出，一把抓住走在最後的黎剛，隨手點了穴道，擲在地下。史氏兄弟卻終於逃了出去。

袁承志追出門外，此刻天已入黑，四下黑沉沉地已不見影蹤，心想抓住一人，也可以追問口供了，當即轉身回入。忽聽得身後一個蒼老的聲音笑道：「小朋友，多時不見，功夫可俊得很啦。」

袁承志耳聽聲音熟識，心頭一震，疾忙回頭，只見廳外大踏步走進兩個人來。

當先一人鬚眉皆白，背上負著一塊黑黝黝的方盤，竟是傳過他輕功和暗器秘術的木桑道人。只見他一手提著史秉文，一手提著史秉光。袁承志這一下喜出望外，忙搶上拜倒在地，叫道：「道長，你老人家好！」

木桑道人笑道：「起來，起來！你瞧這人是誰。」

袁承志起身看時，見他身旁站著個中年漢子，兩鬢微霜，一臉風塵之色，再一細看，認出是當年曾傳過自己拳掌，又捨命救過自己的崔秋山。木桑道人分別未久，面貌沒甚麼改變，崔秋山在闖王軍中出死入生，從少年而至中年，久歷風霜，相貌神情已大不相同。袁承志這一下又驚又喜，搶上去抱住了他，叫道：「崔叔叔，原來是你。」不禁淚水奪眶而出。崔秋山見他故人情重，眞情流露，眼中也不禁濕潤。

忽聽閔子華叫了起來：「喂，你們幹麼跟太白三英爲難？怎地拿住了他們不放？」衆人素知史氏兄弟武功了得，可是給這老道抓在手中，如提嬰兒，絲毫沒有掙扎，顯讓點中了穴道，均感驚奇。

木桑哈哈一笑，將史氏兄弟擲在地下，笑道：「拿住了玩耍玩耍不可以麼？」

袁承志伸手向木桑道人身旁一擺，說道：「這位木桑道長，是鐵劍門的前輩高人。」又向崔秋山一擺，說道：「這位崔大叔以伏虎掌法名重武林，是兄弟學武時的開蒙師傅。」

廳上老一輩的素聞「千變萬劫」木桑道人的大名，只是他行蹤神出鬼沒，十之八九都沒見過他面，只十力大師和崑崙派張心一是他舊識，但算來也是晚輩了，兩人忙過來廝見。眾人見十力大師和張心一以如此身分地位，尚且對他這般恭謹，無不肅然。

木桑道人道：「貧道除了吃飯，就愛下棋，囉裏囉唆的事向來不理，否則的話，老道的棋術怎能如此出神入化？可是上個月忽然得到消息，說有人私通外國，要到南京來謀幹一件大大的賣國勾當，貧道可就不能袖手了，因此上一路跟了過來。」

閔子華奇道：「誰是賣國奸賊？難道會是太白三英？」木桑道：「不錯，正是這三個大名鼎鼎的英雄豪傑，狗熊耗子！」閔子華道：「三位是好朋友，怎會做這等無恥勾當，你別冤枉好人。」木桑道：「老道跟這三個傢伙從來沒見過面，無怨無仇，幹麼要冤枉他們？他們和滿洲韃子偷偷摸摸搗鬼，我在關外親眼見到，親耳聽到，那還能有錯？」閔子華道：「有甚麼證據？」木桑奇道：「證據？要甚麼證據？難道憑老道的一句話，還作不得數？」閔子華道：「這個誰相信呀？」

木桑怒喝：「你是誰？」袁承志道：「這位是仙都派閔子華閔二爺。」木桑怒道：「你師父黃木道人，聽了我的話也從來不敢道半個不字。你這小子膽敢不信道爺的話？」

眾人雖都敬他是武林前輩，但覺如此武斷，未免太過橫蠻無理，均感不服，卻也無人出言跟他爭辯。木桑捋著鬍子直生氣。

袁承志從懷中取出一封信來，交給閔子華道：「閔二爺，請你給大夥兒唸一唸。」閔子華接過信來，只看了幾句，就嚇了一跳。袁承志守在一旁，若見他也學梅劍和的樣，要想扯碎信箋，立即便點他穴道，奪過信來。卻見他雙手捧信，高聲朗誦出來。

那信便是滿洲睿親王多爾袞寫給太白三英的，吩咐他們俟機奪取江南幫會的地盤，在武林人士中挑撥離間，引致衆人自相殘殺，同時設法擴充勢力，等清兵入關，便起事內應。信末蓋著睿親王的兩枚朱印。閔子華還沒唸完，羣豪已然大怒，紛紛喝罵。鄭起雲拉起黎剛，解開他穴道，喝道：「你們還有甚麼奸計？快招出來。」黎剛瞋目不語。鄭起雲啪啪兩記耳光，他兩邊臉頰登時腫了起來。

袁承志當下把如何得到密件的經過，原原本本說了出來。

黎剛知道無法抵賴，叫道：「清兵不日就要入關，這裏便是大清國的天下。你們現下投順，還不失爲開國功臣，要是……」話未說完，鄭起雲當胸一拳，把他打得暈了過去。史氏兄弟比黎剛陰鷙得多，聽他這麼說，心知要糟，要想飾辭分辯，苦於給點了穴道，做聲不得。

鄭起雲道：「道長，這種奸賊留著幹麼？斃了算啦！」焦公禮道：「料想這些奸賊一定還有同黨，咱們得查問明白。今日不早了，改日再請各位一齊商量。」衆人都說不錯，當下紛紛告辭，有的還向太白三英口吐唾涎，踢上幾腳。

閔子華知受奸人利用，很是懊悔，極力向焦公禮告罪，又向袁承志道：「要不是袁相公出來排解，消弭了一場大禍，又揭破了奸人的陰謀毒計，兄弟眞是罪不可赦。」十力大師、鄭起雲、張心一等也均向袁承志致謝，然後辭出。

木桑解下背上棋盤，摸出囊中棋子，對袁承志道：「這些日子中我老是牽掛著你，別的倒沒甚麼，就是想你陪我下棋。」

袁承志見他興致勃勃，微笑著坐了下來，拈起了棋子，心想：「道長待我恩重，難以報答。他一生惟好下棋，只有陪他下棋來稍盡我的孝心了。」木桑眉花眼笑，向餘人道：「你們都去睡吧。老道棋藝高深，千變萬化，諒你們也看不懂。」

焦公禮吩咐安排酒飯相待衆人，隨後引崔秋山入內安睡。青青卻定要旁觀下棋，不肯去睡。焦宛兒在一邊遞送酒菜水果。

青青不懂圍棋，看得氣悶，加之肩頭受傷，不免精神倦怠，看了一陣，竟伏在几上睡著了。木桑對宛兒道：「焦大姑娘，扶她到你房裏睡去吧。」宛兒臉一紅，只裝不聽見，心想：「這位道長怎地風言風語的？」木桑呵呵笑道：「她是女孩子啊，你怕甚麼羞？」宛兒問袁承志道：「袁相公，是麼？」袁承志笑道：「她女扮男裝，在外面走動方便些。」

宛兒年紀比青青小了兩歲，但跟著父親歷練慣了，很是精明，青青女扮男裝，本來不會看不出來，只是這兩日她牽掛父親生死安危，心無旁騖，又見青青是個美貌少年，一見面就拉她手，覺得此人甚不莊重，此後就不敢對她直視，這時聽承志說了，兀自不放心，輕輕除下青青的頭巾，露出一頭青絲秀髮，頭髮上還插了兩枚玉簪，於是扶她起身，仔細看時，但見她細眉櫻口，肌膚白嫩，果然是個美貌女子，笑道：「姊姊，我扶你去睡。」青青迷迷糊糊的道：「我不睏，我還要看。道長……道長輸了幾盤啦？」木桑罵道：「胡說！」宛兒微笑道：「好，好，休息一下，咱們再來看。」扶她到自己房裏安睡。

袁承志好些時日沒下棋了，不免生疏，心中又儘想到明晚歸氏夫婦之約，心神不屬，連走了兩下錯著，白白的輸了個劫，一定神，忽然想起，問道：「道長，你怎知她是女子？」木桑呵呵笑道：「我和你崔叔叔五天前就見到你啦。我要暗中察看你的功夫人品，一直沒跟你相見。小心，要吃你這一塊了，點眼！」說著下了一子，又道：「你武功大進，果然了得。或許還及不上你師父，老道可不是你對手啦。」袁承志起立遜謝，道：「那全蒙恩師與道長的教誨。這幾天道長要是有空，請你再指點弟子幾手。」

木桑笑道：「你陪我下棋，向來是不肯白費功夫的。不過我教你些甚麼呢？你武功早勝過我啦，還是你教我幾招吧。你如要我教幾路棋道上的變化，那倒可以。」他越下越得意，又道：「武功好，當然不容易，但你人品端方，更是難得。少年人能夠不欺暗室，對同行少女規規矩矩的，我和你崔叔叔都讚不絕口呢。」

袁承志暗叫慚愧，臉上一陣發燒，心想要是自己跟青青有甚麼親熱舉動，豈不是全讓他瞧了去？怎麼他從旁窺探，自己竟沒發覺？這位道長的輕身功夫，實是高明之極。

又下數子，木桑在西邊角上忽落一子，那本是袁承志的白棋之地，黑棋孤子侵入，可說是干冒奇險。他道：「承志，我這一手是有名堂的。老道過得幾天，就要到西藏去。這一子深入重地，成敗禍福，大是難料。」袁承志奇道：「道長萬里迢迢的遠去西藏幹甚麼？」木桑嘆了口氣，說道：「去找一件東西。那是先師的遺物。這件物事找不到，本來也不打緊，但如給另一人得去了，那可大大不妥。好比下棋，這是搶先手。老道倘若失先，一盤棋就輸得乾乾淨淨。原來對方早已去了幾年，我這幾天才知，現下馬上趕去，也已落了後手。」袁承志見他臉有憂色，渾不是平時瀟洒自若的模樣，知他此行關係重大，說道：「弟子隨道長同去。咱們幾時動身？」木桑搖搖頭：「不行，不行，這事你可幫不上忙。」

便在此時，忽聽廳外微有聲響，知道屋頂躍下了三個人來，袁承志見木桑不動聲色，也就不理，繼續下棋。

木桑道：「你師嫂剛才的舉動我都見到了。你放心，明天我幫你對付他們。」

袁承志道：「弟子不能跟師哥師嫂動手，只求道長設法排解。弟子自可認錯賠罪。」

木桑道：「怕甚麼？動手打好啦，輸不了！你師父怪起上來，就說是我叫打的。」

說到這裏，屋頂上又竄下四個人來，隨覺一陣勁風，四枚鋼鏢激射而至。木桑隨手接住，瞧也不瞧，放在桌上，只當沒這會事。廳外七人一齊躍了進來，手中都持兵刃。木桑笑道：「你能不能一口氣吃掉七子？」袁承志會意，說道：「弟子試試。」這時七人中有兩人去扶起地上的太白三英，其餘五人各挺刀劍，衝將過來。

袁承志抓起一把棋子，撒了出去，只聽得篷篷聲響，七名來人穴道齊中，嗆啷啷的一陣響喨，兵刃撒了一地。木桑點頭道：「大有長進，大有長進！」

宛兒剛服侍青青睡下，聽得響聲，忙奔出來，見二人仍在凝神下棋，地下卻倒了七名大漢。她也不多問，召來家丁，命將七人和太白三英都綁縛了。

這時木桑侵入西隅的黑棋已受重重圍困，眼見已陷絕境，袁承志忽然想起：「道長把這塊棋比作他西藏之行，我如將他這片棋殺了，只怕於他此行不吉。」沉吟片刻，轉去東北角下了一子。木桑呵呵大笑，續在西隅下子，說道：「凶險之極！這著棋一下，那可活了。你殺我不了啦！我而且還能反光！」

又過半個時辰，雙方官子下完，袁承志輸了五子。木桑得意非凡，笑道：「這些年來，你武功是精進了，棋藝卻沒甚麼進展。」袁承志笑道：「那是道長妙著迭生，變化精奧，弟子抵擋不住。」木桑呵呵大笑，打從心底裏歡喜出來，自吹自擂一會，才轉頭對宛兒道：「你叫人搜搜他們。」

宛兒命衆家丁在十人身上搜查，搜出幾封書信、幾册暗語切口的抄本。書信中有一封是滿清九王多爾袞寫信給北京皇宮司禮太監曹化淳的，說道關口盤查嚴密，是以特地繞道，從海上派遣使者前來，機密大事，可與持信的使者洪勝海接頭云云。

木桑大怒，叫道：「奸賊越來越大膽啦，哼，連皇宮裏的太監也串通了。」右腳飛出，將一名奸細踢得腦漿迸裂。他伸腳又待再踢，袁承志道：「慢來，道長！且待弟子仔細盤問。」木桑怒氣不息，又要撕信，也給袁承志勸住。木桑道：「話就依你，明天可得陪我下三盤棋。」袁承志笑道：「只要道長有興，連下十盤，卻也無妨。」木桑大喜，隨著家丁進內睡了。

袁承志看了書信和切口抄本等物，心念忽動，暗想：「爹爹的大仇尚未得報，仗著這些密件，正好混進宮去行刺昏君，爲爹爹報仇。」於是把一人穴道解了，問他誰是洪勝海。那人向一個三十多歲、白淨面皮的人一指。

袁承志將洪勝海穴道解開盤問。那洪勝海倔強不說。

袁承志心想，看來他在同黨面前決不肯吐露一字半句，於是命家丁將他帶入書房，說道：「我問你話，你老老實實回答，或者還可給你條生路，只要稍有隱瞞，我叫你分作幾天，慢慢受罪而死。」

洪勝海怒道：「你那妖道使邪法迷人，我雖死亦不心服。」袁承志道：「哼，你自以爲武功精強，是不是？你是漢人，卻去做番邦奴才，這是罪有應得，死有餘辜。你既不服，我就跟你比比。你若贏了，放你走路。你如輸了，一切可得從實說來。」

洪勝海大喜，心想：「剛才也不知怎樣，突然穴道上一麻，就此跌倒，必是妖道行使妖法。那妖道既已不在，這後生少年如何是我對手？樂得一切答允。」答道：「好，那道人使妖法，我輸了也不服。只要你用眞功夫打敗我，不論你問甚麼，我都實說。」

袁承志走近身去，雙手執住綁在他身上的繩索，一拉一扯，繩索登時斷成數截。

洪勝海一怔，他身上所縛，都是絲麻絞成的粗索，他穴道解開後，曾暗中用力掙扎，只掙得繩索越縛越緊，那知這少年只隨手一扯，繩索立斷，本來小覷之心，都變成了畏懼之意，說道：「怎麼比法？咱們到外面去吧，是比兵刃還是比拳腳？」

袁承志笑道：「我用棋子打中你穴道，你竟以爲是那道長使妖法，當眞好笑。看你躍進來的身法，是棲霞派東支的內家功夫了。」

洪勝海又是一驚，入廳時見兩人凝神下棋，眼皮也不抬一下，宛若不覺，那知自己的行動全已淸淸楚楚落在他眼裏，連門派家數也說得不錯，便點了點頭。

袁承志道：「也不用出去，就在這裏推推手吧。」

洪勝海雙手護胸，身子微弓，擺好了架子，等他站起身來。

袁承志並不理會，磨墨拈毫，攤開一張白紙，說道：「我在這裏寫字，寫甚麼呢？」洪勝海見他說要比武，卻寫起字來，很感詫異，又坐了下來。袁承志道：「你別坐！」伸出左掌，道：「你只要把我推得晃了一晃，我寫的字有一筆扭曲抖動，就算你贏了，立刻放你走路。要是我寫滿了一張紙，你還是推不動我，那怎麼說？」

洪勝海說道：「這樣比不大公平吧？」袁承志笑道：「不相干。我寫了，你來吧。」右手握管，寫了「恢復之計」四字。

洪勝海潛運內力，雙掌一招「排山倒海」，猛向袁承志左掌推去，只覺他左掌微側，已把自己的勁力滑了開去。洪勝海一擊不中，右掌下壓，左掌上抬，想把袁承志一條胳臂夾在中間，只要上下用力，他臂膀非斷不可。

袁承志右手寫字，說道：「你這招『升天入地』，似乎是山東渤海派的招數。嗯，那是『斬蛟拳』。渤海派出自棲霞東支，那麼閣下是渤海派。」當年穆人清傳藝之餘，還將當世各家武功向承志詳細分拆解說，因此承志熟知各家各派的技法招式。

洪勝海聽他將自己的武功來歷說得半點不錯，心下駭然，這時他雙掌已挾住對方臂膀，連運幾次勁力，對方一條臂膀便如生鐵鑄成，紋絲不動。承志幾句話一說完，臂膀後縮，如一尾游魚般從他兩掌間縮了出來，只聽啪的一聲，他左右雙掌收勢不及，自行打了一記。洪勝海又驚又怒，展開本門絕學，雙掌飛舞，驚濤駭浪般攻出。

袁承志坐在椅上右手書寫不停，左掌瀟洒自如，把對方來招一一化解。他左臂忽前忽後，對洪勝海始終沒瞧上一眼，偶爾還發出一兩下反擊，但左臂伸縮只到肩窩為止，上身穩穩不動，對方攻來時既不後仰，追擊對方時也不前俯。

拆得良久，洪勝海一套「斬蛟拳」已使到盡頭。袁承志道：「你的『斬蛟拳』還有九招，我這篇文章卻要寫完了。好，我等你一下，你發一招，我寫一個字！」

洪勝海心下更驚，暗想此人怎麼對我拳法如此熟悉，難道竟是本門中人不成？不過他掌法十分奇妙厲害，要說是本門之人，那又決計不是。當下把「斬蛟拳」最後九招使了出來，凝聚功力，每一招都如刀劈斧削一般，凌厲異常，這時已不求打倒對方，只盼將他身子震得一震，右手寫的字有一筆塗污扭曲，就可藉口脫身。只聽袁承志誦道：「『但中有所危，不敢不告』。最後還有個『告』字！」

洪勝海使到最後兩招，仍然推他不動，突然低頭，雙肘彎過，臂膀放在頭前，猛力向他衝去，心想你武功再好，椅子總會給我推動。那知他這麼淨使蠻勁，只發不收，犯了武家大忌，只覺肘下不知從那裏來一股大力，驀地托起，登時立足不穩，向後便仰，身不由主的在空中連翻三個觔斗，騰的一聲，坐倒在地。過了好一會，才弄清自己原來已讓對方打倒了，忙雙足一頓，站了起來。

就在這時，焦宛兒拿了一把紫砂茶壺，走進書房，說道：「袁相公，這是新沖的獅峯龍井，你喝一杯吧。」說著把茶篩在杯裏。

袁承志接過茶杯，見茶水碧綠如翡翠，一股清香幽幽入鼻，喝了一口，讚道：「好茶！」拿起桌上那張紙，說道：「焦姑娘，請你瞧瞧，紙上可有甚麼破筆塗污？」

焦宛兒接了過來，輕輕唸誦了起來：

「恢復之計，不外臣昔年以遼人守遼土、以遼土養遼人、守為正著、戰為奇著、和為旁著之說。法在漸不在驟，在實不在虛。此臣與諸邊臣所能為。至用人之人，與為人用之人，皆至尊司其鑰。何以任而勿貳，信而勿疑？蓋馭邊臣與廷臣異。軍中可驚可疑者殊多，但當論成敗之大局，不必摘一言一行之微瑕。事任既重，為怨實多。諸有利於封疆者，皆不利於此身者也。況圖敵之急，敵亦從而間之。是以為邊臣甚難。陛下愛臣知臣，臣何必過疑懼？但中有所危，不敢不告。」

她於文中所指，不甚了了，她不精擅書法，但見這一百多字書法頗為平平，結構章法，可說相當拙劣，但一筆一劃，力透紙背，並無絲毫扭曲塗污，說道：「清清楚楚，一筆不苟，這是篇甚麼文章？」袁承志嘆了口氣，道：「這是袁督師當年守遼之時，上給皇帝的奏章。」焦宛兒道：「袁相公文武全才，留心邊事，於這些奏章也爛熟於胸。」

袁承志搖頭道：「我也只讀過這幾篇，那是我從小就背熟了的。」

袁崇煥當年守衛遼邊，抗禦滿洲入侵，深知崇禎性格多疑，易聽小人中傷挑撥，因此上這篇奏章。後來崇禎果然中了滿洲皇太極的反間計，先前對袁崇煥本有猜忌之心，又信了奸臣的言語，將袁崇煥殺了。袁崇煥所疑懼的，都不幸而一一料中。袁承志年幼時，應松教他讀書習字，曾將他父親袁崇煥的諸篇奏章詳爲講授。他除此之外，讀書無多，此刻要寫字，又想起滿洲圖謀日亟，邊將無人，隨手便寫了出來。

焦宛兒道：「袁相公這幅字，就給了我吧。」袁承志道：「我的字實在難看。剛才跟這朋友打賭，才好玩寫的。焦姑娘要，拿去不妨，可不能給有學問的人見到，讓人家笑話。」焦宛兒謝了收起，走出書房。

袁承志問洪勝海道：「滿洲九王派你去見曹化淳，商量些甚麼事？」洪勝海吞吞吐吐的不說。袁承志道：「咱們剛才不是打了賭麼？你有沒推動我？」洪勝海低頭道：「相公武功驚人，小人確是聞所未聞，見所未見，拜服之至。」

袁承志道：「你左乳下第二根肋骨一帶，有甚麼知覺？」洪勝海伸手一摸，驚道：「那裏完全麻木了，沒一點知覺。」袁承志道：「右邊腋下呢？」洪勝海一按，忽然「哎唷」一聲叫了出來，說道：「不摸倒不覺甚麼，一碰可痛得不得了。」袁承志笑道：「這就是了。」斟了杯茶，一面喝茶，一面翻開案頭一本書來看，不再理他。

洪勝海想走，卻又不敢。過了好一會，袁承志抬起頭來，說道：「你還沒走麼？」洪勝海喜道：「相公放我走了？」袁承志道：「是你自己來的，我又沒請你。你要走，我也不會留客。」洪勝海喜出望外，跪下磕頭，站起來作了一揖，說道：「小人不敢忘了相公恩德。」袁承志點點頭，又自看書。

洪勝海走到書房門口，忽想出去怕有人攔阻，推開窗格，飛身而出，回頭望去，見袁承志仍在看書，並無追擊之狀，這才放心，躍上屋頂，疾奔而去。

焦宛兒自袁承志救她父親脫卻大難，衷心感激，心想他武功驚人，今後也沒有可以報答的時候，只有乘著他留在自己家裏這幾天盡心服侍。這時三更將過，已然夜深，她在書房外來回數次，見門縫中仍透出光亮，知他還沒睡，命婢女弄了幾色點心，親自捧向書房。在門上輕敲數下，推門進去，見袁承志拿著一部《忠義水滸傳》正看得起勁。

焦宛兒道：「袁相公，還不安息麼？請用一些點心，便安息了，好麼？」袁承志起身道謝，說道：「姑娘快請安睡，不必招呼我啦。我在這裏等一個人……」正說到這裏，窗格一動，有人跳進。焦宛兒一驚，看清楚便是洪勝海。

他在承志面前跪倒，道：「袁大英雄，小人知錯了，求你救命。」承志伸手相扶，洪勝海跪著不肯起身，道：「從今以後，小人一定改過自新，求袁大英雄饒命。」宛兒在一旁睜大眼睛，愕然不解。

只見袁承志伸手一托，洪勝海又身不由主的翻個觔斗，騰的一聲坐倒。他隨手一摸腋下，登現喜色，再按胸間，卻又愁眉重鎖。袁承志道：「你懂了麼？」

洪勝海一轉念間，已明袁承志之意，說道：「袁大英雄你要問甚麼，小人一定實說。剛才小人已說過，比武只要輸了，甚麼事都據實稟告。」

焦宛兒知道他們說的是機密大事，當即退出。

原來洪勝海離焦家後，疾奔回寓，解衣看時，見胸前有銅錢大小一個紅塊，摸上去毫無知覺，腋下卻有三個蠶豆大小的黑點，觸手劇痛，知在推手時不知不覺間給對手內力震傷。當下盤膝坐在床上，運內功療傷，豈知不運氣倒也罷了，一動內息，腋下奇痛徹心，連忙躺下，卻又無事。這麼一連三次，想到高深武功能以內力傷人於無形，受者重傷難治，不由得越想越怕，只得又趕回來求救。

袁承志道：「你身上受了兩處傷，一處有痛楚的，我已給你治好；另一處目前沒知覺，三個月之後，痲木處慢慢擴大，等到胸口心間發痲，那就壽限到了。」洪勝海又噗的跪下，磕下頭去。

袁承志正色道：「你投降番邦，去做漢奸，本來罪不容誅。我問你，你願不願將功折罪？」洪勝海垂淚道：「小人做這件事，有時中夜捫心自問，也覺對不起先人，辱沒上代祖宗。相公給小人一條自新之路，實是再生父母。小人也不是自甘墮落，只是當年爲了一件事，迫得無路可走，才出此下策。」

袁承志見他說得誠懇，便道：「你起來，坐下慢慢說。是誰迫得你無路可走？」

洪勝海恨恨的道：「是華山派的歸二娘和孫仲君師徒。」

這句話大出袁承志意料之外，忙問：「甚麼？是她們？」洪勝海臉色倏變，道：「相公識得他們？」袁承志道：「剛才還跟她們交了手。」

洪勝海聽了一喜一憂，喜的是眼前這樣一個大本領的人是她們對頭，憂的是這兩人竟在南京，只怕冤家路窄，狹路相逢，說道：「這兩個娘兒本領雖不錯，但決不是相公對手。不過她師徒倆心狠手辣，甚麼事都做得出來，相公可要小心。」

袁承志哼了一聲，問道：「她們迫你，爲了何事？」

洪勝海微一沉吟，道：「不敢相瞞，小人本在山東海面上做些沒本錢的買賣。夥伴中有個義兄，看中了那孫仲君，向她求婚。她不答應也就罷了，那知一言不發，突然用劍削去了他兩隻耳朵。小人心頭不忿，約了幾十個人，去將她擄了來，本想迫她和我那義兄成親，不料她師娘歸二娘當晚趕到，將我義兄一劍殺死，其餘朋友也都給她殺了。小人逃得快，總算走脫了性命。」袁承志道：「擄人迫婚，本來是你不好啊。」洪勝海道：「小人也知事情做得鹵莽，闖了大禍，逃脫後也不敢露面。那知她們打聽得小人家鄉所在，趕去將我七十歲的老母、妻子和三個兒女，殺得一個不留。」

袁承志見他說到這裏時流下淚來，料想所言不虛，點了點頭。

洪勝海又道：「我們不過她們，可是此仇不報，難下得這口氣……小人在中原無法存身，知道遲早會給這兩個潑辣婆娘殺了，一時意左，便到遼東去投了九王……」說到這裏，又是氣憤，又是慚愧。

袁承志道：「她們殺你母親妻兒，雖然太過，但起因總是你不好。而且這是私仇，你怎麼可以投降番邦，甘做漢奸？」洪勝海道：「只求袁大英雄給我報了此仇，你叫我作甚麼全成。」袁承志道：「報仇？你這生別作這打算了，歸二娘武功極高，她丈夫神拳無敵更是了得，是我的師兄。我問你，九王叫你去見曹太監幹麼？」

洪勝海道：「九王爺吩咐小人，要曹太監將宮裏朝中的大事都說給小人聽，然後去轉告九王爺。」袁承志問道：「曹化淳做到司禮太監，已是太監中的頂兒尖兒，他投降滿清，又圖的是甚麼？多爾袞許給他的好處，難道能比大明皇帝給他的更多？」洪勝海道：「滿清九王爺只答允他一件事：將來攻破北京，不殺他的頭，讓他保有家產；他如不作內應，北京終究還是能破，那時便將他千刀萬剮。」袁承志這才恍然，說道：「曹太監肯做漢奸，只是怕死，爲了先鋪一條後路。」洪勝海道：「正是！」袁承志嘆了口氣，心想：「有些人甚麼都有了，便就怕死，怕失了家產。榮華富貴沒有了，那無可奈何。但性命家產卻必須保全，便甚麼都肯幹。」

他向洪勝海瞧去，心道：「這人也怕死，只求保住性命，甚麼都肯幹。壞事固然肯做，好事何嘗不能？」問道：「你願意改邪歸正，做個好人呢，還是寧可在三個月後死於非命？」洪勝海道：「請袁英雄指點條明路，但有所命，小人不敢有違。」袁承志道：「好吧，你跟著我作個親隨吧。」洪勝海大喜，撲地跪倒，磕了三個響頭。

袁承志道：「以後你別叫我甚麼英雄不英雄了。」洪勝海道：「是，我叫你相公。」心中暗喜：「只要跟定了你，再也不怕歸二娘和孫仲君這兩個女賊來殺我了。三個月後傷勢發作，你自然也不會袖手旁觀。」當下心安理得，胸懷大暢，以前做滿清奸細之時，神明內疚，恍惚不安，此刻宛如心頭移去一塊大石，說不出的舒服。

袁承志忙了一夜，這才入內安睡，命洪勝海和他同室，睡在地下。洪勝海見袁承志對己信任，殊無提防之意，很是感激。其實袁承志用混元功傷他之後，知他要靠自己解救，如敢加害，那就是害了自身。

一打開鐵箱，但見寶光耀眼，滿箱都是寶石、珍珠、瑪瑙、翡翠之屬，沒一件不是價值鉅萬的珍物。抄到底下，見下半箱疊滿了金磚。

第十回　不傳傳百變　無敵敵千招

袁承志睡到次日日上三竿，這才起身。焦宛兒親自捧了盥洗用具和早點進房，袁承志連忙遜謝。洪勝海便在旁服侍。

剛洗好臉，木桑道人拿了棋盤，青青拿著棋子，兩人一齊進來。青青笑道：「貪睡貓，到這時候才起身，道長可等得急壞了，快下棋，快下棋。」袁承志向著她瞧了一眼，忽然一笑。青青笑道：「笑甚麼？」袁承志笑道：「道長給你甚麼好處？你這般出力幫他找對手。」青青笑道：「道長教了我一套功夫。這功夫啊，可眞妙啦。別人向你拳打腳踢，你卻只管跟他捉迷藏，東一溜，西一晃，他再也別想打到你。」

袁承志心裏一動，偷眼看木桑道人時，見他拿了兩顆白子、兩顆黑子，放在棋盤四角，手中拈著一顆黑子，輕輕敲擊棋盤，發出丁丁之聲，嘴角邊露出微笑。本來在華山下棋時，袁承志已要讓木桑一先，後來更加非讓上三子不可，此時卻又平手分先。袁承志心想：「今晚二師哥、二師嫂雨花台之約，非去不可。瞧二師嫂神氣，只怕不能不動手，我又不能跟他們眞打。二師哥號稱神拳無敵，我全力施爲，尙且未必能勝，如再相讓，非受重傷不可，眞有差池，只怕連命也送了。道長傳授她武功，似乎別有深意。」便道：「下棋倒也可以，可是你得把這套功夫轉教給我。」青青笑道：「好哇，這叫見者有份，你跟我講起黑道上的規矩來啦。」兩人說笑幾句，承志就陪木桑下棋。此時承志多歷世事，已不似兒時一味好勝，手下自然留情，讓木桑贏得心情大快。

午飯後，袁承志和崔秋山談起別來情由。一個知道闖王勢力大張，不久就要大舉入京；另一個見舊時小友已英武如斯，藝成品立，均覺喜慰。談了一陣，又說到崔希敏和安小慧失金奪金之事。青青不住向承志打手勢，叫他出去。崔秋山笑道：「你小朋友叫你呢，快去吧！」承志臉一紅，不好意思便走。

崔秋山笑著起身走出。青青奔了進來，笑道：「快來，我把道長教的功夫跟你說。他教的時候我壓根兒就不懂。他說：『你硬記著，將來慢慢兒就懂了。』我怕再過一陣就全給忘了。」當下連比帶劃，把木桑所授的一套絕頂輕功「神行百變」說了出來。

木桑道人輕功與暗器之術天下獨步，這套「神行百變」更是精微奧妙，當年在華山之時，承志所學尙淺，無法領會修習，是以沒有傳他。青青武功雖不甚精，但記性極好，人又靈悟，知道木桑傳她是賓，傳承志是主，只不明白爲甚麼要自己轉言，當時生吞活剝的硬記，這時把口訣、運氣、腳步、身法等項一一照說，只聽得承志心花怒放。他習練木桑所傳的輕功已歷多年，這套「神行百變」只不過更加變化奧妙，須以更深內功作爲根柢，基本道理卻也與以前所學的輕功無別。此時他武學修爲大進，一聞要訣，便即領悟。青青有幾處地方沒記清楚，承志一問，她答不上來，便又奔進去問木桑道人。等到二次指點，承志已盡行明白，當下在廳中按式練了一遍。

但覺這套輕功轉折滑溜，直似游魚一般，與人動手之際，倘若但求趨避自保，敵人兵刃拳腳萬難及身，這才明白木桑的用意。然他知二師哥武功精絕，當年師父曾說：「你大師哥爲人滑稽，不免有點浮躁。二師哥卻木訥深沉，用功尤爲紮實。」料想二師哥的功力多半在大師哥之上，這套功夫新練未熟，以之閃避抵擋，只怕未必能成。他凝思良久，忽然想起師父初授武功之時曾教過一套十段錦，當時自己出盡本事，也摸不到師父一片衣角。木桑道人的「神行百變」功夫雖輕靈已極，但始終躲閃而不含反擊伏著，對方不免無所顧忌，如和本門功夫混合使用，守中含攻，對手便須分力守禦，更具靈效。他在書房中閉目尋思，一招一式的默念。旁人也不去打擾。

到得申牌時分，袁承志已全盤想通，但怕沒有把握，須得試練一番。於是請焦宛兒約了十多位師兄弟，各人提了一大桶水，圍在練武場四周，自己站在中心，打個手勢，各人便用木杓舀水向他亂潑，他竄高伏低，東躲西避，等到十桶水潑完，只右手袖子與左腳上濕了一灘。各人紛紛上前道喜，賀他又練成一項絕技。

木桑道人卻一直在房中呼呼大睡，全不理會。

晚膳過後，袁承志便要去雨花台赴約。焦公禮、焦宛兒父女想同去解釋，青青要隨伴助陣，袁承志都婉言相卻。青青撅起了嘴很不高興。

承志道：「他們是我師哥師嫂，今晚我只挨打不還手，你瞧著定要生氣，豈不要壞我事？」青青道：「你讓他們三招也就是了，幹麼老不還手？」承志道：「我要用你教我的功夫，瞧他們打不打得著我。」青青拍手笑道：「那我更要去瞧瞧，親眼看我乖徒兒大顯身手。你怕我得罪你師哥師嫂，我一句話不說就是。」承志笑道：「你肯裝啞巴？」青青點頭道：「我不裝，我天生就是啞巴。」做幾下手勢，嘴裏「啊、啊」的乾嚷，裝作啞巴。承志一笑，只得讓她同去。進去向木桑告辭，只見他向著裏床而睡，叫了幾聲不醒。崔秋山卻自行出門去了。

兩人向焦家借了兩匹健馬，二更時分，已到了雨花台畔。見四下無人，便下馬相候，等了半個時辰，只見東邊兩人奔近，跟著輕輕兩聲擊掌。袁承志拍掌相應。

一人說道：「袁師叔到了麼？」聽聲音是劉培生。袁承志道：「我在這裏等候師哥師嫂。」一眼見劉培生和梅劍和走近，遠處一個女子聲音叫道：「好啊，果然來了！」

語聲剛畢，兩個人影便奔到跟前。青青一驚，心想這兩人來得好快。梅劉二人往外一分，那兩個人影倐地竄出，正是歸辛樹和歸二娘夫婦。遠處又有一個人奔來，袁承志見她身形，知是飛天魔女孫仲君。她功夫可就比師父師娘差得遠了，奔了好一陣才到跟前。她手中抱著個小孩，是歸氏夫婦的孩子。

歸二娘冷冷的道：「袁爺倒是信人，我夫婦還有要事，別耽擱辰光，這就進招吧。」袁承志躬身行禮，恭恭敬敬的道：「小弟今日是向師哥師嫂請罪來的。小弟折斷師嫂的寶劍，實是事前未知。冒犯之處，還請師哥師嫂瞧在師父面上，大量包容。」歸二娘冷笑道：「你是不是我們師弟，誰也不知，先過了招再說。」袁承志推讓不肯動手。

歸二娘見他一味退縮，心想若非假冒，何以如此膽怯氣餒？忽地左掌提起，斜劈下來。袁承志疾向後仰，掌鋒從鼻尖上急掠而過，心中暗驚：「瞧不出她女流之輩，掌法如此凌厲了得。」歸二娘一擊不中，右拳隨上，使的正是華山派的破玉拳。袁承志對這路拳法研習有素，成竹在胸，當下雙手下垂，緊貼大腿兩側，以示決不還手，身子晃動，使開融會了「神行百變」和十段錦的輕功，在歸二娘拳腳的空隙中穿來插去。歸二娘連發十餘急招，勢如暴風驟雨，都給他側身避開。

歸辛樹在旁瞧得凜然心驚，暗想這少年恁地了得，他的輕功有些確是本門身法，但大半卻又截然不同，莫非這少年是別派奸徒，不知如何，竟偷學了本門的上乘功夫去？當下全神注視，只怕妻子吃虧。

歸二娘見袁承志並不還手，心想你如此輕視於我，叫你知道歸二娘的厲害，雙拳如風，越打越快，她既知對方並不反擊，便把守禦的招數盡數擱下，招招進襲。

袁承志暗暗叫苦，想不到二師嫂將這路破玉拳使得如此勢道凌厲，加之只攻不守，威力更是倍增，心想當眞抵擋不住之時，說不得，也只好伸手招架了。

孫仲君見袁承志雙手下垂，任憑師娘出手如何迅捷，始終打不中他一招，越看越惱，斜眼間見青青站在一旁，看得興高采烈，滿臉笑容，當即將小師弟往梅劍和手中一送，拔出長劍縱身而前，向青青胸口刺去。

青青吃了一驚，疾忙側身避開。她受袁承志之囑，此行不帶兵刃，給孫仲君唰唰數劍，逼得手忙腳亂。她武功本就不及，更何況赤手空拳，數招之後，立即危險萬狀。

袁承志聽她驚呼，便想過去救援，但給歸二娘緊緊纏住了無法脫身。

歸辛樹向孫仲君喝道：「別傷人性命。」孫仲君道：「師父，這人是金蛇郎君的兒子。這輕薄少年，正是罪魁禍首。」歸辛樹曾聽江南武林中人說起金蛇郎君心狠手辣，並非善良之輩，也就不言語了。孫仲君見師父已然默許，劍招加緊，白光閃閃，眼見青青便要命喪當地。

袁承志見局勢緊迫，忽地雙腿齊飛，兩手仍貼在胯側，但兩腿左一腳右一腳，連環六腳，都是快要踢到歸二娘身上時倏地收回，然已將她逼得連退六步。袁承志就此擺脫，縱身躍起，空中轉身前撲，左手雙指點向孫仲君後心，要奪落她手中長劍，忽聽身旁一聲長嘯，一股勁風猛向腰間襲來。承志不暇攻敵，先拆來招，右掌勾住來人手腕斜帶，那知來人絲毫不動，自己卻給他反力推了出去。袁承志自下山以來，從未遇到勁力如此深厚之人，知道必是二師兄出手，不由得心驚：「我原知二師哥武功非同小可，沒料到他身材瘦瘦小小，竟具如此神力。」

他落下地後，身子便如木樁般猛然釘住，毫不搖晃。叫道：「二師哥，小弟得罪！」叫聲未歇，歸辛樹左掌已到身前。袁承志這次有了提防，左肩微側，來掌打空，正是今日學會的「神行百變」身法。

歸辛樹適才跟他一帶一推，已察覺他內勁全是本門混元功，招式可以偷學，內力卻須親傳，只這一推之間，便知他確是師父新收的小徒弟。第二招出手如電，眼見一掌便可打到他肩頭，生怕打傷了他，師父臉上須不好看，手掌將到時潛力斜迴，只使了三成力，那知道對方滑溜異常，在間不容髮之際竟爾躲開，不覺也是一驚，喝道：「好快的身法！」拳隨聲落，呼呼數招。他拳法與歸二娘一模一樣，但功力之純，收發之速，實已臻爐火純青之境，袁承志既驚且佩，心想怪不得二師哥享名如此之盛，他幾個徒兒出來，武林中一般好手都對之恭敬異常，原來他手下也當眞了得。這時那裏還敢有絲毫怠忽？「神行百變」的身法初學乍練，尚頗生疏，對付歸二娘綽綽有餘，用來與二師哥過招只怕躲不過他十拳，於是也展開師門所授絕藝，以破玉拳法招架。

二人拳法相同，諸般變化均了然於胸，越打越快，意到即收，未沾先止，可說是熟極而流。袁承志心想：「我在華山跟師父拆招，也不過如此。」但與師父拆招，明知並無兇險，二師哥卻是拳掌沉重，萬萬受不得他一招，雖知青青命在頃刻，竟無餘暇去瞧她一眼，霎時之間，背上冷汗直淋。他急欲去救青青，出招竭盡全力，更不留情，心想：「青弟倘若喪命，就算你是師哥，我也殺了你！」

這邊孫仲君見袁承志讓師父絆住了，心中大喜，劍法更見凌厲。劉培生與梅劍和同時叫道：「師妹不可傷人……」叫聲未歇，孫仲君挺劍猛向青青胸口刺到。青青難以閃避，急向後仰，打個滾逃開。孫仲君反劍橫削，青青急忙低頭，頭巾登被削落，長髮四散，下垂披臉。孫仲君見她原來是個女子，一呆之下，挺劍又刺，青青已難閃避。

忽聽得頭頂一個蒼老的聲音喝道：「好狠的女娃子！」樹頂一團黑影直撲下來，起腳將她長劍踢飛。孫仲君大驚，退了兩步，月光下見那人道裝打扮，鬚眉俱白，擋在青青身前。她與梅、劉二人不知這老道是誰，歸二娘卻認得他是師父的好友木桑道人，便即過來見禮。木桑笑道：「別忙行禮，且瞧他哥兒倆練武。」

歸二娘回頭看丈夫時，只見兩條人影夾著呼呼風聲，鬥得激烈異常。歸辛樹力勁招沉，袁承志身手快捷。一個熟嫻本門武功，一個兼習三家之長，各擅勝場，難分高下。袁承志初時掛念青青的安危，甚是焦急，不免分心，待見木桑道人到來相救，這才全神與師兄拆解，招數中形同拚命的狠辣之勁，卻也收了。兩人越鬥越緊，本門的伏虎掌、劈石拳、破玉拳、混元掌等等上乘功夫全都使上了。袁承志畢竟功力較淺，修習沒歸辛樹之久，鬥到近千招時，便漸落下風。

歸二娘見丈夫越來越攻多守少，心中暗喜，但見袁承志本門功夫如此純熟，也已毫不懷疑他確是師弟，於他拳術造詣之精，也不禁暗暗佩服。

又拆得數十招，袁承志突然拳法一變，身形便如水蛇般游走不定。這是金蛇郎君手創的「金蛇遊身掌」，係從水蛇在水中遊動的身法中所悟出。不過這套掌法中所有陰毒擊敵的招數，袁承志此時都捨棄不用，卻加上神行百變和十段錦的輕功。但見他倏進倏退，忽東忽西，旁觀各人眼都花了。歸辛樹拳法雖高，可也看不明白他的身法，竟無下手之處，不由得焦躁：「我號稱神拳無敵，可是跟這個小師弟已拆了一千招以上，兀自奈何他不得。我這個外號，可有點名不副實了。」

袁承志橫趨斜行，正自急繞圈子，歸辛樹忽地跳開，叫道：「且住！」袁承志疾忙站定，說道：「是！」心想：「他打我不到，雙方就算平手。各人顧住面子，也就算了。」卻見歸辛樹向空中一揖，說道：「師父，你老人家也來啦。」袁承志吃了一驚，見大樹上連續縱下四人，當先一人正是恩師穆人清。

袁承志大喜，搶上拜倒，站起身來時，見師父身後是崔秋山和大師兄銅筆鐵算盤黃眞，最後一人竟是啞巴。

袁承志忽遇恩師故人，欣喜異常，和啞巴打了幾個手勢，心想自己終究閱歷太淺，只顧跟二師哥過招，沒留神四下情勢，要是樹上躲著的不是師父而是敵人，勢不免要中暗算？二師哥卻眼觀六路，耳聽八方，江湖上大行家畢竟不同，不由得心中欽佩。

穆人清摸摸承志的頭頂，微笑道：「你大師哥說了你在浙江衢州的事，做得不錯。」隨即臉色一沉，道：「少年人爲甚麼不敬尊長，跟師哥、師嫂打起架來？」袁承志低頭道：「是弟子不是，下次決計不敢啦。」走過去向歸辛樹夫婦連作了兩個揖，躬身說道：「小弟向師哥師嫂請罪。」

歸二娘性子直爽，對穆人清道：「師父，你倒不必怪師弟動手，那是我們夫婦逼他的。我們怪他用別派武功，折辱這幾個不成器的徒弟。」說著向梅劍和等三人一指。

穆人清道：「說到門戶之見，我倒看得很淡。喂，劍和，過來，我問你，你袁師叔跟師兄動手，是他不好。你們三人卻怎麼又跟師叔過招了？咱們門中的尊卑之分，大家都不管了麼？」梅劍和在師祖面前不敢隱瞞，便把閔子華尋仇的經過，原原本本說了，提到孫仲君斷人臂膀之事，只說「跟焦公禮的一名徒弟動了手」，就此輕描淡寫的一言帶過。他言語中所著重的，卻是袁承志踩斷了歸二娘賜給孫仲君的長劍。

青青忍不住插口道：「老師父，這位飛天魔女孫姑娘，好沒來由的，一劍就把人家一條臂膀斬了下來。那個人只不過奉師父之命送信來請客，老老實實的，手無寸鐵。袁大哥說，他華山派門人不能濫傷無辜，他既見到了，倘若不管，要給師父責罰的，無可奈何，只得出頭管上這樁事。他說無意中得罪了師哥、師嫂，心裏難過得很，可又沒法子。」她知袁承志不擅言辭，且不肯為自己聲辯，一切都代他說了，低聲對承志道：「啞巴說話了，對不起。」

穆人清臉如嚴霜，問道：「眞的麼？」歸氏夫婦不知此事，望著孫仲君。梅劍和低聲道：「師祖爺爺，孫師妹當時認定他是壞人，是以下手沒容情，而今已很是後悔，請師祖饒恕。」穆人清大怒，喝道：「咱們華山派最大的戒律是不可濫傷無辜。辛樹，你收這徒兒之時，有沒教訓過她？」

歸辛樹從來沒見過師父氣得如此厲害，急忙跪倒，說道：「弟子失於教誨，是弟子不是。請師父息怒，弟子一定好好責罰她。」歸二娘、梅、劉、孫四人忙都跟著跪在歸辛樹之後。穆人清怒氣不息，罵袁承志道：「你見了這事，怎麼折斷了她的劍就算了事？怎麼不把她的臂膀也砍下來？咱們不正自己門風，豈不給江湖上的朋友們恥笑？」

袁承志跪下磕頭，說道：「是，是，弟子處置得不對。」

穆人淸道：「這女娃兒，」說著向靑靑一指，對孫仲君道：「又犯了甚麼十惡不赦的惡行，你卻連使九下狠招殺著，非取她性命不可？你過來。」

孫仲君嚇得魂不附體，那敢過去？伏在地下連連磕頭，說道：「徒孫只道她是男人，是個輕薄之徒……」

穆人淸怒道：「你削下她帽子，已見到她是女子了，卻仍下毒手。再說，是男人就可濫殺嗎？單憑你『飛天魔女』這四字外號，就可想見你平素爲人。你不過來嗎？」歸二娘知道師父要將她點成廢人，卸去全身武功，只得磕頭求道：「師父你老人家請息怒，弟子回去，一定將她重重責打。」穆人淸道：「你砍下她的臂膀，明兒抬到焦家去求情賠罪。」歸二娘不敢作聲。袁承志道：「徒兒已向焦家賠過罪，還幫了他們一個大忙，救了他們幫主性命，又應承傳授一門武功給那人，因此焦家這邊是沒事了。」穆人淸哼了聲，道：「木桑道兄幸虧不是外人，否則眞叫他笑死啦。究竟是他聰明，吃了本門中不肖子弟的虧，一生不收徒弟，免得丟臉嘔氣。都起來吧！」衆人便都站起。

穆人淸向孫仲君一瞪眼，孫仲君嚇得又跪了下來。穆人淸道：「拿劍過來。」孫仲君心中怦怦亂跳，只得雙手捧劍過頂獻上。

穆人淸抓住劍柄，微微一抖，孫仲君只覺左手一痛，鮮血直流，原來一根小指已給削落。穆人清再將劍一抖，長劍斷爲兩截，喝道：「從今而後，不許你再用劍。」孫仲君忍痛答道：「是。徒孫知錯了。」她又驚又羞，流下淚來。

歸二娘撕下衣角，給她包裹傷處，低聲道：「好啦，師祖不會再罰你啦。」

梅劍和見師祖隨手一抖，長劍立斷，這才知袁承志接連震斷他手中長劍，確是本門功夫，心想原來本門武術如此精妙，我只學得一點兒皮毛，便在外面耀武揚威，想起過去的狂妄傲慢，甚是惶恐慚愧，又怕師祖見責，不禁汗流浹背。

穆人清狠狠瞪了他一眼，卻不言語，轉頭對袁承志道：「你答允傳授人家功夫，可得好好的教。你教甚麼呀？」袁承志臉上一紅，道：「弟子未得師父允准，不敢將本門武功妄授別人，只想傳他一套獨臂刀法。那是弟子無意中學來的雜學。」

穆人清道：「你的雜學也太多了一點呀，剛才見你跟你二師哥過招，好似用上了木桑道長的『神行百變』功夫。有這位棋友一力相幫，二師哥自然奈何你不得了。」說罷呵呵大笑。木桑道人笑道：「承志，你敢不敢跟你師父撒謊？」承志道：「弟子不敢。」木桑道：「好，我問你，自從離開華山之後，我有沒有親手傳授過你武功？聽著，我有沒親手傳授？」承志這才會意，木桑所以要靑靑轉授，原來是怕師父及二師哥見怪，這位道長機靈多智，一切早在他料中，於是答道：「在華山之上，道長傳過不少功夫，弟子一直感激萬分，自下華山之後，道長沒親手教過我武功，這次見面，就只下過兩盤棋。」又想：「這話雖非謊言，畢竟意在欺瞞，至少是存心取巧。但這時明言，二師哥必定會對道長見怪，待會背著二師哥，須得向師父稟明實情。」

木桑笑道：「這就是了，你再跟師兄練過。我以前教過你的武功，一招都不許用。」袁承志道：「二師哥號稱神拳無敵，果然名不虛傳。弟子本已抵擋不住，只有躲閃避讓，正要認輸，請二師哥停手，那知他已見到了師父。一過招，弟子就再沒能顧到旁的地方。」穆人清笑道：「好啦，好啦。道長既要你們練，獻一下醜又怕怎的？」

袁承志無奈，只得走近去向歸辛樹一揖，躬身說道：「請二師哥指教。」歸辛樹拱手道：「好說。」轉頭對穆人清道：「我們錯了請師父指點。」兩人重又放對。

這一番比試，和剛才又不相同。歸辛樹在木桑道人、師父、大師兄及眾徒弟之前那能丟臉？只見他攻時迅如雷霆，守時凝若山岳，名家身手，果眞不凡。袁承志也是有攻有守，所使的全是師門絕技，拆了一百餘招，兩人拳法中絲毫不見破綻。

穆人清與木桑在一旁撚鬚微笑。木桑笑道：「眞是明師門中出高徒，強將手下無弱兵。看了你這兩位賢徒，我老道又有點眼紅，後悔當年不好好教幾個徒兒了。」說話之間，兩人又拆了數十招。

歸辛樹久鬥不下，漸漸加重勁力，攻勢頓驟。袁承志尋思，打到這時，我該當相讓一招了。但歸辛樹招招厲害異常，只要招架不出全力，立即身受重傷，要讓他一招，實是大大的難事，鬥到分際，忽想：「聽師父剛才語氣，對我貪多務得，研習別派雜學，似乎不大贊可。先前我單使本門拳法，數百招後便居劣勢，直至用上了木桑道長與金蛇郎君的功夫，才稍微佔了一點上風，現下又單使本門武功，仍只能以下風之勢打成平手，這豈不是說別派武功勝過本門功夫了？我得以別派武功輸了給他。道長不許我用他所傳的功夫，我便使金蛇郎君的武功。」當下拳招忽變，使的是一套「金蛇制鶴拳」。

歸辛樹見招拆招，攻勢絲毫不緩。袁承志突然連續四記怪招，歸辛樹吃了一驚，回拳自保。袁承志緩了一口氣，運氣於背。歸辛樹見他後心突然露出空隙，見虛即入，武家本性，此時更不思索，發掌撲擊對方背心。袁承志早已有備，身子向前撲出，跌出四五步，回身說道：「小弟輸了。」歸辛樹一掌既出，便即懊悔，只怕師弟要受重傷，忙搶上去扶，那知他茫然未覺，甚是驚疑。原來袁承志既已先運氣於背，乘勢前撲時再消去了對方大半掌力，又有木桑所賜的金絲背心保護，雖然背上一陣劇痛，卻未受傷。

袁承志回過身來，衆人見他長衣後心裂成碎片，一陣風過去，衣片隨風飛舞。青青極爲關心，忙奔過來問道：「不礙事嗎？」袁承志道：「你放心。」

穆人清向歸辛樹道：「你功夫確有精進，但這一招使得太狠，你知道麼？」歸辛樹道：「是。袁師弟武功了得，弟子很是佩服。」穆人清道：「他本門功力是不及你精純，還差著這麼一大截。」頓了一頓，說道：「前些時候曾聽人說，你們夫婦縱容徒弟，在外面招搖得很厲害。我本來想你妻子雖然不大明白事理，你還不是那樣的人，但瞧你剛才這樣對付自己師弟，哼！」歸辛樹低下了頭，道：「弟子知錯了。」木桑道：「比武過招，下手誰也不能容情，反正承志又沒受傷，你這老兒還說甚麼的？」穆人清這才不言語了。

歸辛樹夫婦成名已久，隱然是江南武林領袖，這次給師父當眾責罵，雖因師恩深重，於師父毫無怨懟之意，對袁承志卻更懷憤。歸辛樹明知師弟有意讓招，但受了師父責罵，卻也不領他的情。

穆人清道：「闖王今秋要大舉起事，你們招集門人，立即著手聯絡江南武林豪傑，一待闖王義旗南下，便即揭竿響應。」歸辛樹夫婦齊聲應道：「是。」穆人清眼望歸辛樹，臉色漸轉慈和，溫言道：「辛樹，你莫說我偏愛小徒弟。你年紀雖已不小，在我心中，你仍與當年初上華山時的小徒弟一般無異。」歸辛樹低下頭來，心中一陣溫暖，說道：「是，弟子心中也決沒說師父偏心。」穆人清道：「你性子向來鯁直，三十年來專心練武，旁的事情更是甚麼也不多想。可是天下的事情，並非單憑武功高強便可辦得了的。遇上了大事，更須細思前因後果，不可輕信人言。」歸辛樹道：「是，弟子牢牢記住師父的教訓。」

穆人清對袁承志道：「你和你這小朋友動身去北京，打探朝廷動靜，但不可打草驚蛇，也不能傷害皇帝和朝中權要，若訪到重大消息，就去陝西報信。」袁承志答應了。

穆人淸道：「我今晚要去見七十二島盟主鄭起雲和淸涼寺的十力大師。聽說十力大師剛接到五台山淸涼寺住持法旨，派他接任河南南陽淸涼下院的住持，一來向他道喜，二來要跟他商量河南武林中的事情。道兄，你要去那裏？」木桑笑道：「你們是仁人義士，憂國爲民，整天忙得馬不停蹄。貧道卻是閒雲野鶴，我想耽擱你小徒弟幾天功夫，成麼？」穆人淸笑道：「反正他應承教人家武功，在南京總得還有幾天逗留。你們多下幾盤棋吧。你還有多少本事，棋道武功，索性一股腦兒傳了他吧。」

木桑卻似意興闌珊，黯然道：「這次下了這幾局棋，也不知道以後是不是還有得下。」穆人淸一愕，道：「道兄何出此言？眼下民怨如沸，闖王大事指日可成。將來四海宴安，天下太平，衆百姓安居樂業，咱們無事可爲。別說承志，連我也可天天陪你下棋。」木桑搖頭道：「未必，未必！舊劫打完，新劫又生，局中既有白子黑子，這劫就循環不盡。」穆人淸笑道：「多日不見，道兄悟道更深。我們俗人，這些玄機可就不懂了。」哈哈一笑，拱手道別。黃眞和崔秋山都跟了過去。

那啞巴卻大打手勢，要和承志在一起。穆人淸點頭允可，笑道：「你記掛你的小朋友，就跟著他吧。」啞巴大喜，奔過來將承志抱起，將他擲向空中，落下時伸手接住，那是承志幼時他二人在華山常幹的玩意，此時承志身軀已重，但啞巴神力驚人，仍將他擲得高高地。青青嚇了一跳，月光下見他臉有喜色，才知他並無惡意。

啞巴跟著從背上包袱中抽出一柄劍來，交給袁承志，正是那柄金蛇劍。原來他上次隨袁承志進入山洞揷回金蛇劍，此次離山，見穆人淸示意要去和袁承志相會，心想山上無人，這把寶劍可別讓人偷了去，於是進洞去拔了出來，藏入包袱，卻連穆人淸也不知道。袁承志心想：「此劍是青弟父親的遺物，我暫且收著使用，日後我傳她金蛇劍法，再將這劍歸還給她。」青青拿過劍來觀看，想到父親母親，心中難過。

袁承志與師父剛見面又要分手，很戀戀不捨。穆人淸笑道：「你很好，我很歡喜，不枉大家教了你一場。」袍袖一拂，已隱沒入黑暗。歸辛樹夫婦拱手相送，待師父及大師兄走得不見，向木桑躬身一揖，一言不發，抱了孩子，帶領三個徒弟就走。

木桑向袁承志道：「他們已對你心中懷恨，這兩人功夫挺厲害，日後遇上可要小心。」袁承志點頭答應，無端端得罪了二師兄，心頭鬱鬱，回到焦家，倒頭便睡。

第二日剛起身，青青大叫大嚷的進來，捧著個木製的拜盒，笑道：「你猜是甚麼？」袁承志兀自提不起興致，道：「有客人來麼？」青青揭開盒蓋，滿臉笑容，如花盛開。

只見盒中一張大紅帖子，寫著「愚教弟閔子華拜」幾個大字。青青拿起帖子，下面是一張房契，一張屋裏傢具器物的淸單。袁承志見閔子華遵守諾言，將宅子送來，很過意不去，忙換了長袍過去道謝。那知閔宅中人已盡數走了，只留下兩個下人在各處打掃。袁承志一問，說是閔二爺一早就帶同家人朋友走了，去甚麼地方卻不知道。

袁承志和青青取出金蛇郎君遺圖與房子對看，見屋中通道房舍雖有不少更動，但大局間架，若合符節。兩人大喜，知道這座「魏國公賜第」果然便是圖中所指，按著圖上藏寶記號尋索，原來是在後花園的一間柴房之中。

這天下午，焦宛兒派了人來幫同打掃布置，還撥了兩名婢女服侍青青，其他廚子、門公、花匠、侍僕、更夫、馬夫一應俱全，洪勝海便做了總管。袁承志道：「這位焦姑娘年紀輕輕，想得倒眞周到。」青青抿嘴笑道：「若能請得到她來這大宅子親主家務，那就更加周到之極啦！我可……我可……」臉上一紅，下面的話可不便說了。袁承志一怔，隨即明白，心想她甚麼都好，就是小心眼兒，一笑之下，不再接口。

當晚二更過後，袁承志叫了啞巴，二人搬出柴房中柴草，拿了鐵鍬，挖掘下去。青青仗劍在柴房外把風。挖了半個時辰，只聽得錚的一聲，鐵鍬碰到了一塊大石，鏟去石上泥土，露出一塊大石板來。兩人合力將石板抬起，下面是個大洞。

青青聽得袁承志喜叫，奔進來看。袁承志道：「在這裏啦。」取了兩綑柴草，點燃了丟在洞裏，待穢氣驅盡，打手勢叫啞巴守在外面，與青青循石級走下去，火把光下只見十隻大鐵箱排成一列。鐵箱都用巨鎖鎖住，鑰匙卻遍尋不見。

袁承志再取圖細看，見藏寶之處左角邊畫著一條小小金龍，靈機一動，拿起鐵鍬依著方位挖下去，挖不了幾下，便找到一隻鐵盒，盒子卻沒上鎖。他記起金蛇郎君的盒中毒箭，用繩縛住盒蓋上的鐵環，將鐵盒放得遠遠的，用繩拉起盒蓋，過了一會，見無異狀，移進火把看盒中時，見盒裏放著一串鑰匙，還有兩張紙。

取起上面一紙，見紙上寫道：「吾叔之叛，武臣無不降者。魏國公徐輝祖以功臣世勳，忠於社稷，殊可嘉也。內府重寶，倉皇不及攜，魏公爲朕守之。他日重光宗廟社稷，以此爲資。建文四年六月庚申御筆。」

袁承志看了不禁凜然，心想這果然是燕王篡位之時建文帝所遺下的重寶。

原來明朝開國，大將軍徐達功居第一。他和明太祖朱元璋是布衣之交。朱元璋做了皇帝後，還是稱他爲「徐兄」。徐達自然不敢再和皇帝稱兄道弟，始終恭敬謹愼。有一日，明太祖和他一起喝酒，飲酒中間，說道：「徐兄功勞很大，還沒安居的地方，我的舊邸賜了給你吧。」（《明史・徐達傳》原文是：「徐兄功大，未有寧居，可賜以舊邸。」）所謂舊邸，是太祖做吳王時所居的府第，他登極爲帝之後，自然另建宮殿了。徐達心想：太祖自吳王而登極，自己倘若住到吳王舊邸之中，這個嫌疑可犯得大了。他深知太祖猜忌心極重，當下只是道謝，卻說甚麼也不肯接受。

太祖決定再試他一試，過了幾天，召了徐達同去舊邸喝酒，不住勸酒，把他灌醉了，命侍從將他抬到臥室之中，放在太祖從前所睡的床上，蓋上了被。徐達酒醒之後，一見情形，大為吃驚，急忙下階，俯伏下拜，連稱：「死罪！」坐著便不再睡。侍從將情形回奏，太祖一聽大喜，心想此人忠字當頭，全無反意，當即下旨，在舊邸之前另起一座大宅賜他，親題「大功」兩字，作為這宅第所在的坊名。那便是南京「大功坊」和「魏國公賜第」的由來。

據筆記中載稱，徐達雖對皇帝恭順，但他精於韜略，善於將兵，戰無不勝，太祖還是怕他造反。洪武十八年，徐達背上生疽。據說生背疽之人，吃蒸鵝立死。太祖派人慰問，附賜蒸鵝一隻。徐達淚流滿面，當著使者把一隻蒸鵝吃個乾淨，當夜就毒發而死。生背疽（一種癌腫）而吃蒸鵝，未必便死，但朱元璋賜這蒸鵝，便是賜死，徐達縱然吃了蒸鵝無事，也只好服毒自盡。此事正史不載，不知眞假。徐達有四子三女，三個女兒都作太祖兒子的王妃，長女是燕王王妃，後來便是成祖的皇后，次女是代王王妃，三女是安王王妃。燕王造反，徐達的長子徐輝祖忠於建文帝，帶兵力抗燕軍。徐達的幼子徐增壽卻和姊夫燕王暗中勾結。燕王兵臨南京城下，建文帝召徐增壽來質問。徐增壽不答，建文帝親手揮劍斬了他。

成祖篡位後，徐輝祖搬入父親的祠堂居住，不肯朝見。成祖派官吏審問，徐輝祖寫了「我父開國功臣，子孫免死」十個大字回報。成祖見了大怒，但他初即帝位，要收羅人心，饒了他不殺。徐輝祖對建文帝忠心耿耿，始終在圖謀復辟。他後人世襲魏國公，一直統帶守衛南京的兵將，直至明亡。明朝南京守備府位尊權重，南京百姓只知「守備府徐公爺」，卻不知魏國公，是以袁承志和青青打聽不著。

成祖感念徐增壽爲己而死，追封他爲定國公。因此徐達的子孫共有魏國公和定國公兩個公爵。兩位公爵的後裔一居南京，一居北京。徐輝祖得罪了成祖，他子孫不敢再在大功坊的賜第居住，另行遷居。大功坊賜第數度易手，經過二百四十多年，後人再也不明這座舊宅的來歷。這中間的經過，袁承志和青青自然不知。

袁承志看第二張紙時，見寫的是一首律詩，詩云：

「牢落西南四十秋，蕭蕭白髮已盈頭。乾坤有恨家何在？江漢無情水自流。長樂宮中雲氣散，朝元閣上雨聲收。新蒲細柳年年綠，野老吞聲哭未休。」

筆跡與另一信一模一樣，只是更見蒼勁挺拔。原來此詩是建文帝在閩粵川滇各地漫遊四十年後，重還金陵所作。他經歷永樂（成祖）、洪熙（仁宗）、宣德（宣宗）、正統（英宗）各朝之後，已然六十餘歲，復位之想早已消盡，回到魏國公府撫視故物，不禁感慨無已，從此飄然出世，不知所終。此中過節，袁承志和青青自然猜想不到。承志不懂詩中說些甚麼，青青更急欲察看箱中物事，對詩箋隨意一瞥，便放在一旁。

袁承志取出鑰匙，將鐵箱打開，一揭箱蓋，耀眼生花，一大箱滿滿的都是寶玉、珍珠，又開一箱，卻是瑪瑙、翡翠之屬，沒一件不是價值鉅萬的珍物。青青低聲驚呼，不由得臉上變色，又驚又喜。抄到底下，卻見下半箱疊滿了金磚，十箱皆是如此。

袁承志道：「這些寶物是明太祖當年在天下百姓身上搜刮而來，咱們用來幹甚麼？」青青和他相處日久，明白他心意，知道只要稍生貪念，不免遭他輕視，便道：「咱們說過，尋到財物，要助闖王謀幹大事，自然是取之於民，用之於民。」袁承志大喜，握住她手，說道：「青弟，你眞是我的知己。」

袁承志自幼即知父親盡瘁國事，廢寢忘食，非但不貪錢財，連家庭中的天倫之樂、朋友間的交遊之娛，也難以得享。當年應松教他讀書，曾教過袁崇煥自敘心境的一篇文章，其中說道：「予何人哉？十年以來，父母不得以爲子，妻孥不得以爲夫，手足不得以爲兄弟，交遊不得以爲朋友。予何人哉？直謂之曰『大明國裏一亡命之徒』可也。」當時年幼，還不能完全體會父親盡心竭力、守土禦敵的精忠果毅，成長後每想到「大明國裏一亡命之徒」那句話，不由得熱血沸騰，早就立志以父爲榜樣。袁崇煥爲人題字，愛寫「心術不可得罪於天地，言行要留好樣與兒孫」兩句，袁承志所存父親遺物，也只有這一幅字而已。這時他見到無數金銀財寶，所想到的自然是如何學父親的心術好樣，如何將珍寶用於保國衛民。

青青卻出身於大盜之家，向來見人逢財便取，管他有主無主，義與不義。何況這許多價值連城的珠寶，都是憑她父親遺圖而得，若不是她對袁承志鍾情已深，豈肯不據爲己有？聽袁承志稱自己爲「知己」，不由得感到一陣甜意，霎時間心頭浮起了兩句古詩：「易求無價寶，難得有情郎。」

承志道：「有了這許多資財，咱們就可到北京去大幹一番事業。明朝皇帝搜刮而來，咱們就用來相助闖王，推倒明朝皇帝。」青青笑道：「這叫做即以其人之道，還治其人之身。」承志笑道：「不錯。你掉書包的本事可了不起。」

次日下午，袁承志命洪勝海到焦家去把羅立如叫來。他斷臂傷勢還很沉重，聽得袁承志見招，立即命人相扶，喜氣洋洋的到來，見面後便要行拜師之禮。

袁承志堅辭不受，叫他坐著，將一套獨臂刀法細細說了給他聽。羅立如武功本有根柢，袁承志又一招一式的教得甚是仔細，連續教了五天，羅立如已牢牢記住，只待臂傷痊了，就可習練。承志這套刀法得自金蛇秘笈，與江湖上流傳的左臂刀法大不相同，招招險，刀刀快，實是厲害不過。羅立如雖斷一臂，卻換來了一套足以揚名江湖的絕技，可說是因禍得福，歡喜不盡。焦氏門下弟子之中，此後以他爲武功第一。

袁承志了結這件心事後，雇了十多輛大車，預備上道赴京。焦公禮父女及衆門徒大擺筵席，殷勤相送。袁承志請焦公禮送信給閔子華，將大功坊宅第仍然交還。焦公禮甚喜，覺得袁承志處事得體，圓了江湖朋友的面子。太白三英等漢奸則送交官辦。

這日天氣晴朗，草木清新，袁承志、青青、啞巴、洪勝海一行人別過木桑道人，將十隻鐵箱裝上大車，向北進發。焦公禮父女及衆弟子同過長江，送出三十里外，方才作別。江北一帶仍是金龍幫的地盤，焦公禮早已派人送訊，每個碼頭都有人殷勤接送。

行了十多日，來到山東界內。洪勝海道：「相公，這裏已不是金龍幫的地界。從今日起，咱們得多留一點兒神啦。」青青道：「怎麼？有人敢來太歲頭上動土嗎？」洪勝海道：「方今天下盜賊如毛，山東強人尤多。最厲害的是兩幫。」青青道：「一幫是你們渤海派了。」洪勝海笑道：「渤海派專做海上買賣，陸上的東西，就算黃金寶貝丟在地下，我們見到也是不撿的。」青青笑道：「原來貴派不算，那麼是哪兩幫？」洪勝海道：「一幫是滄州千柳莊、褚紅柳褚大爺的手下。」袁承志道：「我也曾聽師父說起過，褚紅柳以硃砂掌馳名江湖。」洪勝海道：「正是。另一幫在惡虎溝開山立櫃，大當家陰陽扇沙天廣武功了得，手下人多勢衆。」袁承志點頭道：「咱們以後小心在意，每晚一人輪流守夜。」

走了兩日，正當中午，迎面鑾鈴響處，兩匹快馬疾奔而來，從衆人身旁擦過。洪勝海說道：「那話兒來啦。」他想袁承志武功極高，自己也非庸手，幾個毛賊也不放在心上。過不一個時辰，那兩乘馬果然從後趕了上來，在騾車隊兩旁掠了過去。青青只是冷笑。洪勝海道：「不出十里，前面必有強人攔路。」那知走了十多里地，竟然太平無事。當晚在雙石舖宿歇。洪勝海嘖嘖稱奇，道：「難道我這老江湖走了眼了。」

次日又行，走不出五里，見後面四騎馬遠遠跟著。洪勝海道：「是了，他們昨兒人手還沒調齊，今日必有事故。」中午打過尖後，又有兩騎馬趟下來看相摸底。洪勝海道：「這倒奇了，道上看風踩盤子，從來沒這麼多人。」行了半日，又有兩乘馬掠過。

洪勝海皺眉思索，忽道：「是了。」對袁承志道：「相公，咱們今晚得趕上一個大市鎮投宿才好。」袁承志道：「怎麼？」洪勝海道：「跟著咱們的，不止一個山寨的人馬。」承志道：「是麼？有幾家寨主看中了這批貨色？」洪勝海道：「要是每一家派了兩個人，那麼前前後後已有五家。」青青笑道：「那倒熱鬧。」袁承志問道：「他們又怎知咱們攜了金銀財寶？倘若咱們這十隻鐵箱中裝滿了沙子石頭，這五家大寨主豈不是白辛苦一場？」青青笑道：「這個你就不在行了。大車中裝了金銀，車輪印痕、行車聲響、揚起的塵土等等都不相同。別說十隻大鐵箱易看得很，便是你小慧妹妹的二千兩黃金，當日也給我這小強人看了出來。」袁承志笑道：「佩服，佩服！」洪勝海心想：「小姐這樣嬌滴滴的一個小姑娘，難道從前也是幹我們這一行的？」

說話之間，又有兩乘馬從車隊旁掠過，青青冷笑道：「想動手卻又不敢，騎了馬跑來跑去，就是瞎起忙頭。這般膿包，人再多也沒用！」洪勝海正色道：「小姐，好漢敵不過人多。咱們雖然不怕，但箱籠物件這麼許多，要一無錯失，倒也得費一番心力。」袁承志道：「你說得不錯，咱們今晚就在前面的石膠鎮住店，就少走幾十里吧。」

到了石膠鎮上，揀了一家大店住下。袁承志吩咐把十隻鐵箱都搬在自己房中，與啞巴兩人合睡一房。剛放好鐵箱，只見兩條大漢走進店來，向袁承志望了一眼，對店伴說要住店。店伴招呼兩人入內，前腳接後腳，又有兩名粗豪漢子進來。

袁承志暗暗點頭，心下盤算已定，晚飯過後，各人回房睡覺。

睡到半夜，只聽得屋頂微微響動，知道盜夥到了。他起身點亮了蠟燭，打開鐵箱，取出一把把明珠、寶石、翡翠、瑪瑙，在燈下把玩。奇珍異寶在燈下燦然生光，只見窗櫺之邊、門縫之中，不知有多少隻貪婪的眼睛在向裏窺探。

洪勝海聽得聲音，放心不下，過來察看，他一走近，十餘名探子俱各隱身。洪勝海微微冷笑，在袁承志房門上輕敲數下。袁承志道：「進來吧！」

洪勝海一推門，房門呀的一聲開了，原來沒關上。他見桌上珠光寶氣，耀眼生輝，不覺呆了，走近看時，但見有指頭大小的渾圓珍珠，有兩尺來長的朱紅珊瑚，有晶瑩碧綠的大塊祖母綠，此外貓兒眼、紅寶石、金剛鑽、紫玉，沒一件不是無價之寶。

洪勝海本不知十隻鐵箱中所藏何物，只道都是金銀，這才引起羣盜的貪心，那知竟有如許珍品。他在江湖多年，見多識廣，但這麼多、這麼貴重的寶物卻從未見過。他走到袁承志身邊，低聲道：「相公，我來收起了好麼？外面有人偷看。」袁承志也低聲道：「正要讓他們瞧瞧。反正是這麼一回事。」拿起一串珍珠，大聲問道：「這串珠子拿到京裏，你瞧賣得多少銀子？」

洪勝海道：「三百兩銀子一顆，那是再也不能少了。這裏共是二十四顆，少說也值得一萬五千兩銀子。」袁承志奇道：「怎麼是一萬五千兩？」洪勝海道：「單是這麼大、這麼圓、這麼光潔的一顆珠子，已十分少見，難得的是二十四顆竟一般大小，全無瑕疵。一顆值三百兩銀子，那麼二十四顆至少值得一萬五千兩。」

這番話只把房外羣盜聽得心癢難搔，恨不得便跳進去搶了過來。但上面頭領有令，看中這批貨的山寨太多，大夥要商量好了再動，免傷同道和氣，誰也不許先行下手。眼見袁承志向洪勝海擺擺手，笑著睡了，燭火不熄，珠寶也不收拾，攤滿了一桌，只把羣盜引得面紅耳赤，不住乾嚥唾涎。

袁承志自發覺羣盜大集，意欲劫奪，一路上便在盤算應付之策，正如洪勝海所說：「好漢敵不過人多。箱籠物件這麼許多，要一無錯失，倒也得費一番心力。」自然而然的便想：「要是金蛇郎君遇上這件事，他便如何對付？」跟著想到：金蛇郎君爲溫氏五老及崆峒派諸人所擒，以寶藏巨利引得雙方互相爭奪，溫氏五老出手殺了所邀來的崆峒派朋友，他由此而乘機逃脫；又想到：那晚棋仙派的張春九和汪禿頭偷襲華山，見到有毒的假秘笈，連師兄弟也都殺了；游龍幫和青青爲了爭奪闖王黃金而相爭鬥，著實殺了不少人。足見大利所在，見利忘義之人非互相殘殺不可。「羣盜人多，但若你殺我，我殺你，人便少了。」想明白了此節，便在客店中故意展示寶物，料想財寶越多，羣盜自相斫殺起來便越激烈。

又行兩日，已過濟南府地界，掇著車隊的盜寇愈來愈多。洪勝海本來有恃無恐，但見羣盜遲遲不動手，不知安排下甚麼奸謀，不由得惴惴不安起來，力勸袁承志改走海道，說自己海上朋友很多，坐船到天津起岸，再去北京，雖然要繞個大彎，多費時日，但擔保不出亂子。袁承志笑道：「我本要用這批珠寶來結交天下英雄好漢，便散盡了也不打緊。錢財是身外之物，咱們講究仁義爲先。」洪勝海聽了，也就不便再勸。

袁承志卻自沉思卻敵之計，雖盼能引得羣盜爲了爭寶而自相殘殺，但想萬事不可托大，倘若盜首中竟有焦公禮一般的老成智士，或能避過自相殘殺，那便如何應付？他得寶之後，本意是要遵從師父的吩咐，用以結交天下英豪，爲闖王謀幹大事的臂助。倘若羣盜能講義氣，那麼就拿些鐵箱中的財寶出來，俵分衆人，結交一些同夥，因此並不擔心覬覦財物的羣盜衆多，也不太擔憂財物的得失。但轉念忽想，倘若這些強盜不講義氣，個個恃強行兇，自私貪財，便如棋仙派溫氏五老一般，定要將財物盡數奪去，反而跟閻王爲敵，那便糟了。心想青青本來是幹這一行的，棋仙派五老的行徑她最爲熟知，當即便去跟她商量：「青弟，倘若這些盜夥跟你先前一樣，並不識得我，自然跟我毫無交情，你遇上了這許多財寶，那怎麼辦？」

青青白他一眼，說道：「那有甚麼客氣？自然伸手便搶啊！」承志道：「要是我跟你套交情呢？分一些財寶給你，你肯跟我做好朋友嗎？肯聽我話嗎？」青青道：「你不用分財寶給我，我不但跟你做好朋友，還跟你結拜，叫你做大哥哥。我不但聽你話，而且死死活活都跟著你，永遠不分開了。」她雖語帶戲謔，畢竟充滿了眞誠，承志心下感動，伸手握住了她手，說道：「我也是這樣！」青青道：「那些強盜賊人，卻不會跟你結拜的。他們見到這許多金銀財寶，眼都紅了，就算你是他們的老子娘，他們也決不聽你的話。」承志道：「好，咱們先禮後兵，先講義氣，拉交情，不要傷人結怨。但盜夥勢大，眞要不傷人、不傷和氣，卻也很難。」

青青道：「事到臨頭之時，咱們先沉住氣，待得認出了盜魁，你一下子把他抓住，小嘍囉們就不敢動了。」袁承志大喜，笑道：「擒賊先擒王，這主意最好。」

次日上路，一路上羣盜哨探來去不絕，明目張膽，全不把袁承志等放在眼裏。洪勝海道：「相公，瞧這神氣，過不了今天啦。」袁承志道：「到時你只管照料車隊，別讓騾子受驚亂跑。強人由我們三人對付。」洪勝海應了。袁承志打手勢告訴啞巴，叫他看自己手勢才動手，專管捉人。啞巴點頭答應。

行到未牌時分，將到張莊，眼前黑壓壓一大片樹林，忽聽得頭頂嗚嗚聲響，幾枝響箭射過，鑼聲響處，林中鑽出數百名大漢，一個個都是靑布包頭，黑衣黑褲，手執兵刃，默不作聲的攔在當路。衆車夫早知情形不對，拉住牲口，抱頭往地下一蹲。這是行腳的規矩，只要不亂逃亂闖，劫道的強人不傷車夫。又聽得呼哨連連，蹄聲雜沓，林中斜刺裏衝出數十騎馬來，擋在車隊之後，攔住了退路，隨即肅靜無譁。

袁承志見前面八人一字排開，一個三十多歲的白臉漢子越衆而出，手中不拿兵刃，只搖著一柄摺扇，細聲細氣的道：「袁相公請了！」袁承志見他腳步凝重，心想這人武功不弱，手持鐵骨摺扇，多半擅於打穴，當下一拱手道：「寨主請了。」

那寨主說道：「袁相公遠來辛苦。」袁承志索性裝蒜，說道：「寨主你也辛苦。兄弟趕道倒沒甚麼，就是行李笨重，金銀珠寶太多，帶著討厭。」

那寨主笑道：「袁相公上京是去趕考麼？」袁承志道：「非也！小弟讀書不成，考來考去，始終落第，只好去納捐行賄，活動個功名，因此肚子裏墨水不多，手邊財物不少，哈哈，慚愧啊慚愧。」寨主笑道：「閣下倒很爽直，沒讀書人的酸氣。」

袁承志笑道：「我本來讀書不成呢！昨天有位朋友跟我說，今兒有許多家寨主在道上相候，個個是英雄豪傑。兄弟歡喜得緊，心想這一來可挺熱鬧了，可以交上好多好朋友。我一路之上沒敢疏忽，老是東張西望的等候寨主，就只怕錯過了，那知果然在此相遇。今日一見，三生有幸。瞧閣下這副打扮，莫不是也上京麼？咱們結伴而行如何？一路上談談講講，飲酒玩樂，倒是頗不寂寞。」那寨主心中一樂，暗想原來這人是個書獃子，笑道：「袁相公在家納福，豈不是好，何必出門奔波？要知江湖上險惡得很呢。」這人是山東「惡虎溝」的寨主，名叫沙天廣，這次合夥來行劫的共有八家盜夥，以惡虎溝最爲人多勢衆，也以沙天廣武功最強，因此他自然而然成了山東八寨的首領。

袁承志道：「在家時曾聽人說道，江湖上有甚麼騙子痞棍，強盜惡賊，那知走了上千里路，一個也沒遇著。想來多半是欺人之談，當不得眞的。這許多朋友們排在這裏幹甚麼？大夥兒玩操兵麼？倒也有趣。」

其餘七家盜寨的寨主聽袁承志半癡半呆的嘮叨不休，早已忍耐不住，不停向沙寨主打眼色，要他快下令動手。沙寨主笑容忽斂，一聲長嘯，扇子倏地張開。只見白扇上畫著一個黑色骷髏頭，骷髏口中橫咬一柄刀子，模樣可怖。

青青見了不覺心驚，輕聲低呼。袁承志雖然藝高膽大，卻也感到一陣陰森森的寒氣。沙寨主磔磔怪笑，扇子一招，數百名盜寇齊向騾隊撲來。

袁承志正要縱身出去擒拿沙寨主，忽聽得林中傳出一陣口吹竹葉的尖厲哨聲。沙寨主聽了，臉色斗變，扇子再揮，羣盜登時停步。

只見林中馳出兩乘馬來，當先一人是個鬚眉皆白的老者，後面跟著一個垂髫青衣少女，一瞥之間，但見容色絕麗。兩人來到沙寨主與袁承志之間，勒住了馬。

沙寨主瞪眼道：「這裏是山東地界。」那老者道：「誰說不是啊！」沙寨主道：「咱們當年在泰山大會，怎麼說來著？」老者道：「我們青竹幫不來山東做案，你們也別去北直隸動手。」沙寨主道：「照呀！今日甚麼好風把程老爺子吹來啦？」那老者道：「聽說有一批貨色要上北直隸來，東西好像不少，因此我們一來迎客，二來先來瞧瞧貨樣成色。」沙寨主變色道：「等貨色到了程老爺子境內，你老再瞧不遲吧？」那老者呵呵笑道：「怎麼不遲？那時貨色早到了惡虎溝你老弟寨裏，老頭兒怎麼還好意思前來探頭探腦，那可不是太不講義氣了嗎？」

袁承志和青青、洪勝海三人對望一眼，心想原來河北大盜也得到了消息，要來分一杯羹，且瞧他們怎麼打交道。

只聽山東羣盜紛紛起轟，七張八嘴的大叫：「程青竹，你蠻不講理！」「他媽的，你如講義氣，就不該到山東地界來。」「你不守道上規矩，不要臉！」

那老者程青竹道：「大夥兒亂七八糟的說些甚麼？老頭兒年紀大了，耳朵不靈，聽不清楚。山東道上的列位朋友們，都在讚我老頭兒義薄雲天嗎？這可多謝了！」

沙寨主摺扇連揮，羣盜住口。沙寨主道：「咱們有約在先，程老爺子怎麼又來反悔？無信無義，豈不見笑於江湖上的英雄好漢？」

程青竹不答話，問身旁少女道：「阿九啊，我在家裏跟你說甚麼了？」那少女道：「你老人家說，咱們閒著也是閒著，不如到山東逛逛，乘便就瞧瞧貨樣。」

青青聽她吐語如珠，聲音又柔和又清脆，動聽之極，向她細望了幾眼，見她十六七歲年紀，神態天眞，雙頰暈紅，膚色白膩，一雙眼燦然晶亮，年紀雖幼，卻容色清麗，氣度高雅，當眞比畫兒裏摘下來的人還要好看，想不到盜夥之中，竟會有如此明珠美玉一般俊極無儔的人品。青青向來自負美貌，相形之下，自覺頗有不如，此女之美，生平未見，忍不住向袁承志斜瞥一眼，形相他臉上神色。

程青竹笑道：「咱們說過要伸手做案沒有？」阿九道：「沒有啊。你老人家說，咱們跟山東的朋友們說好了的，山東境內，就是有金山銀山堆在面前，青竹幫也不能拿一個大錢，這叫做言而有信。」

程青竹轉頭對沙寨主道：「老弟，你聽見沒有？我幾時說過要在山東地界做案哪？」

沙寨主繃緊的臉登時鬆了，微微一笑，道：「好啊，這才夠義氣。程老爺子遠道而來，待會也分一份。」

程青竹不理他，又向阿九道：「阿九啊，咱們在家又說甚麼來著？」阿九道：「你老人家說貨色不少，路上若是失落了甚麼，咱們可吃虧不起，要是讓人家順手牽了羊去，咱們的臉就丟大了。」程青竹道：「嗯，要是人家不給面子，定要拿呢？」阿九道：「你老人家說，咱們在北直隸黑道上發財，到了山東，轉行做做保鏢的，倒也新鮮。倘若有人要動手，咱們無可奈何，給人家逼上梁山，也只好出手保護了。」

程青竹笑道：「年輕人記性眞不壞，我記得確是這麼說過的。」轉頭對沙寨主道：「老弟可明白了吧。我們不能在山東做案，那一點兒也沒錯，可是青竹幫要轉行幹保鏢的。泰山大會中，我可沒答應不走鏢啊。」

沙寨主鐵青了臉，道：「你不許我們動手，等貨色進了北直隸地界，自己便來伸手，是不是？」程青竹道：「是啊！泰山大會上的約定，總是要守的，一回到北直隸，我們本鄉本土，做慣了強人，不好意思再幹鏢行，阻了老鄉們的財路。」

羣盜聽他一番強辭奪理、轉彎抹角的說話，說穿了還不是想搶奪珍寶，無不大怒，欺他兩人一個老翁，一個幼女，當場就要一擁而前，亂刀分屍。

阿九將手中兩片竹葉放到唇邊，噓溜溜的一吹，林中突然擁出數百名大漢，衣服各色，頭上卻都揷著一截五寸來長、帶著竹葉的青竹。

沙寨主一驚：「原來這老兒早有佈置。他這許多人馬來到山東，我們的哨探全是膿包，竟沒探到一點消息。」摺扇揮動，七家寨主連同惡虎溝譚二寨主率領八寨人馬，列成陣勢，眼見就是一場羣毆惡鬥。人數是山東羣盜居多，但青竹幫有備而來，挑選的都是精壯漢子，爭鬥起來也未必處於下風。

袁承志和青青相視而嘻。青青低聲笑道：「東西還沒到手，自夥裏先爭了起來，也眞好笑。」袁承志心想：「雙方先鬥個你死我活，我們漁翁不失利，倒也挺好。」只見山東羣盜預備羣毆，卻留下數十人監視車隊，以防運寶車乘亂逃走。

袁承志向洪勝海招招手，待他走近，問道：「那青竹幫是甚麼路道？」洪勝海道：「北直隸地界全是青竹幫的勢力，那老頭程青竹就是幫主。別瞧他又瘦又老，功夫可著實厲害。」青青道：「那女孩子呢？是他孫女兒麼？」洪勝海道：「聽說程青竹脾氣怪得厲害，一生沒娶妻，該沒孫女兒。難道是乾孫女兒？」青青點點頭不言語了，見阿九神色自若，並無懼怕之色，心想她大概也會武功，且看雙方誰勝誰敗。

這時只聽得青竹幫裏竹哨連吹，數百人列成四隊。程青竹和阿九勒馬回陣，站在四隊之前，手中仍不拿兵刃。

眼見雙方劍拔弩張，一觸即發。忽聽南方來路上鸞鈴響動，三騎馬急馳而來。當先一人高聲大叫：「大家是好朋友，瞧著兄弟的面子，可別動手！」袁承志心想：「和事老來了，事情有變。」三騎馬奔近，當先一人是個五十來歲的胖子，身穿團花錦緞長袍，手持一枝粗大煙管，面團團的似乎是個土財主。後面跟著兩名粗壯大漢。那胖子馳到兩隊人馬中間，煙管一擺，朗聲道：「自家兄弟，有甚麼話不好說的，卻要動刀動槍，不怕江湖上朋友們笑話麼？」沙寨主道：「褚莊主，你倒來評評這個理看。」當下把青竹幫要越界做案的事簡略說了。程青竹只是冷笑，並不揷嘴。

洪勝海對袁承志道：「相公，那沙寨主沙天廣綽號陰陽扇，跟這褚莊主褚紅柳，是山東省內的兩霸。」青青道：「嗯，早先你說的就是這兩人。」袁承志道：「怎麼他又是甚麼莊主？」洪勝海道：「沙天廣開山立櫃，在線上開扒。那褚紅柳卻安安穩穩的做員外，有座莊子，前後千來株柳樹，稱為千柳莊。其實他是個獨腳大盜，出來做買賣常常獨來獨往，最多只帶兩三個幫手。」青青心道：「原來他跟我五個公公是同行，做的是一路生意。小妹從前也是你行家，諒來你這大胖子就不知道了。」

只聽褚紅柳道：「程大哥，這件事說來是老哥的不對了。當年泰山大會，承各位瞧得起，也曾邀兄弟與會。大家說定不能越界做案呀！」程青竹道：「我們並非來做案，青竹幫不過玩玩票，改行走一趟鏢。大明朝的王法，可沒不許人走鏢這一條啊。褚老哥，你訊息也眞靈通，那裏有油水，你的煙袋兒就伸到了那裏。」

褚紅柳呵呵大笑，向身後兩名漢子一指道：「這兩位是淮陰雙傑，前幾天巴巴的趕到我莊上來，說有一份財喜要奉送給我。兄弟身子胖了，又怕熱，本來懶得動，可是他哥兒倆十分熱心，兄弟只得出來瞧瞧。那知遇上了各位都在這裏，可眞熱鬧了。」

袁承志和青青對望一眼，心中都道：「好哇，又多了三隻夜貓子。」

沙天廣心想：「這姓褚的武功高強，不如跟他聯手，一起對付青竹幫。」說道：「褚莊主是山東地界上的人，要分一份，我們沒得說的。可是別省的人橫來插手，這次讓了，下次山東兄弟們還有飯吃麼？」褚紅柳道：「程大哥怎麼說？」

程青竹道：「我們難得走一趟鏢，沙寨主一定不給面子，那有甚麼法子？大家爽爽快快，刀槍上見眞章吧。」褚紅柳轉頭道：「沙老弟你說呢？」沙天廣道：「咱們山東好漢，不能讓人家上門欺侮。」這話明明是把褚紅柳給拉扯在一起了。

程青竹道：「咱們大夥齊上呢，還是一對一的較量？沙寨主劃下道兒來，在下無不從命。」沙天廣陰陽扇倏地張開，嘿嘿連聲，問褚紅柳道：「褚莊主你怎麼說？」

褚紅柳自得淮陰雙傑報信，本想獨吞珍寶，但得訊較遲，已然慢了一步，他人手單薄，這時只想厚厚的分得一份。他知青竹幫中好手不少，幫主程青竹享名多年，決非庸手，也不願開罪於他，便道：「既然這樣，比劃一下是免不了的啦。羣毆多傷人命，大家本來無冤無仇，又何必傷了和氣？讓兄弟出個主意怎樣？」程青竹和沙天廣齊聲道：「褚莊主請說。」

褚紅柳提起煙袋，向十輛大車一指，說道：「這裏有十口箱子。咱們山東北直隸各派十個人，一共比試十場，點到爲止，不可傷害人命。勝一場，取一口箱子，最是公平不過。咱們就算閒著無事，練練武功，印證觀摩。得到箱子，那是采頭。得不著，反正不是自家東西，也不傷脾胃。兩位瞧著怎樣？」

程青竹覺此法甚佳，首先叫好。沙寨主對程青竹本就忌憚，瞧他青竹幫有備而來，部勒嚴整，遠勝於山東羣盜的烏合之衆，決戰實無勝算，又想：「我叫每寨派人上陣，勝了是他們本事，那本是要分給他們的，敗了也跟本寨無關。我和譚老二出陣，決不會敗，總可奪到兩箱。另一箱讓褚莊主自己去取。」當下也應承了。

雙方收隊商量人選。褚紅柳命人在鐵箱上用黃土寫上了甲乙丙丁戊己庚辛壬癸十個大字號碼。袁承志和青青由得羣盜胡搞，毫不理會。程青竹見兩人並無畏懼之色，倒有些奇怪，不由得向他們望了幾眼。羣盜圍成個大圈子，褚紅柳在中間作公證。

第一陣山東羣盜先派人出陣，雙方比拳。兩人都身材粗壯，膂力甚大，砰砰蓬蓬的打了好一陣。北直隸那人腳下讓對方一勾，撲地倒了，跳起來待要再打，褚紅柳搖手止住，在「甲」字號的鐵箱上寫了個「魯」字。山東勝了第一陣，羣盜歡聲雷動。

第二陣北直隸派人出來。沙天廣識得他是鐵沙掌好手，但己方譚二寨主還勝他一籌，心想機不可失，忙叫譚二寨主上陣。兩人掌法家數相差不遠，譚二寨主功力較深，拆了數十招，一掌打在對方臂上，那人臂膀再也舉不起來，山東又勝了一陣。

山東羣盜正自得意，那知第三、第四、第五、第六四陣全輸了，四隻鐵箱上都寫了個「直」字。第七陣比兵刃，山東殺豹崗侯寨主提了一柄潑風九環刀上陣，威風凜凜，果然一戰成功，把對方的手臂砍傷了。

褚紅柳心想眼前只賸下三隻鐵箱，再不出戰，給雙方分完了，自己豈非落空？第八陣由青竹幫派人先出，自己便作爲魯方人馬出戰，拿隻鐵箱再說，於是對沙天廣道：「沙老弟，對方越來越厲害了，下一陣我給你接了吧。」沙天廣知他絕不能空手而歸，就道：「全仗褚莊主給咱們山東爭面子。」只見對方隊中出來一人，褚紅柳不覺一呆。

原來出來的竟是那少女阿九，看來不過十六七歲年紀，手裏也沒兵刃，只握著兩根細細的竹桿。褚紅柳心想我是武林大豪，豈能自失身分，去跟這小姑娘廝拚，本已跨出數步，又退了回來，對沙天廣道：「你另外派人吧。下一陣我接。」沙天廣知他不願跟這女孩兒交手，那是勝之不武，叫道：「那一位兄弟興致好，陪這小妞耍耍。」

羣盜中竄出一人，身高膀闊，面皮白淨，手提一對判官筆，正是山東八寨中黃石坡寨主秦棟。這人風流自賞，見那少女美貌絕倫，雖然年幼，但艷麗異常，不禁心癢難搔，聽得沙天廣叫喚，忙應聲而出。沙天廣微微一笑，說道：「咱們這些人中，也只你老弟配得上。」

秦棟故意賣弄，斗然躍起，輕飄飄的落在阿九面前，他本想炫耀一下輕功，再說幾句便宜話，那知足剛著地，眼前青影晃動，一根青竹桿已刺向胸口要穴，桿來如風，迅捷之極。秦棟使判官筆，自然熟悉穴道，這一下大吃一驚，左筆格架，眼見對方左手竹桿又到，百忙中撲倒打滾，這才避開，但已滿頭灰土，一身冷汗。山東羣盜見阿九小小年紀，武功竟如此了得，都感驚詫。袁承志和青青也大出意外，互相對望了幾眼。

只見阿九手中竹桿使的是雙槍槍法，竹桿性柔，盤打挑點之中，又含著軟鞭與大桿子的招數，百忙中還找敵人穴道。秦棟心想連一個小小女娃子也拾奪不下，那裏還能在山東道上立足？心中焦躁，判官雙筆愈使愈緊。阿九突然左手桿在地下一撐，便即飛起，落下右手竹桿在地下再撐，又再躍起，左手桿居高臨下，俯擊敵人。秦棟不知如何抵禦，不住倒退，一個疏神，給阿九一桿點在「肩貞穴」上，左臂酸麻，判官筆落地，滿臉通紅，敗了下去。

阿九正要退下，褚紅柳大踏步出來，叫道：「姑娘好了得，待我領教幾招如何？」阿九笑道：「我正玩得還沒夠，褚伯伯肯賜教，那是再好沒有。褚伯伯使甚麼兵刃？」褚紅柳笑道：「大人跟小孩兒玩耍，還能用兵刃嗎？就是空手接著。」

他在一旁觀戰，心想這小女孩兒已如此厲害，下面兩陣，對方必更有高手，不如攔住她打一陣，先贏隻鐵箱再說。青竹幫衆人覺得阿九連鬥兩陣，未免辛苦，早有三人躍出，均要接替。阿九年少好勝，說道：「我已答應褚伯伯啦。」那三人只得退下。

程青竹向阿九招招手，阿九縱身過去。程青竹在她耳邊囑咐了幾句。阿九點頭答應，回進場子，彎了彎腰行個禮，雙桿飛動，護住全身，卻不進擊。

褚紅柳腳步遲緩，一步一步走近，突然左掌打出，攻她右肩。阿九雙桿撐地，飛身避開，手迴桿出，右桿方發，左桿隨至，攻勢猶如狂風驟雨，一片青影中一桿已戳在褚紅柳肩胛骨下。青竹幫幫衆齊聲喝采。褚紅柳卻渾若不覺，臉上的硃砂之色直紅到脖子裏，仍一步一步攻去。阿九身法輕靈，飄蕩來去，只要稍有空隙，便一陣急攻。褚紅柳身子粗壯，只護住要穴，四肢與肩背受了幾桿，竟漫不在意。

承志對青青道：「這人年紀一大把，卻去欺侮小姑娘。瞧著，這就要下毒手啦。」青青急道：「我去救她。」承志笑道：「兩個都是要奪咱們財物的，救甚麼？」青青道：「這小姑娘怪討人喜歡的，救了再說。大哥，你出手吧。」承志一笑，點點頭。

場中兩人越打越激烈。褚紅柳通紅的臉上似乎要滴出血來，再過一陣，手臂上也慢慢紅了。承志道：「等他手掌一紅，那小姑娘就要糟了。」

這時褚紅柳身上又連中數桿，他一言不發，一掌一掌的緩緩發出，又穩又狠。阿九漸覺不妙，給對方掌風逼得嬌喘連連，身法已不如先前迅捷。

程青竹叫道：「阿九，回來。褚伯伯贏了。」阿九轉身要退，褚紅柳卻不讓她走了，喝道：「戳了我這許多桿，還想走嗎？」出手雖慢，阿九卻總脫不出他掌風籠罩。眼見他手掌越來越紅，程青竹從部屬手中接過兩條竹桿，縱身而前，在褚紅柳和阿九之間虛刺過去，從中隔開，叫道：「勝負已分。褚兄說過點到爲止，還請掌下留情。」

沙天廣叫道：「兩個打一個嗎？」提起鐵扇，欺身而進，逕點程青竹穴道。

程青竹揮桿格開。褚紅柳冷笑道：「點到爲止，固然不錯，嘿嘿，可是還沒點到呢。」加緊催動掌力。程青竹想救阿九，但讓沙天廣纏住了無法分身，只得凝神接戰。阿九滿頭大汗，左右支撐，眼見便要傷於褚紅柳掌底。

袁承志忽然大叫：「啊喲，啊喲，不得了。救命呀，救命呀！」騎著馬直衝進場中，衝入程青竹與沙天廣之間。

程青竹與沙天廣倏地往旁跳開。只見袁承志在馬上搖來晃去，雙手抱住馬頸，忽然翻到了馬肚之下，跟著又翻了上來，雙腳亂撐，狼狽之極。那馬直衝向阿九身旁，在她和褚紅柳之間站定了。袁承志氣喘喘的爬下馬來，一個踉蹌，又險些跌倒，大叫：「危乎險哉，眞是死裏逃生。畜生，畜生，你這不是要大爺的命麼？」這麼一阻，阿九暗叫慚愧，抹了抹額頭汗水，收桿退回。褚紅柳雖然不甘，可也不敢追入對方隊伍。

程青竹道：「沙寨主，老夫還要領教你的陰陽寶扇。」沙天廣道：「正是，最後這一箱，便由咱倆來決勝負吧。」兩人剛才交手十餘招，未分高下，二次交鋒，各不容情，齊下殺手。程青竹雙桿甚長，招術精奇，沙天廣一柄鐵扇始終欺不近身。

這時紅日西斜，歸鴉聲喧，一陣陣在空中飛過。再戰數十招，沙天廣漸落下風，腳步已見虛浮。褚紅柳叫道：「雙方勢均力敵，難分勝敗。這一箱平分了吧。」程青竹一聲長笑，竹桿著地橫掃。沙天廣忙躍起閃避。程青竹雙手急收急發，連戳數桿。沙天廣身子凌空，難以閃避，左腿窩裏三桿早著，落下來站立不穩，撲地倒了。程青竹拱手道：「承讓！」收桿回頭。

沙天廣一咬牙，急按扇上機括，向程青竹背後搧去，五枚鋼釘疾射而出。程青竹待得聽到風聲，已然不及避讓，五枚鋼釘一齊打在背心，只覺一陣酸麻，知道不妙，迸住氣一言不發，縱身躍近，兩桿疾出，點中了沙天廣小腹。這兩下含憤而發，使足了勁力，沙天廣登時暈去。

山東羣盜各挺兵刃撲上相救，尚未奔近，程青竹也已支持不住，仰天摔倒，五枚鋼釘在地下一碰，又刺進了一截。阿九急奔上前扶回。

青竹幫幫眾見幫主生死不明，無不大憤，四隊人馬一齊撲上，與山東羣盜混戰起來。這時已非比武，片刻間各有死傷，鮮血四濺。

褚紅柳抓住惡虎溝譚二寨主的手臂，叫道：「快命弟兄們停手。」譚二寨主拿出號角，嘟嘟嘟的吹響，山東羣盜退了下來。那邊竹哨聲響，青竹幫人衆也各後退。原來阿九見程青竹醒轉，知道混戰不是了局，見對方收隊，也就乘機約束幫衆。

褚紅柳站在雙方之間，高聲叫道：「大家別傷了和氣，咱們把鐵箱分了，這層過節慢慢再算。」譚二寨主道：「最後一箱是我們的。」青竹幫的人叫道：「要不要臉哪？輸了施暗算，還逞甚麼好漢？」雙方洶洶叫罵，又要動手。

褚紅柳道：「這箱打開來平分吧。」雙方均見首領身受重傷，不敢拂逆褚紅柳之意，反正已得到不少珍寶，也已心滿意足，當下便派人來搬。

阿九叫道：「第八箱是我贏的，我不要，留給那位客人。誰也不許動他的。」褚紅柳問道：「幹麼呀？」阿九道：「要不是他的馬發癲，我早傷在你老伯掌下了，留一箱酬謝他。」褚紅柳笑道：「小妞倒也恩怨分明。好吧，大夥兒搬吧。箱上寫著字，可別弄錯了。」羣盜正要動手去搬鐵箱，袁承志忽道：「各位剛才是練武功嗎？倒也熱鬧好看，勝過了江湖上賣藝的。現下又要幹甚麼了？」

阿九噗哧一笑，道：「你不知道麼？我們要搬箱子。」袁承志道：「這個可不敢當，我已雇了大車。各位如此客氣，萍水相逢，怎好勞駕？」阿九笑道：「我們不是代你搬，是自己搬啊。」袁承志道：「咦，這倒奇了，這些箱子好像是我的啊。難道各位認錯了箱子？」山東盜幫中一人罵道：「這種公子哥兒就會吃飯拉屎，跟他多說幹麼？

這次留下了他的小命，算他祖上積德。」俯身就去抬箱。

袁承志叫道：「啊喲，動不得的。」爬到箱上，一抬腿間，那大漢直跌了出去。袁承志爬在箱上，手足亂舞，連叫：「啊喲，救人哪！」

阿九還道他眞的摔跌，縱上去拉住他手臂提了起來，半嗔半笑，罵道：「你這人眞是的！」羣盜見他如此狼狽，以爲他這一腳不過踢得湊巧，又要去搬箱子。

袁承志雙手連搖，叫道：「慢來，慢來，各位要把我箱子搬到那裏去？」阿九道：「咱們各回各的家呀。」袁承志道：「那麼我呢？」阿九笑道：「你這人獃頭獃腦的，還是乖乖的也趕快回家吧，別把性命在道上送了。」袁承志點頭道：「姑娘此言有理，我這就帶了箱子回家。」

剛才給踢了一交的那大漢心下惱怒，伸手向他肩頭猛力推去，喝道：「走你媽的！」一聲未畢，後心已給袁承志抓住，一揚手處，那大漢當眞高飛遠走，在空中劃了個弧形，落在七八丈外一株大樹頂上，拚死命抱住樹幹，大叫大嚷。一羣烏鴉從樹上驚飛起來，聒噪不已，在他頭頂亂兜圈子。這一來，羣盜方知眼前這少年身懷絕藝，這一副公子哥兒般的酸相，全是裝出來開玩笑的，然而自恃人多勢衆，也沒將他放在心上。

這時程青竹背上所中五枚鋼釘已由部屬拔出，自知受傷不輕，運氣護住傷口，只待分到贓物後立即退走，忽見袁承志露了這一手，實是高深已極的武功，眼前無一人是他敵手，不由得大驚，忙招手叫阿九過來，低聲道：「此人武功極高，務須小心。」阿九點頭答應，又驚又喜，料不到這樣一個秀才相公竟會是武學高手，又想到他適才縱馬解圍，並非無心碰巧，實是有心相救，不禁暗暗感激。

只聽袁承志高聲說道：「你們打了半天，又在我箱上寫甚麼甲乙丙丁，山東直隸，現下玩夠了吧？哈哈，我可要擦去啦！」隨手抓起身旁一條大漢，打橫提在手中，繞著鐵箱奔跑一週，便將他當抹布使，把箱上「甲乙丙丁」及「直魯」等字擦得乾乾淨淨，雙手一送，那大漢又飛到了樹頂之上。山東盜幫中十餘人大聲吶喊，手執兵刃撲上。袁承志拳打足踢，但見空中兵刃和大漢齊飛，驚呼共鴉鳴交作，片刻之間，十餘名大漢都給他先後抓起，摔上四周樹巔。他出手甚有分寸，給他摔出的羣盜沒一人落地受傷。

山東羣盜和青竹幫都是一陣大亂，到這時方始心驚。程青竹和沙天廣各受重傷，羣盜齊望著褚紅柳待他作主。

褚紅柳哼了一聲，朗聲說道：「閣下原來也是武林一脈，要請教閣下的萬兒，是何人的門下？」袁承志道：「晚生姓袁，我師父是嘰哩咕嚕老夫子。他老人家是經學大師，對《禮記》和《春秋》是最有心得的了。還有一位李老夫子，他是教我八股時文的，講究起承轉合……」

褚紅柳道：「這時候還裝甚麼蒜？你把武學師承說出來，要是我們有甚麼淵源，大家也不是不講交情義氣的人。」袁承志道：「那再好也沒有了。說到淵源，過去是沒有，今日一見，那不是有了見面之情麼？各位生意不成仁義在，雖然沒賺到，卻也沒蝕了本。天色不早啦，請請，在下要走啦。」

殺豹崗侯寨主大罵「你奶奶的」聲中，提起潑風九環刀，一招「風掃敗葉」，向袁承志肩頭橫砍過去。袁承志身子稍側，九環刀從他身旁削過。侯寨主這一招用力極猛，大刀餘勢不衰，直砍褚紅柳前胸。

衆人驚呼聲中，褚紅柳側身避刀，伸出左手，食中兩指鉗住刀背，向後一拉，那刀才停住了。侯寨主只臊得滿臉通紅，低聲道：「褚莊主，對……對不住！」褚紅柳微微一笑，放開手指，對袁承志道：「憑這手功夫，得你一箱財物，還不算不配吧？」

袁承志道：「這手甚麼功夫？」褚紅柳得意洋洋的道：「我這門『蟹鉗功』，你要是也會，我就服了。」袁承志道：「甚麼蟹鉗、蝦鉗？我沒瞧見。」褚紅柳大怒，喝道：「我用兩根手指鉗住了他大刀，難道你瞎了眼？」袁承志道：「啊，原來是這個，那是你們兩個串通的，有甚麼希奇？青弟，來，咱們也來練一招。」青青笑嘻嘻的從地下撿起一柄單刀，作勢向袁承志砍來，砍到臨近，放慢了勢頭，輕輕推將過去。袁承志雙手毛手毛腳抓住刀背。青青假意用力掙扎，亂跳一陣，始終沒能掙開，大叫：「啊喲，好厲害的蟹鉗功！」

阿九見兩人作弄褚紅柳，不禁格格嬌笑。直魯羣盜也忍不住放聲轟笑。

褚紅柳縱橫山東，一向頤指氣使慣了的，那容得兩個後生小輩戲侮於他？夾手奪過侯寨主的九環刀，橫托在手，對袁承志道：「你來劈我一刀試試。那總不是串通了吧！」他見袁承志抛擲羣盜，武功甚高，若和他動拳腳比兵刃，未必能勝，自己這門「蟹鉗功」練了數十年，極有把握，這少年不識貨，正可憑此猛下毒手。

袁承志道：「劈死了人可不償命！你也不能報到官裏去。要打官司，咱們就不幹。」褚紅柳愈怒，已起殺心，黑起了臉道：「不論誰死，都不償命！」

袁承志叫道：「小心，刀來啦！」忽地反手橫劈一刀。

褚紅柳萬料不到這一刀竟會從這方位劈來，大吃一驚，急忙低頭，帽子已給削了下來，羣盜又是一陣轟笑。

袁承志笑道：「你的蟹鉗呢？怎麼我好像沒瞧見啊！」話聲方歇，揮刀著地砍去。褚紅柳騰身急跳，鋼刀已把他一雙靴子的靴底切下，啪啪兩聲，靴底跌落。這一刀若是上得三寸，褚莊主便成爲無腳莊莊主了。

袁承志道：「是了，太高太低都不成，太快了你又不成，我慢慢的從中間砍來吧！」這一刀果然便與青青剛才那樣，慢慢推將過去。褚紅柳伸出左手來鉗，準擬一鉗鉗住對方兵刃，右掌毒招立發，非將他五官擊得稀爛不可。不料袁承志這一刀快要推近，突然一翻一劃，刃鋒已在他兩根手指上各自輕輕劃了一道口子，登時鮮血淋漓。這三刀高下快慢，變化莫測，似是遊戲之作，實則包含了極高深的武功，而且勁力拿捏極準，最後這招使力稍重，便割斷了褚紅柳兩根手指。褚紅柳大怒，喝道：「鼠輩，你我掌底見生死！」袁承志反手擲出大刀，攀在樹頂的那大漢正往下爬，這刀飛將過去，恰好割斷了他落腳的樹枝，一個倒栽蔥，跌了下來。

衆人亂叫聲中，袁承志吸一口氣，已運起了混元功，提起十隻鐵箱，隨手亂丟，一隻接一隻的疊了起來，幾達三丈，說道：「比就比！你們這些人賊頭賊腦的，別乘我打得起勁，偷了箱子去。」湧身跳上箱頂，大叫道：「上來比吧。」

褚紅柳見他把一口口沉重的箱子越擲越高，已自驚駭於他的神力，待見他輕飄飄的一躍而上，輕功造詣尤其不凡，更是吃驚。他自知輕功不成，那敢上高獻醜，喝道：「你有種就下來！」袁承志在上面高叫：「你有種就上來！」

褚紅柳踏步上前，抱住下面幾隻鐵箱一陣搖動，只見袁承志頭下腳上，倒栽下來。羣盜一陣歡呼，卻見袁承志跌到褚紅柳頭頂時，倏地一招「蒼鷹搏兔」，左掌凌空下擊。褚紅柳大驚，揮起右掌反擊。袁承志一伸手，已扣住他脈門，待得雙足著地，喝一聲：「起！」把褚紅柳一個肥肥的身軀揮了起來，剛落在一疊鐵箱之頂。十口箱子本就疊得東歪西斜，這麼一個大胖子加了上去，登時一陣搖晃。褚紅柳在上面雙手亂舞，狼狽不堪，到後來情不自禁，俯下身來，抱住了箱蓋。羣盜又是吃驚，又是好笑。

青青叫道：「你有種就下來！」阿九想起褚紅柳剛才的說話，不禁抿嘴微笑。

褚紅柳的武功深得「穩、狠、準、韌」四字訣中精要，適才與阿九比武，就十足顯示了這四字訣的長處。他身材肥胖，素不習練輕功，自來以穩補快，以狠代巧，掌法由拙見功，現下突然登高，正犯了他的大忌，雖一身武功，卻登時手足無措。承志本想跟羣盜結交，但見他出手，看出了他的短處，故意佈置這個陷阱來跟他爲難。承志本想跟羣盜結交，但見褚紅柳適才追打少女阿九，直欲傷她性命，心狠手辣，因此對他稍作懲戒，一來挫折他的氣燄，二來乘此立威，好令羣盜對己心服。

羣盜誰也不敢去移動鐵箱，只怕一動，上面箱子倒將下來，不但摔壞了褚紅柳，還會壓死多人。當下都站得遠遠地。

僵持了一陣，沙天廣低聲道：「譚賢弟，圍攻那小子，先幹掉他。」一言提醒了譚二寨主，當即吹動號角，山東羣盜拔出兵刃，齊向袁承志衝來。

啞巴、青青、洪勝海一齊站到袁承志身邊。青青持劍，洪勝海使刀，舞動砍殺。袁承志和啞巴卻是空手，抓住了人亂丟亂擲。羣盜出道以來，從未見過這般打法。二人所到之處，羣盜紛紛走避。袁承志數躍之間，已奔到沙天廣身旁。他臥在地下，兩名盜首在旁照料，忽見袁承志衝來，一個舉刀砍擋，另一個揹起沙天廣避讓。袁承志頭一低，從刀下鑽過，抓住前面盜首的頭一扭，那人痛得大叫，撒手把沙天廣丟下。袁承志伸手接住，縱身跳上一輛大車，叫道：「你們要不要他性命？」羣盜見首領被擒，一時都呆住了，誰也不敢動手。

袁承志向啞巴一打手勢，啞巴逕往青竹幫衝去。青竹幫幫衆本來袖手觀戰，忽見啞巴衝來，各舉兵刃攔阻。啞巴追隨神劍仙猿穆人淸多年，武功已非尋常武師所能敵，只見他頭頂刀槍亂飛，赤手空拳的衝到程青竹身旁。

袁承志在高處相望，見啞巴即將得手，正自欣喜，忽見阿九撫著程青竹的身子，伏地大哭，這一下倒大出他的意料之外，倘若程青竹死了，要對付羣龍無首的青竹幫就頗爲不易，忙縱聲大叫：「勝海，快叫啞巴老兄回來。」

洪勝海撇下對手，衝到啞巴跟前，打手勢叫他回來。啞巴回頭向站在大車頂上的袁承志一望。袁承志招招手，啞巴隨即退回。

袁承志把手中半死不活的沙天廣交給啞巴，縱身入圍，問道：「怎麼？」阿九哭著叫道：「我師父死啦！」

袁承志俯身一探程青竹的鼻息，果然已無呼吸，再摸他胸膛，一顆心卻還在微微跳動，翻過他的身子，只見背上五個小孔，雖然血已止住，但五孔都在要穴，饒是程青竹武功精湛，也已抵受不住。袁承志運起混元功，在他的「天府穴」和足底「湧泉穴」各點一指。內力到處，程青竹血脈流轉，悠悠醒來，睜開了眼睛。阿九大喜，高叫：「師父，師父！」程青竹點了點頭。袁承志道：「放心！你師父的傷治得好。」阿九明艷的臉蛋上兀自掛著幾滴淚珠，清澈的大眼卻已充滿了喜色，說道：「嗯，多謝你啦。」

這時青青、啞巴、洪勝海三人挾著沙天廣，已退入青竹幫的圈子。山東羣盜見首領被擒，要闖進來救人，青竹幫幫衆出手攔阻。雙方亂喝，混亂中交起手來，登時乒乒乓乓打得十分激烈，頃刻間雙方各有數十人死傷。青青道：「再打半個時辰，雙方都死得差不多啦！」袁承志卻盼制止雙方惡鬥，以免死傷太多。

突然之間，站在鐵箱頂上的褚紅柳揚臂大呼：「不好啦，官兵來啦，總有幾千人，大家快退……不，有上萬人，扯呼，扯呼！」他站得高，首先瞧見。衆人聽了，盡皆心驚，刀槍齊停。只見三騎馬急奔而來。兩騎是山東盜幫放出的卡子，一騎是青竹幫的哨探，三人連連呼嘯，高聲大叫：「大隊官兵到啦！」褚紅柳再也顧不得危險，湧身從箱頂跳下，立足不穩，在地下打了三個滾，爬起身來，雙足腫痛異常，搶了一匹馬，率領山東羣盜退卻。

袁承志命啞巴送回沙天廣，山東羣盜接住放上馬背，紛紛湧入樹林。青竹幫中也是竹哨連聲，搶起地下死傷人衆，仍分成四隊退了下去。霎時之間，一片空地上只賸下袁承志等一干人。

右峯上喊聲大作，山東羣盜從山坡上衝將下來，殺入清兵陣中，跟著各處埋伏的羣豪一時盡起。袁承志熱血如沸，高舉金蛇劍，叫道：「大夥兒殺啊！」

第十一回　慷慨同仇日　間關百戰時

袁承志跳上箱頂，運起混元功，把箱子逐隻輕輕放落，啞巴一一拾起，放上大車。青青笑道：「他們傷了這許多人，只在鐵箱外面摸得幾下，你說是賺了還是蝕了，得請你大師哥用鐵算盤來算一下了。」只聽得遠處號角連聲，人喧馬嘶，果有大隊人馬到來。袁承志心道：「要拉攏山東、河北這兩批英豪，這次看來是不成的了。」說道：「咱們走吧！」檢視車輛伕役，幸無損傷。

正要啓行，只見數百名官兵分成兩隊，當先衝到。一名把總手舞長刀，喝道：「幹甚麼的？」洪勝海道：「趕路的老百姓。」那把總道：「幹麼這裏有血跡，有兵器？」洪勝海道：「正有強人攔路打劫，幸得官兵到來，嚇退了強人。」

這時已有數隊官兵前去追擊退走的羣盜。那把總斜著眼打量大車上的鐵箱，冷冷的問道：「那些是甚麼東西？」洪勝海道：「是行李。」那把總道：「打開來瞧瞧。」洪勝海道：「是些隨身衣物，沒甚麼特別物事。」那把總道：「我說打開，就打開，囉唆甚麼？」青青道：「又沒帶違禁犯法的東西，瞧甚麼？」那把總罵道：「你這小子好橫！」倒提長刀，將刀桿夾頭夾腦砸過去。青青閃身避開。

那把總見十隻鐵箱結結實實，料想定是裝著貴重財物，一見早就起了貪心，這時乘機叫道：「好小子，膽敢拒捕？喂，弟兄們，把贓物充公！」官兵搶奪百姓財物，那還用多說？一聽「充公」二字，早有十餘官兵一擁而上，七手八腳來抬鐵箱。

那把總存心狠毒，只怕事主告到上官，高聲叫道：「這些都是土匪流寇，竟敢抗拒官兵，一概格殺勿論！」當即提刀殺來。袁承志大怒，心想：「要是我們不會武藝，豈不給你殺了滅口。這人不知已害了多少良民！」待他鋼刀砍到，側身避開，反掌打在他背心。這人如何禁受得起，倒撞下馬，登時斃命。

衆官兵驚叫起來：「強人攔路，搶劫漕運啦，搶劫漕運啦！」當先的官兵給青青、啞巴、洪勝海三人一衝，四散奔逃，但後面大隊人馬跟著湧到。袁承志拾起那把總的大刀，揮舞斷後。啞巴等三人率領車隊，退入林中。

只聽得金鐵交鳴，樹林中官兵正與山東羣盜及青竹幫打得火熾。盜幫雖然都有武藝，但擋不住官兵人多勢衆，不多時已紛紛敗退。沙天廣和程青竹都受傷甚重，無人領頭，羣盜勢成散沙，各自爲戰，給官兵一堆堆的圍住攻擊，慘呼聲此起彼伏。

袁承志和青青等將車隊集在樹林西角。青青問：「怎麼辦？」袁承志道：「幫強盜，殺官兵！你在這裏守住！」青青點頭答應，與啞巴、洪勝海三人聚集車隊，守住一個小角，官兵過來立即格殺，衆官兵一時不敢逼近。

袁承志飛身上樹，察看形勢，見阿九與幾名青竹幫的頭目正受數十名官兵圍攻，形勢最險，當即下樹，疾奔而前，左臂長出，震飛兩枝戳向阿九的鐵槍，叫道：「退回西首山崗！」又有一名軍官揮刀向阿九砍來。袁承志飛腳踢去鋼刀，當胸一拳，將那軍官打得口噴鮮血，仰面跌倒。

阿九吹起竹哨，青竹幫的幫衆齊向西退，漸漸集攏。袁承志縱橫來去，命山東羣盜也向西退，見有盜衆給官兵圍住無法脫身的，立即衝入解救。衆人一會齊，聲勢頓壯，在袁承志率領下且戰且退，上了山崗。袁承志又率領了數十名武功較高的幫衆盜夥，衝下去把青青等車隊接引上崗。衆官兵在崗下吶喊叫嚷，團團圍住。

袁承志命羣盜發射暗器，守住山崗。羣盜本已一敗塗地，人人性命難保，有人出來領他們暫脫險境，對他的號令自是奉命唯謹。二百餘名官兵向崗上衝來，給一陣暗器射回，死傷了數十人。官兵得勝時勇往直前，一受挫折，大家怕死，誰肯捨命攻山？只大聲吶喊，敷衍長官，殺聲倒是震天，卻是前仆有人，後繼無兵，不再有官兵衝近。

袁承志安排防禦，命譚二寨主、褚紅柳、洪勝海、阿九四人各率一隊守住一方，餘下的救死扶傷，就地休息。他再爲程青竹按摩了一番，又給沙天廣推宮過血。過了一會，兩人竟先後在山崗上睡著了。山東羣盜和青竹幫幫衆見首領無恙，對袁承志更加敬服。袁承志向盜夥首領問明當地地形，再跳上車頂，察看官兵隊形，見官兵後隊有大批輜重車輛，跳了下來，問青青道：「剛才官兵叫嚷甚麼搶劫漕運？」

這時褚紅柳正由淮陰雙傑接替了下來休息，聽袁承志問起，說道：「這些官兵，定是運送糧餉漕銀去北京的。咱們剛好遇上，眞是不巧。」袁承志道：「運送漕銀，怎地要大隊官兵？」褚紅柳道：「現今天下大亂，羣雄並起，那一處沒開山立櫃的豪傑？朝廷全靠江南運去的漕米銀兩發餉發糧。崇禎既要防禦遼東的滿洲兵，又要應付闖王和各路英雄，這漕銀是他命根子，倘若出了岔子，他龍廷也坐不穩了，自然要多派人馬護送。漕米銀兩本來都由運河水運，想是皇帝要錢要得急了，才由陸路趕運。」

袁承志道：「這些官兵身上挑著這麼重的擔子，居然還來多管閒事，跟人爲難。」褚紅柳笑道：「他們以爲一下子就把咱們盡數殺了，只須給咱們安上幾個甚麼王、甚麼星的厲害匪號，奏報上去，豈不是大功一件？」又道：「我們本是土匪強人，倒也不冤枉，只可惜累了相公。」袁承志嘆道：「官逼民反，今日可教我親身遇上了。」他幼時曾跟應松學過粗淺兵法，沉吟片刻，說道：「此處向西北有個峽口，咱們從那邊衝出去吧。」褚紅柳這時對他已佩服得五體投地，便道：「請袁相公吩咐，大夥兒齊聽號令。」袁承志在地下畫了圖，計議突圍之策已定，便即分撥人手。一聲令下，羣盜齊聲發喊。袁承志和啞巴當先開路，率領眾人衝下崗去。

官兵本已怠懈疲倦，除了少數奉命守禦，餘人均已就地坐倒休息，忽見羣盜驟然衝到，來勢兇猛，稍加抵擋，就給衝破一道口子。羣盜向峽口直奔，官兵叫喊著隨後追來。追了一陣，殿後的數十名盜幫忽然回身邀鬥，把官兵追勢一擋。待得官兵大隊攻到，殿後的盜幫也已退入峽口。

那峽口兩旁都是高峯峭壁，形勢險惡，官兵一追入峽口，率隊長官下令緩追，以防中伏。忽然前面大車中一隻鐵箱滾落，箱蓋翻開，道上丟滿金磚銀錠，閃閃發光。統兵總兵大喜，下令急追。追了一陣，見羣盜拋下衣甲兵器，亂竄亂奔，道旁丟滿了財物珠寶。眾官兵你搶我奪，亂成一團。那總兵見羣盜潰散，連兵器也隨地亂丟，不再存防備之念，一意要搶寶箱，下令前、中、後三隊齊趕。

有分教：抗外敵不妨落後，搶金銀務必爭先。

這時袁承志已攀上峭壁，手足並用，拉著石壁上的藤枝樹條，抄向官兵後路。走了一會，果見官兵隊中車輛一輛接著一輛，蜿蜒而來，不計其數，車輛都用黃布蒙住，車上插了旗幟，旗上寫的是「大明江南漕運」紅字，放眼下望，車隊便如一條極長的黃龍。

袁承志又驚又喜，官兵勢大，不易對敵，但如能劫下漕運，確是對大仇人崇禎皇帝一個當頭猛擊，闖王義兵就更易成事，見坡下樹木茂密，當即穿林而下，要就近察看。不一刻，靠近官兵隊伍，藉著樹木遮掩，連官兵的說話都聽得清清楚楚。

車輛不斷，隆隆而過，過了好一陣，忽聽得車行轔轔之聲漸輕，車中所裝似乎已非糧銀，從樹木空隙中向外望去，見是百餘輛囚車。車中囚徒雙手反縛而坐，車上插有白旗，寫著「候斬巨寇某某某」等字樣，又是甚麼「江洋大盜」、「流寇頭目」、「反叛逆首」、「淮南巨賊」等等，顯見都是反抗朝廷的饑民或山寨盜魁。

袁承志心想：「這些人都須搭救，但如何下手？」正自尋思，忽見一輛車子過來，旗上寫著「候斬反逆孫仲壽一名」九字，袁承志大驚，追了幾步細看，見車中所坐的果然便是孫仲壽。但見他兩鬢斑白，滿臉風霜之色，較之昔日在聖峯嶂上之時已蒼老得多，但一副慷慨風致，雖在難中，仍不減當年。袁承志驚訝未定，只見後面囚車中推來的又都是父親舊部，當時教導撫養自己的倪浩、朱安國、羅大千三人都在其內，只不見應松。袁承志一陣心酸，隨又暗暗歡喜：「老天爺有眼，教我今日撞見眾位叔叔。」

不久囚車過完，袁承志向上奔了數丈，疾向後追。官兵望見，鼓噪起來，有的便發箭射來。但袁承志身法快捷，箭枝到時，人早不見。他奔出數十丈，官兵隊伍已盡，最後一名軍官騎在馬上，手提大刀押隊。

袁承志正想躍下動手，忽然望見遠處塵土飛揚，幾騎馬奔來，心想：「原來後面還有接應，等他們過來看個明白再說。」不一刻五騎馬奔到，當先一人是個女子，卻是飛天魔女孫仲君，後面四人正是二師兄歸辛樹夫婦以及梅劍和、劉培生。

袁承志一見大喜，叫道：「二師哥！」飛身落下，落在歸辛樹夫婦馬前。

歸氏夫婦一起勒馬，見到是他，歸二娘點了點頭，說道：「嗯！是你，有甚麼貴幹？」袁承志道：「小弟有件急事，求師哥師嫂幾位伸手相助。」歸二娘道：「我們自己也有要事，沒空！」和歸辛樹二人一提轡，雙騎從他兩側擦過，向前衝了過去。梅劍和拱手叫聲：「師叔！」跟著師父師娘去了。

劉培生跳下馬來，說道：「師父師娘正有一件要緊事。弟子辦了之後，立刻過來聽師叔差遣。」袁承志道：「那不必了，我借坐一下劉大哥的牲口。」劉培生道：「師叔請用。」將轡繩遞將過去。袁承志道：「咱倆合騎，追上前面官兵就行了。」說著飛身上馬。劉培生也跳上馬來。袁承志雙腿一夾，那馬發足奔馳。

劉培生問道：「師叔追官兵幹甚麼？」袁承志道：「救人！」劉培生喜道：「那好極啦，我們也正要尋官兵的晦氣。」袁承志聽了大喜，催馬急行，不一會已望見押隊軍官的背影。但不見歸辛樹等人，想已搶過了頭。袁承志縱馬前衝。

押隊的游擊聽得身後馬蹄聲疾，回頭望時，見一人從馬背躍起撲來，他大吃一驚，揮起大刀往空中橫掃。袁承志右手前伸，搶住刀柄，身子已落在他馬上，左手早點中他後心穴道。那游擊只覺背心酸麻，要待掙扎，卻已動彈不得。袁承志喝道：「快下令，叫後隊囚車停下。」那游擊只得依言下令。

突然之間，歸辛樹夫婦從樹林中衝出，師徒四人抽出兵刃，往官兵隊裏殺去。隊伍登時大亂。

袁承志吩咐劉培生自行隨師父去辦事，搶了兩柄大刀，奔到孫仲壽囚車邊，劈開車子，大叫：「孫叔叔，我是袁承志。」孫仲壽如在夢中，一陣迷惘。袁承志又已把朱安國、倪浩、羅大千等人救出。這些人都是身經百戰的武將，現今雖已年老，但英風猶存，搶了兵器，有的亂殺官兵，有的劈開囚車救人，脫險的囚犯也均劈車救人，不一刻，百餘輛囚車齊都劈爛，放出百餘條好漢來。其中三數十人是袁崇煥部屬的「山宗」舊侶，聽說趕來相救的是督師公子，無不振奮，一陣砍殺，將官兵後隊殺得七零八落，向前逃竄。

這時官兵前隊也已發現前面巨石攔路，不能通行，登時兩頭大亂。

袁承志見官兵雖然勢亂，但人數眾多，卻也不易抵擋，當下撇下大刀，在一長列漕運車輛頂上跑將過去。行出里許，見領隊的總兵官頭戴鐵盔，正手舞長刀，指揮作戰。袁承志躍上那總兵坐騎的馬臀，那總兵回刀來砍，袁承志夾手便奪，那知這總兵一個觔斗從馬背上翻了下去，竟沒能抓住他手腕。

袁承志心道：「沒料想官軍之中還有如此好手。」左手揚動，三枚銅錢發了出去。使的是木桑所授發圍棋子的手法。那總兵一一用長刀格開。袁承志道：「好本事！你再格格看。」雙手連揮，三九二十七枚銅錢分上中下三路同時打到。就算武林高手，這一來也不易抵擋，那總兵武藝雖強，卻那裏躲得開這「滿天花雨」的手法。噹啷一聲，先是長刀脫手，接著膝彎、腰脅、背心各處都中銅錢，竟朝著袁承志迎面跪下。

袁承志笑道：「不必多禮！」伸手挽住他左臂。那總兵當胸一拳，勢急力勁。袁承志笑道：「就讓你打一拳出氣。」這一拳明明打在他胸前，卻如打中一團棉花，無聲無息，全無著力處。袁承志運起內力，提起那總兵往上拋出。只見他就如斷線風箏般往上直飛，衆官兵高聲大叫起來。那總兵自分這一下必死，閉住了雙眼，那知落下時爲人雙手托住，睜開眼來，見仍是那書生打扮的少年。他知此人武功比己高出十倍，既然落入他手，無可抗拒，生死只好置之度外。何況就算硬要置之度內，卻也無從置起。

袁承志道：「你下令全體官兵拋下兵刃，饒你們不死。」那總兵心想：「這漕運何等要緊，給盜賊劫了去，反正也是死罪。」於是頸項一挺，朗然說道：「你們要殺便殺，何必多言。」袁承志一笑，手上使勁，又將他身軀拋向空中，落下來時接著再拋，連拋了三次，那總兵已頭暈腦脹，不知身在何處。袁承志道：「你若不下令，你死了，部下也都活不成。不如降了吧。」那總兵心想，眼下只有這條活路，只得點了點頭。袁承志問道：「你貴姓？」那總兵道：「小將姓水。」他定一定神，命親兵把手下參將、守備、游擊、都司等都叫了來，衆將聽得要投降盜賊，嚇得面面相覷。一員都司罵了起來：「你食君之祿，不忠不……」話未說完，袁承志已抓住他往地下摔落，登時暈去。餘下衆將顫聲齊道：「標下奉……奉總座將令。」水總兵喝道：「下令停戰！」

袁承志也傳下號令，命山東羣盜不再廝殺，又吩咐水總兵命官兵抛下兵刃。水總兵無奈，只得依言。火把照耀下雙方兵戈齊息。

忽見五個人在車隊中奔馳來去，亂翻亂找，打開了許多箱籠，見是銀子糧食，便踢在一旁。衆官兵見五人勢惡，敗降之餘，不敢阻攔。奔到臨近，原來是歸辛樹夫婦師徒五人。袁承志叫道：「二師哥，你們找甚麼？我叫他們拿出來。」

歸辛樹見統兵將官都集在袁承志身旁，三個起落，已奔到水總兵身邊，一把揪住他胸脯，提了起來。水總兵驚魂未定，那想突然又遇到一個武功極高之人，給他抓住了，任憑如何猛力掙扎，總歸無用。歸辛樹喝道：「馬士英進貢的茯苓首烏丸，藏在那裏？」水總兵道：「馬督撫嫌我們車多走得慢，另行派人送到京裏去了。」歸辛樹道：「此話當眞？」水總兵道：「我性命在你們手裏，怎敢說謊？」

歸辛樹把他往地下抛落，喝道：「要是查到你胡言騙人，回來取你狗命。」轉頭對歸二娘道：「往前追。」歸二娘抱著孩子，心頭煩躁，單掌起處，把擋在面前的官兵打得東倒西歪。歸氏夫婦對袁承志毫不理睬，帶著徒弟逕自走了。

袁承志知道二師兄夫婦對自己心存芥蒂，默然不語。待五人去後，問水總兵道：「他們找甚麼藥丸？」水總兵被擒降敵，心亂意煩，神不守舍，一時想到家中是否會給皇帝下旨滿門抄斬，一時又想自己功名前程，從此付與流水。袁承志接連詢問，他答非所問，不知所云，說了半天，袁承志才明白了個大概。

原來最近黃山深谷裏找到了一塊大茯苓，估計已在千年以上，湊巧浙東又有人掘到一個人形何首烏。這兩樣都是千載難逢的寶物。鳳陽總督馬士英得到訊息，差幕客一半強取、一半價購的買了來，命高手藥師製成了八十顆茯苓首烏丸，還配上了老山人參、五色靈芝、麝香牛黃等珍貴藥材，單是藥材本錢就花了兩三萬銀子。這件事轟動了江南官場和醫行藥業。據古方所載，這藥丸實有起死回生的神效，體質虛弱的人，只服一丸便即見功。馬士英自己留下四十顆，以備此後四十年中每年服食一顆，餘下四十顆便去進貢，盼崇禎再做四十年皇帝，年年升自己的官。

袁承志好容易聽得明白，心道：「那就是了，二師哥愛子有病，久治不愈，急著要這些藥丸。」水總兵又道：「馬總督本想差我一併將寶藥送去北京，但後來嫌我們車多行得慢，又押著死囚不吉利，因此另差金陵永勝鏢局的董鏢頭護送赴京，獻給皇上。」

至於馬總督自己留下四十顆藥丸，那是天大機密，連他最得寵的姬妾也都不知，水總兵自然更不會知道。袁承志一心盼望二師哥能奪到藥丸，救得孩子之命，忙問：「那鏢師走了幾天啦？」水總兵道：「啓程是在同一天，不過鏢局子只十來個人，行道快得多，算來搶在我們之前，總有五六天路程了。」

這時孫仲壽、朱安國、倪浩、羅大千等袁部舊將紛紛過來相見。各人得脫大難，又見袁承志長大成人，一身武藝，今日這一戰雖只小試牛刀，亦已略有乃父當日雄風，無不驚喜。袁承志問起被捕緣由，孫仲壽約略說了。原來當日「山宗」舊友在聖峯嶂聚會，明兵突施襲擊，幸而大部人衆早已散走，只應松終於被害，孫仲壽等都告脫險，後來重又聚集。衆人在淮北魯南一帶會聚豪傑，準擬大舉，不料事機不密，上個月爲鳳陽總督馬士英所破，衆首要一鼓成擒，械繫赴京問斬。差幸天緣巧合，竟蒙得救。

孫仲壽聽說袁承志和闖王頗有連絡，說道：「公子，這裏又有盜幫，又有投降的大批官兵，他們對你都很敬服，正是難遇的良機。何不暫緩赴京，把這批人手好好整頓一下。」袁承志喜道：「孫叔叔說得是，不過要請孫叔叔、朱叔叔各位加盟，共圖大事。這一帶英雄豪傑很多，咱們索性大幹一場，找個地方會集羣雄。」孫仲壽一拍大腿，道：「好極了，何不就去泰山？」袁承志道：「泰山相去不遠，再好也沒有了。」

當下收拾好鐵箱中拋散開的珠寶金銀，把漕運銀子取出二十萬兩，俵分給青竹幫與山東各寨羣盜。褚紅柳也得了五千兩。再取出二十萬兩賞給投降的官兵，一時峽谷前後，歡聲雷動。投降的軍官本來心情鬱鬱，分得大批銀兩後，才精神爲之一振。

青竹幫的兩名幫衆抬著擔架，將幫主程青竹抬過來。袁承志見他臉上已現血色，喜道：「程幫主的傷勢好得很快啊，足見內功深厚。」程青竹道：「多謝公子，在下得知公子是袁督師的骨肉，實是歡喜之極。」說到這裏，聲音中竟微帶嗚咽。袁承志道：「程幫主當年識得先父嗎？」程青竹搖了搖頭，吩咐隨從在一隻布囊中取出一卷手稿，交給袁承志，說道：「公子看了這個，便知端的。」

袁承志接過，見封面上寫著「漩聲記」三個大字，又有「程本直撰」四字，右上角題著一副對聯：「一對痴心人，兩條潑膽漢。」心中不解，問道：「這位程本直程先生，跟程幫主是……」程青竹道：「那是先兄。小人本名程本剛。」

袁承志點點頭，翻開手稿，只見文中寫道：

「崇煥十載邊臣，屢經戰守，獨提一旅，挺出嚴關……」

袁承志心中一凜，問道：「書中說的是先父之事？」程青竹道：「正是。令尊督師大人，是先兄生平最佩服之人。」

袁承志當下雙手捧住手稿，恭恭敬敬的讀下去：

「……迄今山海而外，一里之草萊，崇煥手闢之也；一堡之壘，一城之堞，崇煥手築之也。試問自有遼事以來，誰不望敵於數百里而逃？棄城於數十里而遯？敢與敵人畫地而守，對壘而戰，翻使此敵望而逃、棄而遁者，舍崇煥其誰與歸？」

袁承志閱了這一段文字，眼眶不由得濕了，翻過一頁，又讀了下去：

「客亦聞敵人自發難以來，亦有攻而不下，戰而不克者否？曰：未也。客亦知乎有寧遠丙寅之圍，而後中國知所以守？有錦州丁卯之功，而後中國知所以戰否也？曰：然也！」

袁承志再看下去，下面寫道：「今日灤之復、遵之復也，誰兵也？遼兵也。誰馬也？遼馬也。自崇煥未蒞遼以前，遼亦有是兵、有是馬否也？」

袁承志隨手又翻了一頁，讀道：

「舉世皆巧人，而袁公一大痴漢也。唯其痴，故舉世最愛者錢，袁公不知愛也。唯其痴，故舉世最惜者死，袁公不知惜也。於是乎舉世所不敢任之勞怨，袁公直任之而弗辭也；於是乎舉世所不得不避之嫌疑，袁公直不避之而獨行也；而且舉世所不能耐之飢寒，袁公直耐之以爲士卒先也；而且舉世所不肯破之禮貌，袁公力破之以與諸將吏推心而置腹也。」

袁承志讀到此處，再也忍耐不住，淚水涔涔而下，滴上紙頁，淚眼模糊之中，看到下面一行字道：「予則謂掀翻兩直隸、踏遍一十三省，求其渾身擔荷、徹裏承當如袁公者，正恐不可再得也。此所以惟袁公値得程本直一死也。」

袁承志掩了手稿，流淚道：「令兄眞是先父的知己，如此稱譽，在下實在感激不盡。」程青竹嘆道：「先兄與令尊本來素不相識。他是個布衣百姓，曾三次求見，因令尊事忙，未曾見著。先兄心終不死，便投入督師部下，出力辦事，終於得蒙督師見重，收爲門生。令尊蒙冤下獄，又遭凌遲毒刑。先兄向朝廷上書，爲令尊鳴冤，只因言辭切直，昏君大爲惱怒，竟把先兄也處死了。」袁承志「啊喲」一聲，怒道：「這昏君！」

程青竹道：「先兄遺言道，爲袁公而死，死也不枉，只願日後能葬於袁公墓旁，碑上題字『一對痴心人，兩條潑膽漢』，那麼他死也瞑目了。」袁承志道：「卻不知這事可辦了麼？」程青竹長長嘆了口氣，說道：「令尊身遭奇冤，昏君奸臣都說他通敵，勾結滿清，一般無知百姓卻也不辨忠奸是非，信了這話。令尊給綁上法場後，愚民一擁而上，將他身子咬得粉碎，說道……說道要吃盡賣國奸賊的血肉……」

袁承志聽到這裏，不由得放聲大哭，問孫仲壽道：「孫叔叔，這……這是眞的麼？」孫仲壽垂淚點頭，道：「眞是如此。當年你年紀幼小，我們不跟你說，免你傷心。」

袁承志怒道：「昏君奸臣爲非作歹，那也罷了，北京城的老百姓，卻也如此可惡！」孫仲壽道：「老百姓不明眞相，只道皇帝的聖旨，是再也不會錯的。清兵在北京城外燒殺擄掠，害死的人成千成萬，因此百姓對勾結敵兵的漢奸痛恨入骨。」

程青竹道：「在下不忿兄長被害，設法投身皇宮，當了個賤役，想俟機行刺昏君，爲先兄和袁督師報仇。只武藝低微，行刺不成，反爲侍衛所擒，幸得有人相救，逃出皇宮。這些年來在黑道上幹些沒本錢買賣，有眼無珠，竟看上了公子的財物。」

袁承志道：「大家說來深有淵源，若非如此，也不得跟幫主認識。」

青青忽問：「咦，那個小姑娘呢？她沒事吧？」程青竹道：「多謝關懷。小徒已自行去了。」青青道：「我正想找她說話，怎麼她走了？」

衆人休息了一日。袁承志派遣青竹幫、山東羣盜得力人員，分赴各地送信，約定七月二十在泰山頂上取齊；又請孫仲壽、朱安國等山宗舊部，會同水總兵帶領投降的官兵，在荒僻險峻之地起造山寨紮營，大家就稱之爲「山宗營」。

這一役馬士英部下六千官兵全軍覆沒，二百餘萬兩漕銀沒留下半星一忽，京師魯豫一帶，無不震動。等到馬士英再調大軍前來追剿，盜幫早影蹤全無，那裏還追尋得著。

過得七月十五，約會之期將屆。泰山各處寺廟道觀之中，陸陸續續到了千餘位各幫各派的英雄豪傑。

七月二十清晨絕早，羣雄在石經谷會聚。谷中一片平廣，數畝石場，光潔異常，相傳是古代高僧講經之所。山石上刻有八分書金剛經，字大如斗，筆力雄勁。

這天到會的除袁承志、青青、啞巴、洪勝海等人外，有袁部舊將孫仲壽、朱安國、倪浩、羅大千等人；有江蘇金龍幫焦公禮、焦宛兒、吳平、羅立如等人；有河北青竹幫程青竹等人；有山東羣盜沙天廣、褚紅柳、譚文理等人；有浙江游龍幫的榮彩等人；有河南南陽清涼寺下院方丈十力大師、海外七十二島盟主鄭起雲等人；有從囚車獲救的淮南飛虎峪寨主聶天風、贛北鄱陽幫幫主梁銀龍等人；有投降過來的明總兵水鑒等人。此外尚有無數江湖好漢，武術名手。一時泰山頂上羣豪聚會，英賢畢至。袁承志不見青竹幫美麗的小姑娘阿九到來，微感失望，頗有悵惘之意，但過不多時，也就忘了。

這日凌晨，山谷間忽吐白雲一縷，扶搖直升，良久，東邊一片黑暗中隱隱朱霞炫晃，顏色變幻不定，或白或橙，緩緩的血線四映，一噴一耀，轉瞬間太陽如一個大赤盤踴躍而出。下面雲彩為日光一照，奇麗變幻，白虹蜿蜒。羣豪盡皆喝采。

觀日出已畢，羣豪席地坐下。陰陽扇沙天廣是山東當地的地主，這時他傷勢已愈，站起身來朗聲說道：「各位前輩大哥賞臉，來到敝省，兄弟招待不週，請多多包涵。」說著團團作了一個四方揖。羣豪齊聲謙謝。沙天廣又道：「兄弟是粗人，不明事理，現下請程青竹前輩說話。」這兩人以前互不相下，那天出死入生的廝拚了一場之後，各自欽佩對方武功，反結成了好友。

程青竹站起身來，說道：「我們江湖上的朋友，以前在泰山也聚過會，不過人數從來沒這麼多。不怕各位笑話，以前我們到這裏幹甚麼？不過是劃地盤、分贓銀罷啦。」羣豪一陣轟笑。程青竹道：「這次這許多英雄朋友大駕光臨，咱們可不能再沒出息啦。眼前天下大亂，老百姓活不下去，昏君無道，朝中全是貪官污吏，關外韃子又時時犯界擄掠，當眞人命賤似螞蟻。咱們總要好好商議，做一番事業出來。咱們今日擺明了是要結義造反，那一位不願入夥的，儘可乘早下山。」

衆人聽得血脈奮張，齊聲喝采。有少數人不願冒險造反，便紛紛告別下山。

程青竹又道：「今日到會的都是好朋友，咱們歃血爲盟，以後患難相助，共圖大事。如有貪圖富貴，出賣朋友，或是貪生怕死，自私自利的，大家一齊幹他奶奶的。」衆人又是一陣喝采。

沙天廣道：「會盟不可沒盟主。咱們推舉一位大家佩服的英雄大哥出來，以後齊都奉他的號令。不管是誰當盟主，兄弟必定追隨到底，決無異言。」十力大師站起身來，說道：「羣龍無首，決不能成大事。推舉盟主，老衲一力贊成。這位盟主必須智勇雙全，有仁有義，方能服衆。」鄭起雲道：「那是當然的了，我瞧你大師就很不錯。」十力大師笑道：「老衲風燭殘年，那能擔當重任？鄭島主別取笑了。」

衆人交頭接耳，紛紛議論，都覺盟主應該推舉，以便號令一致，好使散處各地、互不統屬的豪傑聯成一起。那時相互之間固然不會殘殺爭鬥，連官府也不敢輕易剿捕。只是羣雄向來各霸一方，誰也不肯服誰，別要為了爭做盟主，反而毆殺一場，那就弄巧成拙了。各路造反民軍結盟，事屬尋常，大家均知晉陝一帶曾有「三十六營」、「七十二營」，滎陽有「十三家」大會等大舉結盟之事，李自成均曾參與。

程青竹待衆人議論了一會，高聲說道：「各位如無異議，現下就來推舉如何？」只見人羣中站起一條身高七尺的魁梧大漢，聲若洪鐘，大聲說道：「蓋孟嘗孟老爺子在武林無人不敬，無人不服。今日他老人家雖然不在此地，但盟主一席自然非他莫屬，兄弟以為不必另推了。」他話一說畢，羣雄中登時便有許多人隨聲附和。

袁承志問洪勝海：「蓋孟嘗是甚麼人？」洪勝海略感奇怪，問道：「相公不知此人嗎？」袁承志道：「我江湖上的朋友識得很少。」洪勝海道：「孟伯飛孟老爺子人稱蓋孟嘗，仗義疏財，最愛朋友，武林中人緣極好。他獨創的孟家神拳、快活三十掌，變幻莫測，投拜在他門下的弟子數也數不清，說得上桃李滿天下。北方學武的人提到蓋孟嘗，那是沒人不佩服的。這大漢是他大弟子，叫做丁甲神丁遊。」袁承志道：「嗯，那麼推孟老爺子做盟主倒也很好。」心想：「這位孟老爺子多半人緣極好，武功卻不如何了得，否則師父不會不跟我說起。作武林盟主的，原本人緣比武功要緊。」

七十二島盟主鄭起雲道：「孟老爺子威名遠震，兄弟雖然亡命海外，卻也是久仰的了，推他做盟主，論德望，論見識，那是再好也沒有。不過兄弟有一點顧慮……」丁遊道：「鄭島主請說。」鄭起雲道：「孟老爺子在保定府這些年，身家極厚。咱們大家所幹的，卻是嘯聚山林、殺官造反的勾當，不知孟老爺子肯不肯跟大夥兒一起幹，給咱們帶頭？否則的話，牽累於他，大家心裏不安。」羣雄都覺這話倒也有理，各人靜默了一會。

金龍幫幫主焦公禮站起來說道：「兄弟推舉另外一位武功蓋世、仁義包天的英雄。這位英雄雖然年紀還輕，武林中許多朋友大都不識，但兄弟斬釘截鐵的說一句，只要這位英雄肯出來帶頭，做事一定公正，管教威風大震，官府不敢小覷了咱們。」

沙天廣說道：「兄弟心裏，也有一位年輕的英雄，只怕不見得比焦幫主所說的那位差了。」他聲音尖細，提高了嗓子，更是刺耳。

焦公禮道：「兄弟年紀不敢說長，也已虛活了五十多歲；見識不敢說廣，也會過了天下無數成名的豪傑。可是像我所說的那位英雄，讓兄弟佩服得五體投地的，當世卻也只一人而已。」程青竹冷冷的道：「沙天廣沙寨主的聲望脾氣我是知道的。他口服心服的人，一定不會錯，我們青竹幫一致贊成沙寨主的話。」焦公禮脹紅了臉道：「盟主到底是怎生推法？我們金龍幫雖然無用，人數卻比青竹幫多些。」眼見兩人就要爭吵起來。

十力大師道：「焦幫主且莫心急，你說的那位英雄是誰，老衲猜個九成兒不會錯。

請問沙寨主，你說的朋友是誰？兩家都說出來，請在場的朋友們秉公評定就是。也說不定大家對這兩位英雄都不心服呢？」

沙天廣向袁承志一指，道：「我說的就是這位袁相公。各位莫瞧他年紀輕輕，武功行事卻高人一等。我聲明在先，兄弟與袁相公還是最近相識，純因佩服英雄，這才一力推薦。」這番話一說，山東各寨羣盜與青竹幫衆人齊聲歡呼，聲勢極壯。

袁承志聽他說到自己，事先全沒想到，站起身來雙手亂搖，連說：「不行！」

焦公禮待人聲稍靜，仰天大笑：「哈哈，哈哈！」好一陣不絕。沙天廣怒道：「焦幫主，我倒要請教，你幹麼譏笑兄弟？」程青竹也怒道：「焦幫主，在下對你素來佩服，可是對沙寨主這等無禮，在下卻瞧不過眼了。」焦公禮拱手笑道：「兄弟那敢譏笑？沙寨主、程幫主，你兩位可知兄弟要推舉的是那一位？」沙天廣慍道：「我當然不知。」焦公禮道：「除了這位袁相公還有何人？」程青竹、沙天廣轉怒爲喜，也都仰天大笑。

衆人聽三人爭了半天，說的原來同是一人，登時滿山轟笑。

袁承志很是著急，忙道：「兄弟年輕識淺，今日得能參與泰山大會，已感榮幸，只盼追隨各位前輩之後，稍效微勞，豈敢擔當大任？還請別選賢能。」

孫仲壽道：「袁公子是我們袁督師的獨生親子，我們『山宗』舊友內舉不避親，以爲請他擔當盟主，最是合適不過。」鄭起雲道：「那一位袁督師？」孫仲壽道：「就是在遼東力抗淸兵、無辜被昏君害死的袁崇煥袁督師。」

袁崇煥抗敵禦侮，有大功於國，當時只北京城中百姓才以爲他叛國通敵，實因強敵兵臨城下，君臣百姓盡皆張皇失措，以致不明是非。但袁崇煥慘遭殺害，各地聞知，卻都極是憤慨。羣雄聽了這話，嘆聲四起，本來無可無不可的人也一致贊成。

袁承志極力推辭，又怎推辭得掉？加之投降過來的水總兵、由袁承志從囚車上救出來的聶天風、梁銀龍等人也極力附和，盟主一席勢成定局。

游龍幫幫主榮彩本跟袁承志有點過節，但一則見衆望所歸，小小一個游龍幫不能力排衆議，再則想到他當日在衢江中不爲已甚，擲板相救，使自己不致落水出醜，也算受過他恩惠，索性錦上添花，說幾句好話，便站起來說道：「這位袁相公武功精湛，在場許多朋友都知道的了。兄弟就曾栽過在他手裏。」衆人不覺一楞，榮彩又道：「可是他很給兄弟留餘地，兄弟雖然栽了，卻也心下感激。選他做盟主，兄弟一力贊成。」衆人見與他敵對過的人也這樣說，羣相歡呼。只青青低聲罵道：「老滑頭！」

丁甲神丁游走到袁承志身邊，向他細細打量，見他身材不高，面目黝黑，貌不驚人，年紀又輕，何以羣雄對他如此擁戴？心想這麼一來，他聲威一下子便蓋過了自己師父，很不服氣，說道：「恭喜你啦，袁相公。」伸手出去，拉著他手，顯得甚是親熱。

袁承志道：「兄弟實在難以……」話未說完，手上忽緊。原來丁遊使出了「霸王扛鼎」的師傳絕藝，用力拉扯，想捽他一交，讓這位「盟主」在衆人面前出個大醜，雖然這樣一來，不免得罪無數英雄好漢，說不定當場給衆人打成一團肉漿，但他向來莽撞，氣憤之下，也顧不到這麼許多了。袁承志不動聲色，暗中使出「千斤墜」功夫。丁遊連扯三下，胳臂上肌肉賁起，出盡平生之力，對方就如生牢在石山上一般，只聽他繼續說道：「……擔當大任。丁兄令師孟老爺子德高望重，定比兄弟適當。」

丁遊又再出力猛扯，自己右臂上格的一聲，險些扯脫了骱，疾忙放手，見袁承志卻似毫無所覺，知道對方武功比自己不知要高出多少，適才若乘勢反擊，自己早給丟下山谷，但他顧全自己面子，令旁人絲毫瞧不出來，不禁感激，大聲道：「好，你做盟主很好！」說著便即拜倒。袁承志連忙還禮，心喜這大漢莽得可愛。

程青竹道：「咱們既然會盟，就得有個盟規，現下請盟主宣布，大夥兒共同商酌。」

袁承志還待推辭，孫仲壽在他耳邊低聲說道：「公子，你謙辭不就，倘若盟主一席不幸落入奸人之手，禍害不小。你如能領袖羣雄，謀幹大事，督師的血海深仇就可得報。督師一生做事，向來就是當仁不讓，不避艱危。」袁承志聽他責以大義，更提到先公的「好樣」，不覺凜然心驚，站起身團團一揖，說道：「既然各位美意，兄弟恭敬不如從命。只是兄弟識見淺薄，還望各位前輩隨時指教，兄弟決不敢狂妄自大。」

羣雄聽他允任盟主，泰山頂上登時歡聲雷動，山谷鳴響，四下裏都是鼓掌和歡呼的回音，似乎腳底的千峯萬壑也一齊在鼓掌喝采一般。

羣雄當下點起香燭，一齊拜天禱祝。

袁承志向孫仲壽道：「盟約就請孫叔叔起草了。」孫仲壽也不推辭，回進廟裏草擬。他知羣雄以信義爲先，不重文采，當下言簡意深的寫了百餘字。袁承志當衆宣讀了。羣雄歃血宣誓，決不背盟。一個轟動南北各省武林的泰山大會，至此告成。

袁承志出道只短短數月，仗著武功卓絕，至誠待人，再加之機緣巧合，以及父親的威名及舊部擁戴，竟爾成爲南北直隸、魯、豫、浙、閩、贛七省草莽羣豪的大首領。

當晚羣雄席地歡宴，鬥酒轟飲，喧鬧歡笑之聲，布滿峯谷。

正熱鬧間，突見一個流星直沖上天，這是山下有警的訊號，羣雄登時停杯不飲。袁承志和孫仲壽等人，立時便想起當年聚會聖峯嶂而官兵來襲的情景，莫非官府得知漕銀被劫，因而調兵來攻麼？過不多時，兩名在山坡上哨守的漢子奔上山來，向袁承志稟報：「啓稟盟主，山下哨探急報，滿洲兵大軍已攻下青州，正向泰安進軍，離此處已不過二百餘里，請盟主定奪。」

袁承志驚道：「滿洲兵來得這麼快！」他雖曾聽說滿洲兵於去年入關，攻到山東，但一直只在登州、萊州一帶騷擾，搶劫焚殺，想不到竟會一舉破了青州。

孫仲壽道：「滿洲兵去年十月翻過牆子嶺，直打到兗州，在山東各地燒殺劫掠。聽說帶兵的頭子是奉命大將軍阿巴泰。這人是努爾哈赤的第七個兒子，還是韃子皇帝的哥哥，他善能用兵，曾和滿清睿親王多爾袞來打過山東，對山東的情形是很熟悉的。」袁承志問道：「多爾袞來打過山東？」他潛心武學，於世事所知實甚有限。孫仲壽嘆道：「那是四年前的事了。那時盟主還在華山學武，因此不知道。」見羣雄正紛紛互相詢問，人心浮動，便站起身來，登上高處一塊大石，大聲道：「山下兄弟急報，滿洲兵攻破青州，正向泰安而來。各位請繼續喝酒，盟主自有主張。」

羣雄中有人叫道：「大夥兒衝下山去，殺他媽的韃子兵。」又有人叫道：「韃子兵可欺侮得咱們狠了，這回非跟他拚個你死我活不可。」滿山轟叫，羣情憤激。

孫仲壽回到袁承志身邊，說道：「盟主，衆兄弟都要去打韃子兵，你瞧怎樣？」袁承志道：「我爹爹一生盡忠報國，爲的就是殺韃子。眼下韃子欺上門來，正好衆兄弟在此聚會，咱們就此下山去打。只是我不懂行軍打仗，還是請孫叔叔發令。」

孫仲壽沉吟片刻，派了十幾個人出去查探滿洲兵虛實，然後說道：「自從督師袁公被害，朝中無人，再也無力抗禦清兵了。崇禎九年六月，滿清頭子皇太極派了阿齊格、阿巴泰等大將攻進長城，直打到北直隸腹地。十一年，九王多爾袞率領阿巴泰等人又打到北直隸，忠臣盧象昇和孫承宗先後殉國。多爾袞那年還攻破了濟南，俘虜了我四十多萬百姓北去。這一次又是阿巴泰這韃子將軍來。」袁承志道：「清兵怎地又不攻北京，只攻打河北、山東各處？」孫仲壽道：「皇太極是挺會用兵的。他派兵來河北、山東，其志不在佔地，而是搶奪財物，殺人放火，擄人爲奴，摧破我中國的精華，要令得大明精疲力盡，然後再一舉而佔北京。當年他進攻北京，在袁督師手下吃了個大敗仗，幾乎給截斷後路，成了驚弓之鳥，此後就不敢再攻京師。」

袁承志忽想：「闖王和各路義軍四下造反，豈不是幫了韃子兵的大忙？」這句話卻不便出口，只心中隱隱覺得不安。

孫仲壽道：「這些年來，韃子兵幾次三番打來北直隸、山東，一路上勢如破竹，明兵從來沒打過一場勝仗，韃子兵將不把明兵放在眼裏。常言道驕兵必敗，咱們正好乘機殺殺他們威風，狠狠打上一仗。」

袁承志大喜，站起來說道：「衆位兄弟，咱們這就殺韃子兵去，今晚好好安睡，明日清晨下山。」羣雄大聲吶喊：「殺韃子兵，殺韃子兵！」

袁承志不懂韜略，當晚和孫仲壽等計議，次晨分遣羣雄先後出發。約定在錦陽關設伏，見到盟主中軍的黃色大旗高高豎起，便齊向清兵衝殺。命水總兵帶同兩千名本部兵馬，打頭陣迎敵，生怕水總兵下山後變卦，派了焦公禮率同金龍幫的手下監視。要水總兵只許敗，不許勝，引誘清兵過來。水總兵所部兵甲器仗一應俱全，盡是明軍服色，實無半分破綻，至於打敗仗乃明兵家常便飯，更能盡展所長。

那錦陽關兩側雙峯夾道，只中間一條小徑。到第四日傍晚，耳聽得喊聲大作，衆明兵甩甲曳兵，從小徑奔來。水總兵跨下戰馬，手執大刀，親自斷後。過不多時，便見一羣辮子兵蜂湧而來。袁承志伏在左峯的岩石之後，初次見到滿洲兵，想起父親連年與韃子兵血戰，不由得全身熱血如沸，高舉金蛇劍，說道：「孫叔叔，咱們衝下去！」孫仲壽道：「等一會，待韃子兵大隊過來。那時咱們再豎起黃旗，四面伏兵齊起，清兵便走不脫了。」

只聽得號角聲響起，大隊清軍騎兵衝到，數十名落後的明兵登時給刀砍槍刺，屍橫就地。袁承志心下不忍，說道：「快衝下去接應！」孫仲壽道：「還得等一會。」青青急道：「再不下去，我們的人要給他們殺光了。」孫仲壽道：「再等一會！」青青急得只是頓足。

突然之間，右峯上喊聲大作，沙天廣率領山東各寨羣盜，從山坡上殺將下來。孫仲壽叫道：「啊喲，不好！」袁承志道：「怎麼？」孫仲壽道：「清兵來的只是先鋒，這一來，就抓不到他們的元帥了。怎麼不見旗號，便自行動手了？」只見山東羣盜一鼓作氣的殺入清兵陣中，跟著青竹幫、金龍幫，以及各處埋伏的羣豪一時盡起，水總兵也帶同明兵回頭截殺。

孫仲壽連聲嘆氣，說道：「當年袁公帶兵，部下倘若這般不聽號令，自行殺敵，所有的大將一個個都非給袁公請出尚方寶劍斬了不可。」袁承志心下歉然，道：「都是我事先沒嚴申號令的不是。」孫仲壽安慰他道：「咱們這些英雄好漢，每個人武功都強，但只是一羣烏合之衆，怎比得袁公當年在寧遠所練的精兵？盟主你也是無法可施的。唉，黃旗還沒豎起，大夥兒就亂糟糟的衝殺出去了，這那裏是打仗，簡直是胡鬧！」不住的唉聲嘆氣，想起當年袁崇煥在寧錦帶兵時號令嚴峻，十餘萬之衆沒一兵一卒不肅然奉命，懊惱之中，又感心酸。

青青道：「事已如此，嘆氣也無用了。承志哥哥，咱們動手吧！」袁承志早已心癢難搔，叫道：「好，大夥兒殺啊！」手執金蛇劍，衝下峯去。孫仲壽驚叫：「盟主，盟主！你是主帥，須當坐鎭中軍，不可親臨前敵……」叫聲未畢，袁承志展開輕功，早去得遠了，但見他疾衝入陣，金蛇劍揮動，削去了兩名淸兵的腦袋。孫仲壽長嘆一聲，淚如雨下，心想：「連盟主也是如此，豈能跟當年的袁督師相比。」

千餘名淸兵擠在山道之中，雖然勇悍，但難以結陣爲戰。敵人衝到身前，弓箭也用不上了，爲羣雄四面八方的圍上攻打，不到一個時辰，已盡數就殲。淸軍統帥阿巴泰得報前鋒在錦陽關中伏覆沒，當即率兵退回青州。

這一役雖沒殺了阿巴泰，但聚殲清軍一千餘人，實是十餘年來從所未有的大勝。羣雄在錦陽關前大叫大跳，歡呼若狂。袁承志瞧著金蛇劍上的點點血跡，心想：「此劍今日殺了不少韃子兵，才不枉了這劍身上的隱隱碧血！」

當晚袁承志、孫仲壽與朱安國、倪浩、羅大千等談到今日一場大捷，實可慰袁督師的在天之靈，都不禁熱淚盈眶。孫仲壽以殺不了清軍元帥阿巴泰，兀自恨恨不已。袁承志道：「孫叔叔，咱們這批人，當眞要打大仗是不成的。明日我北上，這些明軍官兵和別的弟兄們請你與朱叔叔、倪叔叔、羅叔叔各位好好操練，日後再碰上韃子兵，可不會再像今日這般亂殺一陣了。」孫仲壽等俱各奉命。

朱安國、羅大千、倪浩等曾在錦州、寧遠與清兵多次血戰，雖覺屬下兵將不聽號令，紀律不整，非精銳之師，但憑心而論，也覺這一仗勝得委實頗爲僥倖。他們素知清兵精於騎射，步兵衝殺時一往無前，勇悍無倫，明兵實非敵手。袁督師當年所以得能寧錦大捷，全仗了守監城、用大砲，若在平野交鋒，通常明兵必敗。這一次交戰，一來伏兵突出，殺了個清兵出其不意；二來截斷了清兵千餘名先鋒，羣豪及明兵以數倍之衆圍攻，人數上大佔上風，清兵援軍開不上來；三來袁承志手下武藝精熟之士甚衆，以之對戰清兵，殊不見弱。

朱安國搖頭道：「孫先生、袁盟主，我不是長他人志氣，滅自己威風，這一仗倘若敵軍是一萬旗兵對我軍一萬人，我軍只怕要敗。倘若敵軍是二萬旗兵對我軍二萬人，我軍更加要敗。唉！辮子兵這麼厲害，當眞不好打！」

孫仲壽道：「朱大哥，我理會得。你提醒我們，這一仗勝得僥倖，今後大夥兒要加倍努力，驕兵必敗，哀兵可勝！」

此後各人練兵，常教練士卒武藝，重視號令紀律，雖不能將隊伍練得就此強過了清兵，但也不致如過去明兵那樣一觸即潰了。然對於淸兵自幼熟習的騎射功夫，終究難以練得與之不相上下。

袁承志與青青並肩漫步，眼見羣雄東一堆、西一堆的圍著談論，人人神情激昂，說的自都是日間的大勝。袁承志道：「咱們今日還只一戰，要滅了滿淸韃子，尚須血戰百場，當眞是：『慷慨同仇日，間關百戰時。』」青青讚道：「你這兩句詩做得眞好。」袁承志微笑道：「我怎會做詩？這是爹爹的遺作。」青青嗯了一聲。

袁承志嘆道：「我甚麼都及不上爹爹，他會做詩，會用兵打仗，我可全不會。」青青道：「你的武功卻定然比你爹爹強。」袁承志道：「我爹爹進士出身，沒練過武。但武功強只能辦些小事，可辦不了大事。」青青道：「也不見得，武功強，當然很有用處。」

袁承志突然拔出金蛇劍來，虛劈兩下，虎虎生風，說道：「對，青弟，我去刺殺韃子皇帝皇太極，再去刺殺崇禎皇帝，爲我爹爹報仇。」

袁承志當下與孫仲壽、程青竹、沙天廣、水總兵等商議，將魯直羣豪、明軍降兵、山宗舊侶、各地英豪等分成三營，由朱安國、水鑒、羅大千三位懂得布陣打仗的舊將分統，孫仲壽則總其成。袁承志與三營首領商議，大家說既已跟朝廷開仗廝殺，該當歸附李闖王，三營兵馬開赴襄陽、南陽，助攻陝西督師孫傳庭的明兵。袁承志說道，朝廷雖然無道，然而眼下大局以抗禦滿洲入侵爲重，倘若打垮了明兵，淸兵乘機奪取我漢人江山，豈非成爲千古罪人。衆人商議之下，決定三營兵馬暫且開向山東東北，在直魯交界處的鹽山、騮山、馬谷山一帶駐紮。該處山深林密，偏僻荒蕪，人煙稀少，兩省官吏平時都照顧不到。好在這次劫得糧餉甚多，尙可在當地屯田開墾，承志又留下兩鐵箱金磚，六七千人馬食用幾年也當夠了，不必出動打家劫舍，引得朝廷發兵來剿。倘若淸兵入關，或是再犯山東，三營人馬便北上抗敵，袁承志等得到訊息，自即歸隊，與羣豪並肩而戰；倘若闖軍軍陣不利，三營也當支援救助。於此隱伏一支有力人馬，爲國爲民，待時而動。

衆人聽了這番計議，俱都拍掌稱善。

次日袁承志與孫仲壽等別過，偕同靑靑、啞巴、洪勝海等押著鐵箱逕往京師順天府。孫仲壽、水總兵等統率三營，於夜間悄悄行軍，往魯直交界處馬谷山一帶駐紮。

袁承志、孫仲壽、焦公禮、水鑒等在山東青州、泰安、錦陽關這一戰，不但劫了朝廷的百餘萬糧餉，又殲滅清軍阿巴泰麾下的一批精鋭，登時轟動了魯直河朔一帶。有人問起領頭之人，羣雄知道袁承志不喜張揚姓名，都只支支吾吾的含糊其辭，問得急了，金龍幫中各人就說帶頭的英雄是當年金蛇郎君的傳人，是李闖王的朋友。闖王屬下這時有橫天王、爭世王、亂世王、改世王、左金王等等名號，各領一營人馬，在中原、西北各地與明軍對抗，袁承志這路人馬，江湖上就稱之為「金蛇王」營，隱然與闖王麾下著名的十三營相埒。自己內夥，則稱為「山宗營」或「崇字營」，以示志在承繼父志。

袁承志心想父親忠於明室，當時手握大軍兵權，遭受奇冤之時，全無絲毫稱兵作反之意，雖為皇帝冤枉磔死，卻始終不願負上個「反賊、叛逆」之名，因此一再通傳，不可說他是袁崇煥之子，以免父親地下有知，心中不安。蓋當時官宦之家，於「忠孝」兩字看得比天還大，袁承志雖為百姓求生而造反，卻決不敢公然舉旗反明，他本不喜「金蛇王」的稱號，但用以掩飾「袁崇煥之子」，倒也可行，也就任由江湖朋友隨口亂叫。

青青劍招變幻，突然之間，使的盡是虛招。西洋劍術中雖然也有佯攻偽擊之法，但決沒有如這般數十下盡是虛招的。那葡萄牙軍官心想這種花巧只圖好看，有何用處？

第十二回　王母桃中藥　頭陀席上珍

袁承志和青青、啞巴、洪勝海三人押著鐵箱首途赴京。沙天廣豪興勃發，要隨盟主去京師逛逛，程青竹久在北京住，人地均熟，也求同行。袁承志多有兩個得力幫手隨行，自欣然同意；又見洪勝海一直忠心耿耿，再無反叛之意，便給他治好身上傷處，洪勝海更是感激。

一行六人揚鞭北上，縱馬於一望無際的山東平原。這一帶是沙天廣屬下所統，進入北直隸後是青竹幫地界，自有沿途各地頭目隆重迎送。青青見意中人如此得人推崇，得意非凡，本來愛鬧鬧小脾氣的，這時也大爲收斂了。

這日來到河間府，當地青竹幫的頭目大張筵席，爲盟主接風，作陪的都是河間府武林中大有名望之士。酒過三巡，衆人縱談江湖軼聞，武林掌故，豪興遄飛。

忽有一人問程青竹道：「幫主，再過四天，就是孟伯飛孟老爺子的六十大壽，你不去了吧？」程青竹道：「我要隨盟主上京，祝壽是不能去了。我是禮到人不到，已備了一份禮，叫人送去保定府。」沙天廣也道：「兄弟的禮也早已送去。孟老爺子知道我們不到，必是身有要事，決不能見怪。」袁承志心中一動：「這蓋孟嘗在北五省大大有名，既是他壽辰在即，何不乘機結交一番？」說道：「孟老爺子兄弟是久仰了，原來日內就是他老人家六十大慶，兄弟想前去祝賀，各位以爲怎樣？」衆人鼓掌叫好，都說：「盟主給他這麼大面子，孟老爺子一定樂極。」

次日衆人改道西行，河間府羣豪也有十餘人隨行。這天來到高陽，離保定府已不過一日路程。衆人到大街上悅來客店投宿，安頓好鐵箱行李，到大堂飲酒用飯。

只見東面桌邊坐著個胖大頭陀，頭上一個銅箍，箍住了長髮，相貌威猛，桌上已放了七八把空酒壺。店小二送酒到來，他揭開酒壺蓋，將酒倒在一隻大碗裏，骨都骨都一口氣喝乾，雙手左上右落，抓起盤中牛肉，片刻間吃得乾乾淨淨，一疊連聲大嚷：「添酒添肉！快快！」這時幾個店小二正忙著招呼袁承志等人，不及理會。那頭陀大怒，伸掌在桌上猛力一拍，酒壺、杯盤都跳了起來，連他鄰桌客人的酒杯也震翻了，酒水流了一桌。

那客人「啊喲」一聲，跳了起來，是個身材瘦小的漢子，上唇留了兩撇鼠鬚，眸子一翻，精光逼人，叫道：「大師父，你要喝酒，別人也要喝啊。」那頭陀正沒好氣，又重重一掌拍在桌上，猛喝：「我自叫店小二，干你屁事？」那漢子道：「從來沒見過這般兇狠的出家人。」那頭陀喝道：「今日叫你見見！」

青青瞧得不服氣，對袁承志道：「我去管管。」袁承志道：「等著瞧，別看那漢子矮小，只怕也不是個好惹的。」青青正想瞧兩人打架，不料那漢子好似怕了頭陀的威勢，說道：「好，好，算我錯，成不成？」頭陀見他認錯，正好店小二又送上酒來，也就不再理會，自行喝酒。那漢子走了開去，過了一會，才又回來。袁承志等見沒熱鬧好瞧，自顧飲酒吃飯。突然一陣風過去，一股臭氣撲鼻而來，青青摸出手帕掩住鼻子。袁承志一轉頭，見頭陀桌上端端正正放著一把便壺，那頭陀竟未察覺。他忍不住要笑出聲來，向青青使個眼色，嘴角向頭陀一努。青青一見之下，笑得彎下腰來。

大堂中許多吃飯的人還未發覺，都說：「好臭，好臭！」那瘦小漢子卻高聲叫道：「香啊，香啊！」青青悄聲說道：「這定是那漢子拿來的了。他手腳好快，不知他怎麼搞的。」

這時那頭陀伸手去拿酒壺，提在手裏，赫然是把便壺，而且重甸甸的，顯然裝滿了尿，不由得怒不可遏，左手反手一掌，把身旁店小二打得跌出丈餘，翻了個觔斗。只聽那瘦小漢子還在大讚：「好酒，好酒！香啊，香啊。」才知是他作怪，劈臉將便壺向他擲去。那漢子早有提防，身法滑溜異常，矮身從桌底鑽過，已躲在頭陀身後。便壺在桌上碰得粉碎，尿水四濺。衆人大呼小叫，紛紛起立閃避。那頭陀怒氣更盛，伸出兩隻大手掌回身就抓。那漢子又從桌底下鑽過。那頭陀起腿踢翻桌子。大堂中亂成一片，衆人早都退在兩旁。

只見那漢子東逃西竄，頭陀拳打足踢，始終碰不到他身子。過不多時，大堂中桌櫈都已給兩人推倒。碗筷酒壺掉了一地。那漢子拾起酒壺等物，不住向頭陀擲去。頭陀吼叫連天，接過回擲。兩人身法快捷，居然都有一身好武功。

打到後來，大堂中已清出一塊空地。那漢子不再退避，拳來還拳，足來還足，施展小巧功夫跟頭陀對打。頭陀身雄力壯，使的是滄州大洪拳，拳勢虎虎生風。那漢子的拳法卻頗爲特異，時時雙手在身側划動，矮身蹣跚而走，模樣古怪，偏又身法靈動。

青青笑道：「這樣子眞難看，那又是甚麼武功了？」袁承志也沒見過，只覺他手腳矯捷，模樣雖醜，卻自成章法，儘能抵敵得住。程青竹見多識廣，說道：「這叫做鴨形拳，江湖上會的人不多。」青青聽了這名稱更覺好笑，見那漢子身形步法果然活脫像是隻鴨子。

那頭陀久鬥不下，焦躁起來，突然跌跌撞撞，使出一套魯智深醉打山門拳，東歪西倒，宛然是個醉漢，有時雙足一挫，在地下打個滾，等敵人攻到，倏地躍起猛擊。他又滾又翻，身上沾了不少酒飯殘羹，連便壺中倒出的尿水，也有不少沾在衣上。

鬥到分際，頭陀忽地搶上，左拳兜轉，擊那漢子後心，右掌直劈敵人胸口。那瘦小漢子前後受擊，無法閃避，運起內力，雙掌橫胸，喝一聲：「好！」三張手掌已抵在一起。頭陀的手掌肥大，漢子的手掌遠較常人瘦小，雙掌恰好抵在頭陀一掌之中。

兩人各運全力，向前猛推。頭陀左手雖然空著，但全身之力已運在右掌，左臂就如廢了一般，不能再運力出拳。雙方勢均力敵，登時僵持不動，進既不能，退亦不得，均知誰先收力退縮，不免立斃於對方掌下，但如此拚鬥下去，勢不免內力耗竭，兩敗俱傷。兩人俱感懊悔，心想與對方本無怨仇，只不過一時忿爭，如此拚了性命，委實無謂。再過一陣，兩人額頭都冒出黃豆般的汗珠來。

沙天廣道：「程老兄，你拿叫化棒兒去拆解一下吧，再遲一會，兩個都要糟糕。」程青竹道：「我一人沒這本事，還是咱哥兒齊上。」沙天廣道：「好，不過這兩個胡鬧傢伙性命雖然可保，重傷終究難免。」正要上前拆解，袁承志笑道：「我來吧。」緩步走近，雙手分在兩人臂彎裏一格。頭陀與漢子的手掌倏地滑開，收勢不住，噗的一聲，三掌同時打在袁承志胸口。青青和程沙三人大叫：「啊喲，不好！」同時搶上相救，卻見他神色自若，並未受傷。原來袁承志知道倘若用力拆解或是反推，這兩人正在全力施爲，剛猛內力逼回去反打自身，必受重傷，因此運氣於胸，接了這三掌，仗著內功神妙，輕輕易易的卸開了掌力。

頭陀和那漢子這時力已使盡，軟綿綿的癱瘓在地。程青竹和沙天廣扶起兩人，命店小二進來收拾。袁承志摸出十兩銀子，遞給掌櫃的道：「打壞了的東西都歸我賠。好多客人還沒吃完飯，你照原樣重新開過，都算在我帳上。」那掌櫃的接了銀子，不住稱謝，叫齊夥計，收拾了打爛的物事，再開酒席。衆酒客紛紛過來道謝。

過得一會，頭陀和那漢子力氣漸復，齊來向袁承志拜謝救命之德。

袁承志笑道：「不必客氣。請教兩位高姓大名。兩位如此武功，必是江湖上成名的英雄好漢了。」那頭陀道：「我法名義生，但旁人都叫我鐵羅漢。」那漢子道：「在下姓胡名桂南。請教高姓大名，這兩位是誰？」

袁承志尚未回答，沙天廣已接口道：「原來是聖手神偷胡大哥。」胡桂南見他知道自己姓名和外號，很是歡喜，忙道：「不敢，請教兄長尊姓大名。」

程青竹把沙天廣手中的扇子接過一抖。胡桂南見扇上畫著個骷髏頭，模樣可怖，便躬身道：「原來是陰陽扇沙寨主，久慕寨主之名，當眞幸會。」又見到倚在桌邊的一根青竹，知道青竹幫中的人所持青竹以竹節多少分位份高下，這枝青竹竟有十三節，那是幫中最高的首領，便向程青竹作揖，說道：「這位是程老幫主吧？」程青竹呵呵笑道：「聖手神偷眼光厲害，果然名不虛傳。兩位不打不相識。來來來，大家同乾一杯。」

眾人一齊就坐，胡桂南與鐵羅漢各敬了一杯酒，道聲：「莽撞！得罪了！」鐵羅漢笑道：「也不知從那裏偷了這把臭便壺來，眞是古怪！」眾人一齊大笑。胡鐵兩人對乾杯酒，便即化敵爲友，兩人性子相近，說得投機。

胡桂南知道程、沙二人分別是北直隸和山東江湖豪傑首領，見二人對袁承志神態恭敬，此人剛才出手相救，內功深湛，必定非同小可，只是未通姓名，也不敢貿然再問。他本來生性滑稽，愛開玩笑，這時卻規規矩矩的不敢放肆。

程青竹道：「兩位到此有何貴幹？胡老弟可是看中了甚麼大戶，要一顯身手麼？」胡桂南笑道：「兄弟在程老前輩貴處不敢胡來。我是去給孟伯飛孟老爺子拜壽去的。」鐵羅漢一拍桌子，叫道：「何不早說？我也是拜壽去的。早知道，就打不起來了。只不過你在孟大爺的酒筵上，可別又端一把臭便壺出來。」眾人又是一陣大笑。程青竹笑道：「那好極啦，我們也是要去給孟老爺子祝壽的，明日正好結伴同行。兩位跟孟老爺子是好朋友吧？」

鐵羅漢道：「好朋友是高攀不上，但相識也有二十多年了。只近年來我多在湖廣一帶，少到北方。倒有八九年不見啦。」胡桂南笑道：「那麼羅漢大哥還得給我引見引見。」鐵羅漢奇道：「怎麼？你不識孟大爺麼？那又給他去拜甚麼壽？」胡桂南道：「兄弟對蓋孟嘗孟大爺一向仰慕得緊，只沒緣拜見。這次無意中得到了件寶物，便想借花獻佛，作爲壽禮，好得會一會這位四海聞名的豪傑。」鐵羅漢道：「那就是了。別說你有壽禮，就算沒有，孟大爺還不是一樣接待。誰叫他外號蓋孟嘗呢？」

程青竹卻留了心，問道：「胡老弟，你得了甚麼寶物啊？給我們開開眼界成不成？」沙天廣也道：「尋常物事那會在聖手神偷的眼裏？這麼誇讚，那定是價值連城了。」

胡桂南很是得意，從懷裏掏出一隻鑲珠嵌玉、手工精致的黃金盒子，說道：「這裏耳目衆多，請各位到兄弟房裏觀看吧。」衆人見盒子已然價值不菲，料想內藏之物必更珍貴。

胡桂南待衆人進房，掩上房門，打開盒子，露出兩隻死了的白蟾蜍來。這對蟾蜍通體雪白，眼珠卻血也般紅，模樣甚是可愛，卻也不見有何珍異之處。胡桂南向鐵羅漢笑道：「剛才我跟老兄對掌，要是一齊嗚呼哀哉，那也是大難臨頭，無法可施了。但如只身受重傷，我卻有解救之方。」指著白蟾蜍道：「這是產在西域雪山上的朱睛冰蟾，任他多厲害的內傷、刀傷，只要當場不死，一服冰蟾，藥到傷愈，眞是靈丹妙藥，無此神奇。要是中了劇毒，這冰蟾更有解毒之功。」

程青竹問道：「如此寶物，胡大哥卻那裏得來？」胡桂南道：「上個月我在河南客店裏遇到個採藥老道，病得快死了，見他可憐，幫了他幾十兩銀子，還給他延醫服藥。但他年壽已到，藥石無靈，終於活不了。他臨死時把這對冰蟾給了我，說是報答我看顧他的情意。」鐵羅漢道：「這盒子倒也好看。」胡桂南道：「那老道本來放在一隻舊木盒裏，可是拿去送禮，豈能不裝得好看一點……」沙天廣笑道：「於是你妙手空空，到一家富戶去借來了這隻金盒。」胡桂南笑道：「沙寨主料事如神，佩服，佩服！那本是開封府劉大財主的小姐裝首飾用的。」眾人一齊大笑。

胡桂南道：「剛才我兩人險些兒攜手齊赴鬼門關，拚鬥之時我心中在想，我和鐵羅漢大哥若僥倖不死，我就自服一隻冰蟾，再拿一隻救他性命。我兩人又無怨仇，何必爲了一把臭便壺，搞出人命大事？這事本來是我不對。」鐵羅漢笑道：「那倒生受你了。」眾人又都大笑。

胡桂南道：「總而言之，這兩隻冰蟾，已不是我的了。」雙手捧起金盒，送到袁承志面前道：「不敢說是報答，只是稍表敬意。請相公賞臉收下了。」

袁承志愕然道：「那怎麼可以？這是胡兄要送給孟老爺子的。」胡桂南道：「若不是相公仗義相救，兄弟非死即傷，這對冰蟾總之是到不了孟老爺子手中啦。至於壽禮嘛，不是兄弟誇口，手到拿來，隨處皆是，用不著操心。」袁承志不住推謝。胡桂南有些不高興了，說道：「這位相公既不肯見告姓名，又不肯受這冰蟾，難道疑心是兄弟偷來的，嫌髒不要麼？」袁承志道：「胡兄說那裏話來？適才匆忙，未及通名。小弟姓袁名承志。」

鐵羅漢和胡桂南同時「啊」的一聲驚呼。胡桂南道：「原來是七省盟主袁大爺，怪不得如此好身手。袁大爺率領羣雄，在錦陽關大破韃子兵，天下無不景仰。」鐵羅漢道：「我先幾日聽到這消息，不由得伸手大打自己耳光。」衆人愕然不解。青青道：「為甚麼打自己耳光？」鐵羅漢道：「我惱恨自己運氣不好，沒能趕上打這場大仗，連一名韃子兵也沒殺到。」衆人又都給他逗得笑了起來。

袁承志道：「胡大哥既然定要見賜，兄弟卻之不恭，只好受了，多謝，多謝。」雙手接了過去，放在懷裏。胡桂南喜形於色。

袁承志回到自己房裏，過了一會，捧著一株朱紅的珊瑚樹過來。那珊瑚樹有兩尺來高，遍體晶瑩，難得的是無一處破損，無一粒沙石混雜在內，放在桌上，登覺滿室生輝，奇麗無比。胡桂南吃了一驚，說道：「兄弟豪富之家到過不少，卻從未見過如此長大完美的珊瑚樹。恐怕只皇宮內院，才有這般珍物。這是袁相公家傳至寶吧？眞令人大開眼界了。」

袁承志笑道：「這也是無意中得來的。這件東西請胡兄收著，明兒到了保定府，就作為胡兄的賀禮如何？」胡桂南驚道：「那太貴重了。」袁承志道：「這些賞玩之物，雖然貴重，卻無用處，不比冰蟾可以救人活命。胡兄快收了吧。」胡桂南只得謝了收起。他和鐵羅漢見袁承志出手豪闊，都暗暗稱奇。

次日傍晚到了保定府，衆人先在客店歇了，第二日一早到孟府送禮賀壽。

孟伯飛見了袁承志、程青竹、沙天廣三人的名帖，忙親自迎接出來。他早知袁承志年輕，還道必有過人之處，此刻相會，見他只是個黝黑少年，形貌平庸，不覺一楞，老大不悅，心想：「七省的英雄好漢怎地顛三倒四，推舉這麼個毛頭小夥子做盟主？」但衆人遠道前來拜壽，自是給自己極大面子，於是和大兒子孟錚、二兒子孟鑄連聲道謝，迎了進去，互道仰慕。袁承志見孟伯飛身材魁梧，鬚髮如銀，雖以六旬之年，仍是聲若洪鐘，步履更穩健異常，想來武功深厚。兩個兒子均在壯年，也都英氣勃勃。

說話之間，孟伯飛對泰山大會似乎頗不以爲然，程青竹談到泰山之會，他都故作不聞，並不接口。過了一會，又有賀客到來，孟伯飛說聲：「失陪！」出廳迎賓去了。青青心道：「這人號稱蓋孟嘗，卻原來是浪得虛名。早知他這麼老氣橫秋的，就不來給他拜甚麼壽了。老傢伙我還見得不夠多麼？再老的也見過。我自己家裏就有五個。」

家丁獻過點心後，孟鑄陪著袁承志等人到後堂去看壽禮。這時孟伯飛正和許多客人圍著一張桌子，讚嘆不絕。見袁承志等進來，孟伯飛忙搶上來謝道：「袁兄、夏兄送這等厚禮，兄弟如何克當？」袁承志道：「老前輩華誕，一點兒敬意，太過微薄。」

衆人走近桌邊，只見桌上光采奪目，擺滿了禮品，其中袁承志送的白玉八駿馬，青青送的翡翠玉西瓜，尤其名貴。胡桂南送的珊瑚寶樹也甚搶眼。

孟伯飛對袁承志給推爲七省盟主一事，本來頗爲不快，但見他說話謙和，口口聲聲老前輩，送的又是這般珍貴非凡的異寶，足見對自己十分尊重，覺得這人年紀雖輕，行事果然不同，不覺平增好感，說話之間也客氣得多了。

各路賀客拜過壽後，晚上壽翁大宴賓朋。蓋孟嘗富甲保定，素來愛好交友，這天六十大壽，各處來的賀客竟有三千多人。孟伯飛掀鬚大樂，向各路英豪不停口的招呼道謝。大廳中開了七八十席。位望不高、輩份較低的賓客則在後廳和偏廳入席。

袁承志、程青竹、沙天廣三人都給讓在居中第一席上，孟伯飛在主位相陪。在第一席的還有老英雄鴛鴦膽張若谷、駐防保定府倒馬關的馮參將、永勝鏢局的總鏢頭董開山，此外也都是武林中的領袖人物。羣豪向壽翁敬過酒後，猜拳鬥酒，甚是熱鬧。

飯酒正酣，一名家丁匆匆進來，捧著一個拜盒，走到孟錚身邊，輕輕說了幾句。孟錚正陪客人飲酒，一聽家丁說話，忙站起來，走到孟伯飛身旁，說道：「爹，你老人家眞好大面子，神拳無敵歸二爺夫婦，帶了徒弟給您拜壽來啦。」孟伯飛一楞，道：「我跟歸老二素來沒交情啊！」揭開拜盒，見大紅帖子上寫著：「眷弟歸辛樹率門人暨犬子歸鍾敬賀」幾個大字，另有小字註著「菲儀黃金十兩」，帖子旁邊放著一對各重五兩的小小金元寶。孟伯飛心下甚喜，向席上衆賓說聲：「失陪。」帶了兩個兒子出去迎客。

不多時，只見他滿面春風，陪著歸辛樹夫婦、梅劍和、劉培生、孫仲君五人進來。歸二娘手中抱著那個皮包骨頭、奄奄一息的孩子歸鍾。

袁承志早站在一旁，作了一揖，道：「二師哥、二師嫂，您兩位好。」歸辛樹點點頭道：「嗯，你也在這裏。」歸二娘哼了一聲，卻不理睬。袁承志道：「師哥師嫂請上座，我與劍和他們一起坐好啦。」孟伯飛聽袁承志這般稱呼，笑道：「好哇，有這樣一位了不起的師哥撐腰，別說七省盟主，就是十四省盟主，也好當呀！」言下似是說袁承志少年得意，當上七省盟主，全是仰仗師兄的大力。袁承志微微一笑，也不言語。

歸辛樹這些日子忙於爲愛子覓藥，尙不知泰山大會之事，愕然問道：「甚麼盟主？」孟伯飛陪笑道：「我是隨便說笑，歸二哥不必介意。」當下請歸氏夫婦在鴛鴦膽張老英雄下首坐了。衆賀客均是豪傑之士，男女雜坐，並不分席。承志過去和青青、梅劍和等坐在一桌。程青竹和沙天廣卻去和啞巴、胡桂南同席。

歸辛樹與孟伯飛等互相敬酒。各人喝了三杯後，永勝鏢局總鏢頭董開山站起身來，說道：「兄弟酒量不行，各位寬坐。兄弟到後面歇一下。」歸辛樹冷然道：「我們到處找董鏢頭不到，心想定在這裏，果然不錯。」董開山神色尷尬，說道：「兄弟跟歸二爺往日無怨，近日無仇，歸二爺何必苦苦逼我？」衆人停杯不飲，望著二人。

孟伯飛笑道：「兩位有甚麼過節，瞧兄弟這個小面子，讓兄弟來排解排解。」說到排難解紛，於他實是生平至樂。董開山道：「在下久仰歸二爺大名，一向是很敬重的，不過素不相識，更不敢得罪了，不知何故一路跟蹤兄弟。」

孟伯飛一聽，心中雪亮：「好啊，你們倆都不是誠心給老夫拜壽來著。原來一個避難，一個追人。這姓董的既然瞧得我起，到了我屋裏，總不能讓他吃虧丟人。」便對歸辛樹道：「歸二爺有甚麼事，咱們過了今日再說。大家是好朋友，總說得開。董鏢頭要是得罪了歸二爺，他非得好好賠罪不可。」他不問情由，先派了董開山不是。

歸辛樹不善言辭，歸二娘一指手中孩子，說道：「這是我們二爺三房獨祧單傳的兒子，眼見病得快死啦。想求董鏢頭開恩，賜幾粒藥丸，救了這孩子條小命。我們夫婦永感大德。」孟伯飛道：「那是應該的。」轉頭對董開山道：「董鏢頭，救人一命，勝造七級浮屠。何況是歸二爺這樣的大英雄求你。甚麼藥丸，快拿出來吧！你瞧這孩子確是病重。」董開山道：「這茯苓首烏丸倘若是兄弟自己的，只須歸二爺一句話，兄弟早就雙手奉上了。不過這是鳳陽總督馬大人進貢的貢品，著落永勝鏢局送到京師。只消少了一顆，兄弟不免身家性命難保，非滿門抄斬不可。只得請歸二爺高抬貴手。」

衆人聽了這話，都覺事在兩難。馮參將聽得是貢物，忙道：「貢物就是聖上的東西，那一個大膽敢動？」歸二娘道：「哼，就算是玉皇大帝的，這一次也只得動上一動了。」馮參將喝道：「好哇，你這女人想造反麼？」歸二娘大怒，伸筷在碗中夾起一個牛肉圓，乘馮參將嘴還沒閉，噗的一聲，擲入了他口中。馮參將一驚，那知又是兩個牛肉圓接連而來，把他一張大嘴巴塞得滿滿的，呑也不是，吐也不是，登時狼狽不堪。

老英雄張若谷一見大怒，心想今天是孟兄弟壽辰，這般搞法豈不是存心搗蛋，隨手拿起桌上一隻元寶形筷架，用力一拍，筷架整整齊齊的嵌入了桌面。他明顯武功，要歸氏夫婦嚇得不敢生事惹非。

歸辛樹手肘靠桌，潛運混元功內力向下抵落，全身並未動彈分毫，嵌在桌面裏的筷架突然跳出，撞向張若谷臉上。張若谷急忙閃避，雖未撞中，卻已顯得手忙腳亂。他滿臉通紅，霍地站起，反手出掌，將桌面打下一塊，轉身對孟伯飛道：「孟老弟，老哥哥在你府上丟了臉了。」說著大踏步向外就走。職司招待的兩名孟門弟子上前說道：「張老爺子不忙，請到後堂用杯茶吧。」張若谷鐵靑著臉，雙臂分張，兩名弟子踉蹌跌開。

孟伯飛怫然不悅，心想好好一堂壽筵，卻給歸辛樹這惡客趕到鬧局，以致老朋友不歡而去，正要發話，馮參將十指齊施，不知使甚麼招式，已將兩個牛肉圓從口中挖出，先入口的一個卻終於嚥了下去，哇哇大叫：「反了，反了，這還有王法嗎？來人哪！」兩名親隨還不知老爺爲何發怒，忙奔過來。馮參將叫道：「抬我大關刀來！」

原來這馮參將靠著祖蔭得官，武藝低微，卻偏偏愛出風頭，要鐵匠打了一柄刀長背厚、鍍金垂纓、薄鐵皮的空心大關刀，自己騎在馬上，叫兩名親兵抬了跟著走，務須口中「杭育、杭育」，叫聲不絕，裝作十分沉重、不勝負荷的模樣，他只要隨手一提，卻顯得輕鬆隨便。旁人看了，自然佩服參將老爺神力驚人。他把「抬我大關刀來」這句話說順了口，這時脾氣發作，又喊了出來。兩名親隨一楞，這次前來拜壽，並未抬這累贅之物，一名親隨當即解下腰間佩刀，遞了上去。

孟伯飛知他底細，見他裝模作樣，又是好氣，又是好笑，連叫：「使不得。」

馮參將草菅人命慣了的，也不知歸辛樹多大來頭，眼見他是個鄉農模樣，那放在心上，站起身來接過佩刀，揮刀摟頭向歸二娘砍去。歸二娘右手抱著孩子，左手前探，彎食中兩指鉗住刀背，問道：「大將軍，你要怎樣？」

馮參將用力後拉，那知這把刀就如給人用鐵鉗鉗住了，力拉之下，竟紋絲不動。他雙手握住刀柄，雙足紮起馬步，運力往後拉奪，霎時間一張臉漲得通紅，手中雖無大關刀，但臉如重棗，倒也宛若關公，所差者也不過關公的丹鳳眼變成了馮公的鬥鷄眼而已。歸二娘突然放手。馮參將仰天便跌，跌得結結實實，刀背砸在額頭之上，登時腫起了圓圓一塊，有似適才吞下肚去的牛肉圓鑽上了額頭。兩名親隨忙搶上扶起。馮參將不敢罵人，不敢開口說話，手按額頭，三腳兩步的走了。只聽他出了廳門，這才一路大聲喝罵親隨：「混帳王八蛋！就是怕重偷懶，不抬老爺用慣了的大關刀來。否則的話，還不是一刀便將這潑婦劈成兩半。」

董開山乘亂想溜。歸辛樹道：「董鏢頭，你留下丸藥，我決不難為你。」董開山受逼不過，站到廳心，叫道：「姓董的明知不是你神拳無敵的對手。性命是在這裏，你要，就來拿去吧。」歸二娘道：「誰要你性命？把丸藥拿出來！」

孟伯飛的大兒子孟錚忍耐不住，叫道：「歸二爺，我們孟家沒得罪了你，你們有過節，請到外面去鬧。」歸辛樹道：「好，董鏢頭，咱們出去吧。」董開山卻不肯走。

歸辛樹不耐煩了，伸手往他臂上抓去。董開山疾向後退，歸辛樹手掌跟著伸前。董開山既做到鏢局子的總鏢頭，武功自然也非泛泛，眼見歸辛樹掌到，疾忙縮肩，出手相格，卻那碰得到對方手掌？但聽得嗤的聲響，肩頭衣服已給削下一塊。

孟錚搶上前去，擋在董開山身前，說道：「歸二爺，董鏢頭是來賀壽的客人，不能讓他在舍下受人欺侮。」歸二娘道：「那怎樣？我們當家的不是叫他出去嗎？」孟錚道：「你們有事找董鏢頭，不會到永勝鏢局去找？幹麼到這裏攪局？」言下越來越不客氣。歸二娘厲聲道：「就算攪了局，又怎麼樣？」這些日子來她心煩意亂，兒子病重難愈，自己的命也不想要了，否則以孟伯飛在武林中的聲望地位，她決不能如此上門胡來。

孟伯飛氣得臉上變色，站了起來，道：「好哇，歸二爺瞧得起，老夫就來領教領教。」孟錚道：「爹爹，今兒是您老人家好日子。兒子來。」命家丁搬開廳中桌椅，露出一片空地，叫道：「你們要攪局，索性大攪。歸二爺，這就顯顯你的無敵神拳！」

歸二娘冷笑道：「你要跟我們當家的動手，再練二十年，還不知成不成？」

孟錚已盡得孟伯飛快活三十掌眞傳，方當壯年，生平少逢敵手，雖然久聞神拳無敵大名，但當著數千賓朋，這口氣那裏咽得下去？喝道：「歸老二，你強兇霸道，到這裏來撒野！孟少爺拳頭上只要輸給了你，任憑你找董鏢頭算帳，我們孟家自認沒能耐管這件事。要是勝了你，卻又怎樣？」歸辛樹不愛多言，低聲道：「你接得了我三招，歸老二跟你磕頭。」旁人沒聽見，紛紛互相詢問。孟錚怒極而笑，大聲說道：「各位瞧這人狂不狂？他說只要我接得他三招，他就向我磕頭。哈哈，是不是啊，歸二爺？」

歸辛樹道：「不錯，接招吧！」呼的一聲，右拳「泰山壓頂」，猛擊下來。

這時青青已站到袁承志身邊，低聲道：「你師哥學了你的法子。」袁承志道：「怎麼？」青青道：「你跟他徒弟比拳，不也是限了招數來讓他接麼？」袁承志道：「這姓孟的不識好歹，他那知我師哥神拳的厲害。」

孟錚見對方拳到，硬接硬架，右臂用力上擋，左手隨即打出重拳。兩人雙臂一交，歸辛樹心道：「此人狂妄，果然有點功夫。」左掌啪的一聲，打中他左肘，發力往外送出。那知孟錚的功夫最講究馬步堅實，這一送竟只將他推得身子晃了幾晃。袁承志低聲道：「糟糕，這一招沒打倒他，姓孟的要受重傷。」但見歸辛樹跟著揮掌打出，孟錚雙臂奮力推抵，猛覺一股勁風逼到，登時神智胡塗，仰天跌倒，昏暈過去。

眾人大聲驚呼。孟伯飛和孟鑄搶上相扶，只見孟錚慢慢醒轉，口中連噴鮮血，一口氣漸漸接不上來。歸辛樹剛才一送沒推動他，只道他武功果高，言明只使三招，第三掌便出了全力。孟錚拚命架得兩招，力氣已盡，這第三招就算輕輕一指，也就倒了，這股掌力排山倒海而來，又怎禁受得住？歸辛樹萬想不到他已經全然無力抵禦，眼見他受傷必死，倒也頗爲後悔。

丁甲神丁遊是孟錚的至交好友，他和孟鑄兩人氣得眼中冒火，齊向歸辛樹撲擊。孟伯飛忙給兒子推宮過血，眼見他氣若遊絲，不禁老淚泉湧，突然轉身，向歸辛樹打來。

歸辛樹見正點子董開山乘機想溜，回身下挫，從丁遊與孟鑄拳下鑽過，伸指在董開山脅下點落。董開山登時呆住，左足在前，右足在後，一副向外急奔的神氣，卻移動不得半步，嘴裏兀自在叫：「歸老二，老子……老子跟你拚了！」

這時孟伯飛已跟歸二娘交上了手，兩人功力相當，歸二娘吃虧在抱了孩子，給他勢如瘋虎般的一輪急攻，迭遇險招。梅劍和、劉培生、孫仲君三人也已跟孟門弟子打得十分激烈。程青竹對袁承志道：「袁相公，咱們快勸，別弄出大事來。」袁承志道：「我師哥師嫂跟我很有嫌隙，我若出頭相勸，事情只有更糟，且看一陣再說。」

這時歸辛樹上前助戰，不數招已點中孟伯飛的穴道。他在大廳中東一晃，西一閃，片刻之間，已將孟家數十名弟子親屬全都點中穴道。這些人有的伸拳，有的踢足，有的彎腰，有的扭頭，姿式各不相同，然而個個動彈不得，只眼珠骨碌碌的轉動。賀客中雖有不少武林高手，但見神拳無敵如此厲害，那個還敢出頭？

歸二娘對梅劍和道：「搜那姓董的。」梅劍和解下董開山背上包裹，在他全身裏裏外外仔細搜索，卻那裏有茯苓首烏丸的蹤影？歸辛樹解開他穴道，問道：「丸藥放在那裏？」董開山道：「哼，想得丸藥，跟我到這裏來幹甚麼？虧你是老江湖了，連這金蟬脫殼之計也不懂。」歸二娘怒問：「甚麼？」董開山道：「丸藥早到了北京啦。」歸二娘又驚又怒，喝道：「當眞？」董開山道：「我仰慕孟老爺子是好朋友，專誠前來拜壽。難道明知你們想搶丸藥，還會把這東西帶上門來連累他老人家？」

衆人聽了，都覺董開山有理，紛紛指責歸氏夫婦，喝叫他們一行快快離去。歸氏夫婦莽撞暴躁，不善應變，一時不知如何是好。梅劍和等三人也都停手罷鬥。

聖手神偷胡桂南走到袁承志身邊，低聲道：「袁相公，這鏢頭扯謊。」

袁承志道：「怎麼？」胡桂南道：「他的丸藥藏在這裏。」說著向「壽」字大錦軸下的一盤壽桃一指。袁承志很是奇怪，低聲問道：「你怎知道？」胡桂南笑道：「這些江湖上偷偷摸摸的勾當，別想逃過我眼睛。」青青在一旁聽著，笑道：「旁人想在神偷老祖宗面前搞鬼，當眞是魯班門前弄大斧了。」胡桂南笑道：「姓胡的別的能耐是半點沒有，說到偷偷摸摸甚麼的勾當，卻輸不了給人。這姓董的好刁滑，他料到歸二爺定會追來，因此把丸藥放在壽桃之中，等對頭走了，再悄悄去取出來。」

袁承志點點頭，從人叢中出來，走到孟伯飛身邊，伸掌在他「璇璣」、「神庭」兩穴上按捏推拿幾下，內力到處，孟伯飛身子登時活動。

歸二娘厲聲道：「怎麼？你又要來多管閒事？」把孩子往孫仲君手裏一送，伸手往袁承志肩頭抓來。袁承志往左偏讓，避開了她這抓，叫道：「師嫂，且聽我說話。」

孟伯飛筋骨活動之後，左掌「瓜棚拂扇」，右掌「古道揚鞭」，連續兩掌，向歸二娘拍來。他這快活三十掌馳譽武林，自有獨得之秘，遇到歸辛樹時棋差一著，縛手縛腳，但與歸二娘卻不相上下。兩人拳來掌往，迅即交了十多招。歸辛樹道：「你讓開。」歸二娘往左閃開。孟伯飛右掌飛上。歸辛樹側拳而出，不數招又已點中了他穴道。袁承志若再過去解他穴道，勢必跟師哥動手，當下皺眉不動。

歸二娘脾氣本來暴躁，這時愛子心切，行事更增了幾分乖張，叫道：「姓董的，你不拿藥出來，我把你兩條臂膀折了。」左手拿住董開山手腕，將他手臂扭轉，右拳起在空中，只消下落，一拳打在肘關節上，手臂立斷。董開山咬緊牙關，低聲道：「藥不在我這裏，折磨我也沒用。」賀客中有些人瞧不過眼，挺身出來叫陣。

袁承志眼見局面大亂，叫道：「大家住手！」叫了幾聲，沒人理睬，心想：再過得片刻，倘若殺傷了人命，那就難以挽救，非快刀斬亂麻不可。突然縱起，落在孫仲君身旁，左手一招「雙龍搶珠」，食中二指往她眼中挖去。孫仲君大驚，疾忙伸右臂擋架。豈知他這一招只是聲東擊西，乘她忙亂中迴護眼珠，右掌在她肩頭輕推，孫仲君退開三步，懷中孩子已給袁承志夾手搶去。孫仲君大驚，急叫：「師父，師娘！快，快，他搶了小師弟……」

歸辛樹夫婦回過頭來。袁承志已抱著孩子，跳上一張桌子，叫道：「青弟，劍！」青青擲過劍去，袁承志伸左手接住了，叫道：「大家別動手，聽我說話。」

歸二娘紅了眼睛，嘶聲叫道：「小雜種，你敢傷我孩子，我……我跟你拚了！」說著要撲上去拚命。歸辛樹左手拉住，低聲道：「孩子在他手裏，別忙。」袁承志道：「二師哥，請你把孟老爺子的穴道解開了。」歸辛樹鐵青著臉哼了一聲，雖然怒極，還是依言將孟伯飛穴道拍開。

袁承志叫道：「各位前輩，衆家朋友。我師哥孩子有病，要借貪官馬士英的丸藥救命，可是這位董鏢頭甘心給贓官賣命，我師哥才跟他過不去。孟老爺子是好朋友，今日是他老人家千秋大喜之日，我們決不會有意前來無禮擾局。」衆人一聽，都覺奇怪，明明見他們師兄弟互鬥，怎麼他卻幫師兄說起話來了？歸氏夫婦更加驚異。歸二娘又叫：「快還我孩子！」

袁承志高聲道：「孟老爺子，請你把這盤壽桃擘開來瞧瞧，中間可有點兒古怪。」

董開山一聽，登時變色。孟伯飛不知他葫蘆裏賣甚麼藥，依言擘開一個壽桃，只見棗泥餡子之內露出一顆白色蠟丸，不禁一呆，一時不明是甚麼東西。

袁承志高聲說道：「這董鏢頭要是眞有能耐給贓官賣命，那也罷了，可是他心腸狠毒，前來挑撥離間，要咱們壞了武林同道的義氣。孟老爺子，這幾盤壽桃是董鏢頭送的，是不是？」孟伯飛點點頭。袁承志又道：「他把丸藥藏在壽桃之內，明知壽桃一時不會吃，等壽筵過了，我師哥跟孟老爺子傷了和氣，他再偷偷取出，送到京裏，豈不是奇功一件？」

袁承志怕歸氏夫婦來奪孩子，仍高高站在桌上，左手高舉利劍，以阻人來奪孩子，叫道：「青弟、勝海、胡桂南胡兄，請你們去擘開壽桃，取出藥丸來。」

青青等三人依言走向中堂大畫軸下的供桌邊，把董開山所送那盤壽桃都擘開了，從餡裏取出四十顆藥丸。衆賀客靜靜旁觀，都張大了嘴，不住議論：「咦！」「啊！」「還有！」「沒啦！」「都取出來了！」「這董鏢頭可眞夠神的。」「這年輕相公怎麼知道？」「你去問他啊，問我幹麼？」

青青等三人把別的壽桃也都擘開了，遍尋更無餘藥，青青拍拍手，笑道：「都在這兒啦，再沒有了！」笑逐顏開，嘻嘻哈哈的捧著一把藥丸，舉起交給承志。承志將劍交了給她，空出手來接過一顆藥丸，說道：「請去拿杯淸水來，要溫的，別太熱太涼！」

孟家僕人聽到，即刻轉身去端了杯水來，交給青青。

承志捏破手中的白色蠟丸，芳香撲鼻，露出龍眼大一枚朱紅丸藥。他怕藥力過猛，孩子挺受不起，捏開丸藥只用半顆，在清水中調了，餵入孩子口中。那孩子早已氣若遊絲，也不哭鬧，一口口的都嚥了。歸二娘雙目含淚，又是感激，又是慚愧，心想今天若不是小師弟識破機關，就算殺了那董鏢頭，也仍救不了兒子的命，還得罪了不少英雄豪傑，累了丈夫一世英名。

袁承志等孩子服過藥後，跳下桌子，雙手抱著孩子交過。歸二娘接過，低聲道：「師弟，我們夫婦真是感激不盡。」歸辛樹只道：「師弟，你很好，很好。」青青和胡桂南、洪勝海把丸藥盡數都遞給歸二娘，青青笑道：「孩子再生幾場重病，也夠吃的了。」歸二娘心中正自歡喜不盡，也不理會她話中含刺，連聲稱謝接過。

歸辛樹忙著給點中穴道的人解穴，解一個，說一句：「對不住！」孟伯飛默然，心想：「你兒子是救活了，我兒子卻給你打死了。定當邀約能人，報此大仇。」

袁承志見孟門弟子抬了垂死的孟錚正要走入內堂，叫道：「請等一下。」孟鑄怒道：「我哥哥已死定啦，還想怎樣？」袁承志道：「我師哥素來仰慕孟老爺子的威名，親近還來不及，那會眞的傷害孟大哥性命？這一掌雖然使力大了一點，但孟大哥性命無礙，儘可不必擔心。」衆人一聽，都想：「眼見他受傷這般沉重，你這話騙誰？」

袁承志道：「我師哥並未存心傷他，只要給孟大哥服一劑藥，調養一段時候，就沒事了。」說著從懷中取出金盒，揭開盒蓋，拿了一隻朱睛冰蟾出來，用手捏碎，在碗中沖酒調合，給孟錚喝了下去。不一刻，孟錚果然臉上見紅，呻吟呼痛。孟伯飛喜出望外，忍不住淚水直流，顫聲道：「袁相公，袁盟主，你眞是我兒子的救命恩人。」袁承志連聲遜謝。當下孟鑄指揮家人，將兄長抬到內房休息。廳上重整杯盤，開懷暢飮。

歸二娘向孟伯飛道：「孟老爺子，我們實在鹵莽，千萬請你原諒。」一拉丈夫，與三個徒弟一齊拜了下去。孟伯飛呵呵笑道：「兒子要死，誰都心慌，老夫也是一般，這也怪不得賢孟梁。」當即跪下還禮。歸氏夫婦又去向適才動過手的人分別道歉，打躬作揖，極盡禮數。羣雄暢飮了一會。孟伯飛終不放心，進去察看兒子傷勢，見他沉沉睡熟，呼吸勻淨，料已無事，這才當眞放心。

孟伯飛心無掛礙，出來與敬酒的賀客們酒到杯乾，直飮到八九分。他更叫拿大碗來，滿滿斟了兩碗，端到袁承志面前，朗聲說道：「袁盟主，泰山大會上衆英雄推你爲尊，老實不客氣說，在下本來心裏不服。但今日你的所作所爲，在下不但感激，且是佩服得五體投地。來，敬你一碗。」端起大碗，骨都都一口氣將酒喝了。袁承志酒量本不甚高，但見他一番美意，也只得把碗中酒乾了。羣雄轟然叫好。孟伯飛大拇指一翹，說道：「袁盟主此後但有甚麼差遣，在下力量雖小，要錢，十萬八萬銀子還對付得了。要人，在下父子師徒，自然赴湯蹈火，在所不辭。要再邀三四百位英雄好漢，在下也還有這點小面子。」

袁承志見他說得豪爽，又想一場大風波終於順利化解，師兄弟間原來的嫌隙也煙消雲散，很是暢快。這一晚衆人盡醉而散，那董鏢頭早不知躲到那裏去了。崇禎皇帝既得不到靈藥，難以延年益壽，他董總鏢頭自己如何延年益壽，這大事自須儘早安排。

袁承志等人在孟家莊盤桓數日，幾次要行，孟伯飛總是苦留不放。孟錚受的是外傷，這幾日中好得甚快。歸辛樹的兒子歸鍾服了茯苓首烏丸後，靈藥有效，果然也是一日好於一日。歸辛樹夫婦心中歡喜無限，那也不用說了，還分了三顆茯苓首烏丸給孟錚，以資傷後調補。

到第七日上，蓋孟嘗雖然好客，也知不能再留，只得大張筵席，替歸辛樹與袁承志等送行。席間程青竹說道：「孟老哥，永勝鏢局那姓董的不是好東西，他失卻貢品交代不了，又找不上歸二爺，只怕要推在老哥身上，須得提防一二。」孟伯飛道：「這小子要是眞來惹我，可不再給他客氣。」歸二娘道：「孟老哥，這全是我們惹的事，要是有甚麼痲煩，可千萬得給我們送信。」孟伯飛道：「好！這小子我不怕他。」沙天廣道：「就須防他勾結官府。」孟伯飛哈哈笑道：「要是混不了，我就學你老弟，佔山爲主。」

羣雄在笑聲中各自上馬而別。歸二娘抱了孩子，歸辛樹拉著袁承志的手，心想大恩難報，空言無用，只誠誠懇懇的道：「師弟，自今而後，你便如我的親兄弟一般！」承志道：「是，二哥！」歸氏夫婦帶著三個徒弟欣然南歸。袁承志、青青、程青竹、沙天廣、啞巴、鐵羅漢、胡桂南、洪勝海等押著鐵箱，連騎北上。

這日來到高碑店，天色將暮，因行李笨重，也就不貪趕路程，當下在鎮西的「燕趙居」客棧歇宿。眾人行了一天路，都已倦了，正要安睡，忽然門外車聲隆隆，人語喧嘩，吵得雞飛狗走。除啞巴充耳不聞之外，各人都覺奇怪。只聽得聲音嘈雜，客店中湧進一羣人來，聽他們嘰哩咕嚕，說的話半句也不懂。

眾人出房看時，只見廳上或坐或站，竟是數十名外國兵，拿著奇形怪狀的兵器，亂鬨鬨的說話。袁承志等從沒見過這等綠眼珠、高鼻子的外國人，都感驚奇，注目打量。

忽聽得一個中國人向掌櫃大聲呼喝，要他立即騰出十幾間上房來。掌櫃道：「大人，實在對不住啦，小店幾間上房都已住了客人。」那人不問情由，順手就是一記耳光。那掌櫃左手按住面頰，又氣又急，說道：「你……你……」那人喝道：「不讓出上房來，放火把你店子燒了。」掌櫃無法，只得來向洪勝海哀求，打躬作揖，請他們挪讓兩間房。

沙天廣道：「好哇，也有個先來後到。這人是甚麼東西？」掌櫃忙道：「達官爺，別跟這吃洋飯的一般見識。」沙天廣奇道：「他吃甚麼洋飯？吃了洋飯就威風些麼？」掌櫃的悄聲道：「這些外國兵，是運送紅夷大砲到京裏去的。這人會說洋話，是外國大人的通譯。」袁承志等這才明白，原來這人狐假虎威，仗著外國兵的勢作威作福。

沙天廣鐵扇一展，道：「我去教訓教訓這小子。」袁承志一把拉住，說道：「慢來！」把衆人邀入房裏，說道：「先父當年鎭守關遼，寧遠兩仗大捷，很得力於西洋國的紅夷大砲，殺傷滿洲官兵甚多。現下滿淸兵勢猖獗，這些外國兵旣是運砲去助戰的，咱們就讓一讓吧。」沙天廣道：「難道就由得這小子發威？」袁承志道：「這種賤男子，何必跟他一般見識。」衆人聽他如此說，就騰了兩間上房出來。

那通譯姓錢名通四，見有了兩間上房，雖仍呶呶責罵，也不再叫掌櫃多讓房間了。他出去了一會，領了兩名外國軍官進店。

這兩個外國軍官一個四十餘歲，另一個三十來歲。兩人嘰哩咕嚕說了一會話，那年輕軍官出去陪著一個西洋女子進來。這女子年紀甚輕，青青等也估不定她有多大年紀，料想是二十歲左右，一頭黑髮，襯著雪白的肌膚，眼珠卻是碧綠，全身珠光寶氣，在燈下燦然閃耀。

袁承志從沒見過外國女人，不免多看了幾眼。青青卻不高興了，低聲問：「你說這女人好看麼？」袁承志道：「外國女人原來這麼愛打扮！」青青哼了一聲。

次日清晨起來，大夥在大廳上吃麵點。兩個外國軍官和那女人坐在一桌。通譯錢通四不住過去諂媚，卑躬屈膝，滿臉陪笑，等回過頭來，卻向店伴大聲呼喝，要這要那，稍不如意，就是一記巴掌。

程青竹實在看不過眼了，對沙天廣道：「沙兄，瞧我變個小小戲法！」當下也不回身，順手向後一揚，手中的一雙竹筷飛了出去，噗的一聲，正插入了錢通四口裏，把他上下門牙撞得險些兒掉將下來。程青竹所用暗器就是一枝枝細竹，這門青竹鏢絕技，二十步內打人穴道，百發百中，勁力不輸鋼鏢。也是他聽了袁承志的話才手下留情，否則這雙筷子稍高數寸，錢通四的一雙眼珠就別想保住了。

錢通四痛得哇哇大叫，可還不知竹筷是那裏飛來的。兩個外國軍官叫他過去查問。錢通四說了，那女子笑得花枝招展，耳環搖晃。

年長的軍官向袁承志這一桌人望了幾眼，心想多半是這批人作怪，拿起桌上兩隻酒杯，忽往空中擲去，雙手已各握了一枝短槍，一槍一響，把兩隻酒杯打得粉碎。袁承志等聽得巨響，都嚇了一跳，心想這火器果然厲害，而他放槍的準頭也自不凡。

年長軍官面有得色，從火藥筒中取出火藥鉛丸，裝入短槍，對年輕軍官道：「彼得，你也試試麼？」彼得道：「我的槍法怎及得上咱們葡萄牙國第一神槍手？」那西洋女人微笑道：「雷蒙是第一神槍手麼？」彼得道：「若不是世界第一，至少也是歐洲第一。」雷蒙笑道：「歐洲第一，難道不就是世界第一麼？」彼得道：「東方人很古怪，他們有許多本領，比歐洲人厲害得多，因此我不敢說。若克琳，你說是麼？」若克琳笑道：「我想你說得對。」

袁承志等聽三人嘰哩咕嚕的說話，自是半句不懂。

雷蒙見若克琳對彼得神態親熱，頗有妒意，說道：「東方人古怪麼？」又是兩槍連發，這一次卻是瞄準了青青的頭巾。火光一閃，青青的頭巾打落在桌，露出了一頭女子的長髮。袁承志等齊吃一驚。雷蒙與另桌上的許多外國兵都大笑起來。

青青大怒站起，颼的一聲，長劍出鞘。袁承志心想：「要是動手，對方火器厲害，雙方必有死傷。這些外國兵是去教官兵放砲打滿清韃子的，殺了他們於國家有損，還是忍一下。」對青青道：「青弟，算了吧。」青青向三個外國人怒目橫視，坐了下來。

若克琳笑道：「原來是個姑娘，怪不得這般美貌。」雷蒙笑道：「好呀，你早在留心人家小夥子美不美啦。」彼得道：「她還會使劍呢，好像想來跟我們打一架。」雷蒙道：「她來時誰去抵敵？彼得，咱倆的劍法誰好些？」彼得道：「我希望永遠沒人知道。」雷蒙臉有怒色，問道：「為甚麼？」若克琳道：「喂，你們別為這個吵嘴。」抿嘴笑道：「東方人很神秘，只怕你們誰也打不贏這漂亮大姑娘呢。」

雷蒙叫道：「通四錢，你過來！」錢通四連忙過去，道：「上校有甚麼吩咐？」雷蒙道：「你去問那個大姑娘，是不是要跟我比劍？快去問。」錢通四道：「是，是！」雷蒙從袋裏抓出十多塊金洋，拋在桌上，笑道：「她要比，就過來。只要贏了我，這些金洋都是她的。她輸了，我可要親一個嘴！你快去說，快去說。」

錢通四大模大樣的走了過去，照實對青青說了，說到最後一句「親一個嘴」時，青青反手一掌，啪的一聲大響，正中他右頰。這一掌勁力好大，錢通四「哇」的一聲，吐出了滿口鮮血，四枚大牙，「啊，啊！」大叫，半邊臉頰登時腫了起來，從此嘴裏四通八達，當眞不枉了通四之名。

雷蒙哈哈大笑，說道：「這女孩子果然有點力氣！」拔出劍來，在空中呼呼呼的虛劈了幾下，走到大廳中間，叫道：「來，來，來！」

青青不知他說些甚麼，但瞧他神氣，顯然便是要和自己比劍，當即拔劍出座。

袁承志道：「青弟，你過來。」青青以爲他要攔阻，身子一扭，道：「我不來！」袁承志道：「我教你怎樣勝他。」青青適才眼見那外國人火器厲害無比，只怕劍法也是如此威力驚人，又或是劍上會放出些甚麼霹靂聲響的物事來，本有些害怕，一聽大喜，忙走過來。袁承志道：「瞧他剛才砍劈這幾下，出手敏捷，勁道也足。他這劍柔中帶韌，要防他直刺，不怕他砍削。」青青道：「那麼我可想法子震去他劍！」袁承志喜道：「不錯，正是這樣，但別傷了他。」

雷蒙見兩人談論不休，心中焦躁，叫道：「快來，快來！」

青青反身躍出，回手突然出劍，向他肩頭削去。雷蒙萬想不到她出手如此快捷，總算他是葡萄牙的劍術高手，又受過法國與意大利名師的指點，危急中滾倒在地，舉劍格擋，錚的一聲，火花四濺，站起身來，已嚇出了一身冷汗。若克琳在一旁拍手叫好。

兩人展開劍術，攻守刺拒，鬥了起來。

袁承志細看雷蒙的劍法，見他迴擋進刺，甚是快速。鬥到酣處，青青劍法忽變，全是虛招，劍尖即將點到，立即收回，這是棋仙派的「雷震劍法」，六六三十六招，竟無一招實招，那是雷震之前的閃電，把敵人弄得頭暈眼花之後，跟著而上的便是雷轟霹靂的猛攻。雷蒙劍法雖然高明，但這樣的劍術卻從來沒見過，只見對方劍尖亂閃，似乎劍劍要刺向自己要害，待得舉劍抵擋，對方卻不攻來。西方劍術中原也有佯攻僞擊的花招，但最多一二招而已，決無數十招都是佯攻的，心想這種花巧只圖好看，有何用處？正要笑罵，青青突然揮劍猛劈。雷蒙舉劍擋架，虎口劇震，長劍脫手飛出。

青青乘勢直上，劍尖指住他胸膛。雷蒙只得舉起雙手，作投降服輸之狀。青青嘻嘻一笑，收劍回座。雷蒙滿臉羞慚，想不到一向自負劍術高強，竟會敗給一個中國少女。

若克琳笑吟吟的拿起桌上那疊金幣，走過來交給青青。青青搖手不要。若克琳一面笑，一面咭咭咯咯的大說葡語，定要給她。程青竹伸手接過，將十多塊金洋疊成一疊，雙掌用力在兩端抵住，運起內力，過了一陣，將金幣還給若克琳。若克琳接了過來，想再交給青青，一拿上手，不覺大吃一驚，原來十多枚金幣已互相黏住，結成一條圓柱，竟然拉不開來，不禁睜大了圓圓的眼睛，喃喃說道：「東方人眞是神秘，眞是神秘！」回去把金柱給兩個軍官看。雷蒙道：「這些人有魔術！」彼得道：「別惹他們啦！走吧！」兩人傳下號令，不一會只聽得門外車聲隆隆，拖動大砲而去。

鐵羅漢道：「紅夷大砲到底是甚麼樣子？我從來沒見過。」胡桂南道：「咱們去瞧瞧。」沙天廣笑道：「胡兄，要是你能妙手空空，偷一尊大砲來，那我就佩服你了。」胡桂南笑道：「大砲這笨傢伙倒眞沒偷過。咱們要不要打個賭？」沙天廣笑道：「大砲是拿去打滿淸韃子的，可偷不得，否則我眞要跟你賭上一賭。」衆人在笑語聲中出店。不一刻，已追過押運大砲的軍隊。見大砲共有十尊，均是龐然大物，單觀其形，已是威風凜凜，每尊砲用八匹馬拖拉，後面又有伕役推送，砲車過去，路上壓出了兩條深溝。

羣雄馳出二十餘里，忽聽前面鑾鈴響處，十多騎迎面奔來。待到臨近，見馬上乘者負弓持箭，馬上掛滿獐兔之類的野味，却是出來打獵的。這些人衣飾華貴，都是緞袍皮靴，氣派甚大，環擁着一個韶齡少女。

那少女見了袁承志等人，拍馬迎上，叫道：「師父，師父！」程青竹笑道：「好哇，你也來啦！」原來那少女便是他的女徒阿九。青青等在劫鐵箱時曾和她會過。她上次穿件青布衣衫，似個鄉下姑娘，這時卻打扮得明艷無倫，衣飾華貴，左耳上戴著一粒拇指大的珍珠，衣襟上一顆大紅寶石，閃閃生光。這小姑娘荊釵布裙，裝作鄉姑時秀麗脫俗，清若水仙，這時華服珍飾，有如貴女，花容至豔，玫瑰含露，袁承志心中砰的一跳，似是給內家高手擊了一拳，忙轉過了頭，不敢多看。阿九見了袁承志，嫣然一笑，道：「你跟我師父在一起？」袁承志笑著點點頭。阿九向沙天廣道：「沙寨主，咱們不打不成相識！」

程青竹叫她見過了胡桂南、鐵羅漢等人，問道：「你到那裏去？」阿九道：「出來打獵，瞧我走得遠不遠？」程青竹道：「我們正要上京，你跟我們一起去吧！」阿九很是歡喜，說道：「好！」傍在師父身邊，並馬而行。袁承志和青青見她雖然幼小，但自有一股頤指氣使的勢派，氣度高華，衆隨從奉命唯謹，聽她指揮。不禁納悶，當日山東道上初遇，本以爲她是程青竹的孫女，後來才知是徒弟。這時看來，竟是一位豪門巨室的嬌女，出來打獵，竟帶了這許多從人，也不知如何會拜程青竹爲師，又混在青竹幫中，倒眞奇了。

當晚在飲馬集投店。袁承志和青青見阿九的從人說話都帶官腔，除了對阿九十分恭謹之外，對旁人誰也不理，神態倨傲，單獨看來，一個個竟是官宦，那裏像是從僕，心下更奇。青青向阿九道：「九妹妹，那日咱們大殺官兵，打得好痛快，後來忽然不見了你。你這樣美貌，我那天一見，便永遠忘不了。我老是惦記，你到那裏去了？」阿九早瞧出她是女子，臉上一紅，唔了一聲，道：「姊姊，你才美呢！我怎及得上？你不用脂粉嗎？」竟顧左右而言他。青青待要追問，程青竹忽在對面連使眼色。青青微微一笑，道：「在道上走，滿頭滿臉的灰土，打扮給誰看啊？」各人閒談了一會，分別安寢。

袁承志回房後正要上床，程青竹走進房來，說道：「袁相公，有一件事想跟你說。」袁承志道：「好，請坐！」程青竹低聲道：「還是到外面空曠之地說的好。」袁承志知是機密之事，於是穿上長衣，出了客店，來到鎮外一個小山崗上。

程青竹見四下無人，說道：「袁相公，我這女徒弟阿九來歷很是奇特。她於我曾有大恩，拜師之時，我曾答允過，決不洩露她身分。」袁承志道：「我也瞧她並不尋常。你既答允過她，就不用對我說了。」程青竹道：「她手下所帶的都是官府中人，因此咱們的圖謀，決不可在他們面前漏了口風。」袁承志點頭道：「原來果然是官府中人。」程青竹道：「料想這女徒是決不致賣我，但她年紀小，世事多變，終究難料。」袁承志道：「咱們在她跟前特別留神就是了。」兩人三言兩語就說完了，下崗回店。

來到客店門口，只見一個漢子從東邊大街上過來，手裏提著盞燈籠，閃身進店。微光之下，袁承志見那漢子有些眼熟，一時想不起在那裏見過。睡在床上，一路往回推溯，細想在孟家莊壽筵、在泰山大會、在奪鐵箱時亂戰、在南京、在衢州靜岩、在闖王軍中，都沒見過這人，然而以前一定會過，此人到底是誰？

正自思索，忽然門上有輕輕剝啄之聲，便披衣下床，問道：「誰呀？」門外青青笑道：「要不要吃東西？」袁承志點燈開門，見她托著隻盤子，裝著兩隻碗，每碗各有三個鷄蛋，想是剛才下廚做的。袁承志笑道：「多謝了，這麼晚了，怎還不睡？」青青低聲道：「我想著那阿九很古怪，睡不著。知道你也在想她，也一定睡不著。」說著淺淺一笑。袁承志笑道：「我想她幹麼？」青青笑道：「想這個姑娘當眞美之極矣，美得不像是人！你說她美不美？」袁承志知她很小性兒，如說阿九美，定要不高興，說阿九不美吧，又是明明撒謊，既違良心，她也不信，只得笑道：「不像是人，像女鬼嗎？」青青道：「你心裏明明想說她像仙女，偏又不說。」承志拿匙羹抄了個鷄蛋，咬了一口，突然把匙羹一擲，叫道：「對了，原來是他。」

青青嚇了一跳，問道：「甚麼是他？」袁承志道：「回頭再說，快跟我出去。」青青見他不吃鷄蛋，有些著惱，問：「到那裏去？」袁承志從洪勝海身旁拿了一柄劍，交給她道：「拿著。」青青接住，才知是要去會敵。原來袁承志一吃到鷄蛋，忽然想起當年在安大娘家裏，錦衣衛胡老三來捉小慧，他拚命抵抗，幸得安大娘及時趕回，用鷄蛋擊打胡老三，才將他趕跑。剛才見到的就是那個胡老三了，不知他鬼鬼祟祟的來幹甚麼，須得探個明白。

兩人矮著身子，到每間店房下側耳傾聽，來到一間大房後面，果然聽到有人在談論。正要竊聽，房門推開，有人出來。袁承志在青青耳邊低語：「你叫沙天廣他們防備，我跟著去瞧瞧。」青青點點頭，低聲道：「小心了。」

袁承志站在暗處，見第一個出來的正是胡老三，後面跟著八名手持兵刃之人，燭光下看得明白，都是阿九的從人。九人一一越牆而出。青青低聲道：「啊，是他們！我早知這女娃子很有古怪。」袁承志也感奇怪，當下越牆出店，悄悄跟在九人之後。

那九人全不知有人跟蹤，出市鎮行得里許，走向一座大屋。胡老三一叫門，大門打開，放了九人進去。

袁承志繞到後門，越牆入內，走向窗中透出燈光的一間廂房，躍上屋頂，輕輕揭開瓦片，望將下去，見房中坐著一個四十來歲的漢子，身材高大。胡老三與阿九的八名從人魚貫入房，向那人行禮參見。只聽胡老三道：「小的在鎮上撞見王副指揮，知道他們湊巧在這裏，因此上邀了這幾位來做幫手。」那人道：「好極了，好極了！王副指揮怎麼說？」一人道：「王副指揮說，既然安大人有事，當得效勞！」那安大人道：「這次要是得手，大夥兒這件功勞可不小啊，哈哈！」一人道：「全憑大人栽培。」安大人道：「咱們哥兒可別分誰是內廷侍衛，誰是錦衣衛的，大夥兒都是爲皇上出力！」衆人道：「安大人說得是，全憑您老吩咐。」安大人道：「好啊！走吧。」

袁承志更是驚奇，心想：「胡老三和安大人一夥是錦衣衛的，那麼阿九那些隨從竟是內廷侍衛了。阿九這小姑娘到底幹甚麼的，怎地帶了一批內廷侍衛到處亂走？」

過不多時，安大人率領衆人走出。袁承志伏在屋頂點數，見共有一十六人，知道安大人自己帶著六人，等衆人走遠，又悄悄跟在後面。這批人越走越荒僻，走了七八里路，有人輕輕低語了幾聲，大夥兒忽然散開，圍住了一所孤零零的房子，各人矮了身子，悄沒聲的逼近。袁承志學他們的樣，也這般俯身走去。黑暗中有人見到他人影，只道是同夥，也不在意。安大人見包圍之勢已成，揮手命衆人伏低，伸手敲門。

過了一會，屋中一個女人聲音問道：「誰啊？」安大人一呆，問道：「你是誰？」女人聲音驚道：「啊，是……是……是你，深更半夜來幹麼？」安大人叫道：「眞叫做不是冤家不聚頭了。原來你在這裏，快開門吧！」聲音中顯得又驚又喜。那女人道：「我說過不再見你，又來幹甚麼了？」安大人笑道：「你不要見我，我卻想念我的娘子呢！」那女人怒道：「誰是你的娘子？咱們早已一刀兩斷！你要是放不過我，放火把這屋燒了吧，我寧死也不願見你這喪心病狂、沒良心的人。」

袁承志越聽越覺聲音好熟，終於驚覺：「是安大娘！原來這安大人是她丈夫、是小慧的父親。當年胡老三就是奉安大人之命來捉小慧的。」

碧血劍. 2,魏府寶藏 / 金庸作.　-- 二版.　-- 臺北市：
遠流， 2019.04
面；　公分. --(大字版金庸作品集；6)
大字版
ISBN 978-957-32-8513-7 (平裝)

857.9　　108003459